MARTHE
et
MATHILDE

PASCALE HUGUES

MARTHE et MATHILDE

L'HISTOIRE VRAIE D'UNE INCROYABLE AMITIÉ (1902-2001)

ÉDITIONS FRANCE LOISIRS

Édition du Club France Loisirs,
avec l'autorisation des Éditions des Arènes.

Éditions France Loisirs,
123, boulevard de Grenelle, Paris.
www.franceloisirs.com

ISBN : 978-2-298-03425-7

« O may she live like some green laurel
rooted in one dear perpetual place. »
W.B. Yeats

À mes grands-mères
Marthe et Mathilde.

À leurs arrière-petits-fils franco-allemands
Kaspar et Taddeo.

1
Marthe et Mathilde

Mes grands-mères s'appelaient Marthe et Mathilde. Leurs prénoms commençaient par les deux mêmes lettres. Elles étaient nées la même année, en 1902. Mathilde, le 20 février. Marthe, le 20 septembre. Elles moururent l'une après l'autre en 2001. À quelques semaines d'intervalle, tout au début du nouveau siècle et à la veille de leur centième anniversaire.

Marthe et Mathilde traversèrent le XXe siècle côte à côte d'un bout à l'autre. Amies depuis l'âge de 6 ans, c'est sur les marches de l'escalier qui coulait vers un minuscule jardin, au 6 Vogesenwall[1], dans le quartier Saint-Joseph, à Colmar, qu'elles se virent pour la première fois.

Mathilde était née dans un immeuble baroque de la petite ville allemande de Landau dans le Palatinat. De cette petite enfance, elle n'avait gardé comme seul souvenir que la photo de son corps blanc de bébé posé

1. Ancien nom de l'avenue de la Liberté.

nu sur une toison de brebis. Karl-Georg Goerke, le père de Mathilde, représentant en champagnes et café, avait émigré, comme beaucoup d'Allemands, vers la riche Alsace annexée au Reich par le traité de Francfort de 1871. Il espérait faire fortune dans le nouveau Reichsland d'Alsace-Lorraine, ce grand carrefour du commerce rhénan. Il s'était installé à Colmar en 1906 avec Adèle van Cappellen, sa femme d'origine belge, et leurs deux filles, Georgette et Mathilde. Deux ans plus tard, la famille Goerke déménagea et loua l'appartement du second étage du 6 Vogesenwall. Les propriétaires de l'immeuble, Henri et Augustine Réling, logeaient au rez-de-chaussée avec leurs deux filles, Alice et Marthe.

Il faisait encore doux ce jour-là. La vigne vierge rougissante courait le long de la balustrade de fer forgé. Trois arbrisseaux feuillus semaient l'anarchie parmi les pots de géraniums posés en rangs militaires le long du mur. Marthe s'approcha. Elle tendit une poignée de caramels mous à Mathilde. La fille du propriétaire alsacien et la fille du nouveau locataire allemand se mirent à jouer ensemble.

C'est la première photo de Marthe et de Mathilde. Elles sont assises par terre dans le jardinet avec leurs poupées. Deux petites filles dans leurs tabliers blancs à volants. Marthe est brune. Mathilde est blonde. Quelques jours plus tard, les petites allaient regarder l'empereur Guillaume défiler sur le Champ-de-Mars.

Marthe et Mathilde vécurent toute leur vie à Colmar. Leurs enfants, mon père et ma mère, se marièrent. Tous les deux virent le jour dans l'affolement du krach boursier, en 1929, à deux semaines d'intervalle. Ma mère, la fille de Mathilde, le 8 décembre. Mon père, le fils de Marthe, le 24 décembre. Le mariage de leurs enfants souda pour le meilleur et pour le pire le destin de mes grands-mères. Leurs petits-enfants, mon frère et moi, passâmes toutes nos vacances chez celles que nous appelions les Kamaradle, les petites camarades. Mon frère logeait chez Mathilde qui avait eu deux filles et aurait aimé avoir un garçon. J'habitais chez Marthe qui avait eu deux garçons et avait toujours rêvé d'une fille. Elles perdirent toutes les deux, à quelques mois d'intervalle, leur second enfant à l'âge adulte. Elles partagèrent en silence jusqu'à la fin de leur vie cette douleur irréparable.

CES COÏNCIDENCES ÉTAIENT FRAPPANTES. Ces concordances surprenantes. Ces similitudes troublantes. On aurait pu croire les grands-mères interchangeables si leurs caractères n'avaient pas autant divergé. Mathilde était « lunatique ». Marthe était « toujours fidèle à elle-même ». C'était à l'aide de ces formules convenues que mes parents décrivaient leurs mères respectives. « Si ce n'était pas ta grand-mère », me jurait parfois Marthe dans un moment de rébellion, « cela ferait longtemps que nous nous serions fâchées. Cette Mathilde, avec son sale caractère ! » Mais Marthe encaissait les vacheries : « Je ne suis pas rancunière, j'accepte tout. Il n'y a qu'une seule chose que je déteste, c'est qu'on me boude ! » Et quand Mathilde prononçait en allemand son verdict : « Ein Licht ist ausgegangen ! » (une lumière s'est éteinte), alors commençait le calvaire de Marthe. Mathilde boudait trois jours durant. Elle fixait un point dans le lointain, répondait par des marmonnements sombres aux questions conciliatrices que Marthe osait à peine lui poser. Sa bouche dessinait une courbe méprisante. Marthe était désespérée. Elle regardait le visage buté, le front lourd de Mathilde.

Mais au bout de trois jours, soudain et sans raison évidente, Mathilde recommençait à parler. Elle qui aimait tant bavarder n'y tenait plus. Mathilde faisait comme si de rien n'était. « Na, Marthele, was esch[1] ? » disait-elle en alsacien. Marthe ne lui demandait aucun compte. Elle se dépêchait de tout pardonner. La vie reprenait comme avant.

« L'amour ne se querelle pas / L'amour ne se dispute pas / L'amour ne vacille pas / L'amour ne fléchit pas / À ma chère Mathilde, en souvenir de ton amie Marthe », écrivit Marthe le 14 février 1916 dans l'album de poésie de Mathilde. Marthe ne trahit jamais sa promesse d'amour-toujours. Ni les bouderies de Mathilde, ni les secousses de l'histoire de l'Alsace ne fissurèrent cette longue amitié.

Il est facile de confondre les albums de photo de Marthe et ceux de Mathilde. Les mêmes souvenirs, les mêmes personnages peuplent les pages cartonnées. Le perron couvert d'un auvent de la maison de Marthe sert de décor aux photos de famille. Les acteurs principaux de la vie de Marthe et Mathilde sont là, tour à tour, fixant l'objectif dans toutes les combinaisons et à tous les âges possibles. Leurs pères : Henri Réling et Karl-Georg Goerke absorbés dans une conversation entre hommes. Leurs mères : Augustine Réling et Adèle Goerke bras dessus, bras dessous. Leurs sœurs : Alice avec son arrosoir et Georgette avec son journal. Leurs enfants : mes parents jeunes mariés. Quand leurs petits-enfants prennent la pose sur les marches de l'escalier, l'auvent

1. « Eh bien, ma petite Marthe, qu'est-ce qui t'arrive ? »

de verre a été remplacé par un toit de tôle ondulée. Le temps a passé si vite.

LES LIGNES DE VIE DE MARTHE ET DE MATHILDE couraient l'une à côté de l'autre en parallèle. On aurait cru qu'un géomètre perfectionniste avait tracé leur dessin en appliquant la loi des symétries de part et d'autre d'un axe invisible. Elles ne bifurquèrent que pendant les cinq ans que dura la Seconde Guerre mondiale. Marthe, mariée à un officier français vétéran de Verdun, dut quitter l'Alsace à l'arrivée des Allemands à l'été 1940. « Francophile », « indésirable », elle fut contrainte de passer la guerre à Tours, en France occupée. Mathilde, mariée à un Alsacien qui avait fait la première guerre dans les Flandres sous l'uniforme allemand, resta à Colmar dans l'Alsace annexée. Après la Libération, leurs vies se rejoignirent et suivirent à nouveau un tracé commun.

Jusqu'à ce que le très grand âge ait eu raison de leur incroyable vitalité, Marthe et Mathilde se téléphonaient chaque soir pour se tenir au courant des petits événements de leur journée : la couturière prendra sa retraite l'an prochain, le docteur a prescrit d'autres cachets, il y a des travaux rue des Clefs et un arrivage de salsifis chez le marchand de quatre-saisons.

Marthe et Mathilde avaient fini par ressembler à un attelage de deux vieilles bêtes inséparables ployant sous l'âge quand elles se promenaient en ville agrippées l'une à l'autre pour ne pas trébucher. « Deux vieilles biques comme nous ça ne se sépare plus ! » avait décidé Marthe de sa grosse voix un matin où Mathilde avait l'humeur houleuse.

Le jour de l'enterrement de Mathilde, les Pompes funèbres, qui venaient d'enterrer Marthe quelques semaines auparavant, avaient confondu les prénoms sur la plaque du cercueil. Mathilde était devenue Marthe. Une erreur qui ne m'avait pas choquée. Elle me semblait toute naturelle. Elle consacrait l'osmose de mes grands-mères qui avaient même réussi à synchroniser leur sortie. Quelques jours plus tard, une amie d'enfance envoya ses condoléances : « Je découvre ce jour le départ de votre deuxième grand-mère, Mathilde. Je pense que votre Marthe est venue la chercher, elles qui étaient de grandes amies, elles n'ont pas supporté cette séparation. Je souhaite très fort qu'elles se soient retrouvées si… là-haut, on se retrouve après. »

2

La jolie mort

« LE DOCTEUR NE SAIT PAS de quoi nous pourrions bien mourir ! » disaient Marthe et Mathilde. Cette bravade était leur défi à la mort. Les années passaient. Les Kamaradle restaient vaillantes. À 85 ans, Mathilde faisait ses courses à vélo et suivait un cours de gymnastique. Marthe partait tous les matins à pied chercher sa baguette de pain à l'autre bout de la ville. Une randonnée inutile qu'elle s'imposait pour tester l'agilité de ses jambes. À 95 ans, Mathilde était la doyenne des abonnés de la bibliothèque municipale et Marthe perdait tranquillement la tête. Ses souvenirs se désagrégeaient. Sa vie s'effilochait. Il y avait des traces de cendre de cigarette sur le tapis et des casseroles carbonisées cachées dans le four. Elle fermait la porte au nez des aides ménagères que nous tentions de lui imposer.

Mes grands-mères étaient les dernières survivantes. Leur histoire n'avait plus de témoins. Toutes leurs amies étaient mortes les unes après les autres, les voisines aussi, la couturière et leur vieux dentiste. Les stars de cinéma, les vedettes de la chanson, les présentateurs de la télévision et les présidents de la République avaient quitté la scène avant elles. Mes grands-mères avaient même survécu de quatre ans à Jeanne Calment, la doyenne des Français. Elles avaient l'impression qu'on les avait oubliées. Et si l'une devait mourir, pas question que l'autre reste toute seule en rade sur le bord du siècle finissant. Elles voulaient s'en aller ensemble.

La naissance de ses deux filles fut le seul séjour à l'hôpital de Mathilde. Elle était moderne. Elle n'avait pas voulu mettre ses enfants au monde à la maison.

Chaque année, à Noël, Marthe claironnait : « Une seule maladie m'a minée toute ma vie ! » La mise en scène était convenue. Marthe prenait une pose dramatique. Elle se dressait sur ses petits escarpins bleu marine à talons, ceux qu'elle avait achetés pour le mariage de mes parents le 29 décembre 1956 et qu'elle porta chaque Noël jusqu'à sa mort. Nous formions un cercle autour d'elle. Nous nous attendions à une révélation terrible. Marthe allait nous informer d'un mal héréditaire, un défaut génétique incurable dont elle avait préféré, pour ne pas nous terroriser, nous cacher l'existence jusqu'à ce jour. « Constipation ! » nous lançait-elle, sûre de son effet.

Marthe avait, disait-elle, un remède qui l'avait mise à l'abri de toutes les maladies. Chaque soir avant d'aller se coucher, Marthe prenait une infusion de tilleul et un demi-cachet d'aspirine. Elle tournait le comprimé avec le petit doigt jusqu'à ce qu'il se dissolve et buvait sec comme un petit schnaps requinquant la traînée blanche au fond de la cuillère. Marthe faisait ensuite ses réussites, assise tard dans la nuit à la table de sa cuisine. Elle dénouait là, toute seule sous l'ampoule de 40 watts du plafonnier, le destin de chaque membre de la famille. Examens, permis de conduire, contrat de travail, divorces, maladies et femmes enceintes… Marthe voulait contrôler le hasard. La nuit, elle était aux commandes de sa tribu. « Oh, et puis zut alors ! Il vaut mieux ne pas savoir ce qui vous attend », décidait-elle quand elle s'était fourvoyée dans une impasse de mauvais augure. Elle se dépêchait alors de rassembler les cartes. Elle laissait claquer l'élastique sur le paquet et le rangeait entre les bols à café du buffet.

Depuis la mort de son fils cadet, Marthe ne croyait plus ni aux cartes ni à Dieu. Elle n'avait plus remis les pieds à l'église Saint-Joseph. Si elle m'envoyait à la messe le dimanche matin pendant les vacances, c'était pour avoir les coudées franches à la cuisine. Elle entretenait une rancune personnelle contre « celui-là, là-haut, qui m'a pris mon fils ! ». J'imaginais mon oncle ligoté sous la voûte céleste, prisonnier du bon Dieu. Marthe avait compris en perdant son fils qu'elle était incapable d'amadouer le destin en décochant des as de trèfle sur la toile cirée à pois rouges de sa cuisine. Aller s'agenouiller sur un banc d'église le dimanche ne servait à rien non plus. Allongée sur le dos le soir dans son lit, droite comme un gisant, elle lissait de la paume de sa main le drap blanc remonté sur sa poitrine. Elle poussait un long soupir. Une onde traversait son petit corps énergique. « Ah, c'est la vie ! » disait-elle, résignée. C'étaient ses derniers mots de la journée. Elle s'abandonnait à son sort et au sommeil. Les ombres du boulevard tanguaient sur le papier peint à fleurs.

« C'EST PAS BEAU DE VIEILLIR, SCHATZELE[1] ! » me disait-elle souvent. « Les jeunes avec les jeunes. Les vieux avec les vieux », avait-elle décidé pour se consoler quand ses petits-enfants préférèrent la carte Interrail aux longs mois d'été chez les grands-mères. Elle trouvait ça tout naturel que les générations ne se mélangent pas. Les sièges du salon avaient été abandonnés les uns après les autres par leurs habitués. Trois personnages centraux étaient morts. Les petits-enfants étaient dispersés à travers le monde. « Grandeur et décadence », murmurait Marthe quand elle regardait son salon habité par nos ombres. Elle n'en revenait pas d'être passée sans transition dans le camp des vieux.

Marthe avait découvert un jour en lisant son journal que sa jeunesse s'était érodée. Elle avait l'habitude d'empoigner son cou pour soutenir sa tête quand elle était penchée sur *Les Dernières Nouvelles d'Alsace* à son bureau. Ce jour-là sa main n'avait pas trouvé prise entre la tête et les épaules. « Mon Dieu, mais je n'ai plus de cou ! Je suis en train de rétrécir ! » avait-elle rugi toute seule dans la nuit.

Marthe n'aimait pas la tache safran qui avait germé sous la peau fine de sa tempe gauche. Chaque matin, elle l'enduisait d'une couche de fond de teint et la poudrait. À la fin de la journée, une croûte de mastic desséché rendait plus visible encore cette petite marque de vieillesse. Ce dernier sursaut de coquetterie m'attendrissait. Des formations anarchiques de petits points marron avaient peu à peu couvert son visage tout entier. C'est en rentrant d'une promenade dans les Vosges qu'elle avait

1. Schatzele, schatzi, schatz : petit trésor, trésor.

remarqué pour la première fois ce dessin pointilliste. Marthe pestait contre le duvet jaunâtre de ses cheveux : « Je ressemble de plus en plus à un poussin qui sort de l'œuf ! »

Elle était convaincue que si elle n'avait pas passé sa vie à rire, elle aurait eu moins de rides : « Ne rigole pas trop, Schatzele, sinon tu vas finir aussi chiffonnée que ta vieille grand-mère ! » Un soir, elle m'avait montré, en me faisant promettre de ne rien dire à personne, un petit pot de crème anti-âge caché dans le fond du placard de la salle de bains. « Une fortune, mon Schatz. Ton aïeule va bientôt ressembler à Marilyn Monroe. Tu me diras si tu remarques quelque chose ! »

Pourtant Marthe n'avait pas l'air de souffrir vraiment de l'âge. Elle s'était moquée de la boîte de chocolats pralinés et des vœux de longue vie que lui avait envoyés le maire de Colmar pour son 90e anniversaire : « Et pour mes cent ans, il me mettra dans le journal, celui-là ! »

POUR LES 90 ANS DE MATHILDE, le 20 février 1992, un article élogieux paraît dans *L'Alsace* : « Madame Mathilde Klébaur fête, aujourd'hui, son 90e anniversaire dans une forme étonnante. » Sur la photo, Mathilde pose, un livre ouvert entre les mains. Sur la même page, les époux Vogt fêtent « cinquante ans d'amour jamais démenti ». Mathilde avait été flattée. Mais Marthe, elle, n'avait pas envie d'être exposée comme un chef-d'œuvre de la nature dans les pages locales : « Le *Guinness Book of Records* il devra se passer de ma petite personne ! » Elle avait horreur de ces vilaines centenaires au sourire tordu qui paradaient au-dessus des faire-part de décès. Dans quelques mois, elles n'auraient plus qu'à se laisser glisser de quelques centimètres vers le bas de la page pour prendre la place qui leur était due entre les « souvenirs éternels » et les « nous ne t'oublierons jamais ». Ce manque de tact dans la maquette révoltait Marthe.

Non, cette cérémonie des adieux, ce n'était pas pour elle. Marthe exorcisait la peur en se mettant elle-même en scène. C'était un truc très efficace. Elle faisait d'elle-même un personnage de comédie. Elle adorait nous faire rire. « Oh, mais ça fait vieux ! » avait-elle protesté un jour que nous lui proposions de mettre, pour sortir, un tailleur chiné rose et gris. Elle avait préféré une blouse à rayures bleu vif et un petit gilet de daim huilé par le temps. Elle voulait faire moderne.

Mes grands-mères ne faisaient pas leur âge. Leur vie semblait être extensible à l'infini. Elles ont déréglé ma perception du temps. Pour moi, une femme de 80 ans est encore jeune. Ce n'est que passés les 95 ans que la vieillesse, doucement, arrive.

LA MORT DES GRANDS-MÈRES était une option improbable. Nous n'arrivions pas à nous imaginer leur absence dans nos vies. « Derf net sterva ! », tu n'as pas le droit de mourir !, leur avions-nous commandé. Il nous semblait que cet ordre serait plus efficace en alsacien. Elles avaient attendu longtemps pour s'accorder le droit de nous quitter.

Marthe et Mathilde faisaient une coquetterie de leur formidable longévité. « Deux guerres et quatre nationalités différentes ! » récapitulait Marthe, fière de cette performance dont seule une Alsacienne de son âge pouvait se vanter : Allemande à sa naissance en 1902, Française en 1918, Allemande en 1940, Française en 1945. «L'Alsace a changé de maître comme une fille de petite vertu passe d'un lit à l'autre !» disait Marthe devant tant d'inconstance. Elle condamnait ces batifolages de frontière. À la fin de sa vie, quand ses souvenirs avaient commencé à se diluer, elle ne s'y retrouvait plus du tout.

Mais le temps a finalement réussi à venir à bout de ces grands-mères éternelles. C'est sur l'escalier de la maison de leur enfance, là où elles s'étaient rencontrées au début du siècle, sous le petit auvent, que Marthe et Mathilde se virent pour la dernière fois. Mathilde était venue en taxi rendre visite à Marthe qui habita toute sa vie avenue de la Liberté. Marthe descendit les marches sur ses jambes grêles mais encore solides pour accueillir son amie. Mathilde avait besoin d'une canne pour marcher. Elle avait du mal à monter l'escalier. «Les jambes, ça va toujours ! Chez moi c'est la tête qui ne veut plus ! Et chez Mathilde c'est l'inverse !» riait Marthe. «Marthe est toujours dehors à trotter malgré le vent et le froid, malgré la grippe et une oreille bouchée. Et son Mandala, son petit manteau, est bien au fond de l'armoire !» s'inquiétait Mathilde.

Marthe regarda Mathilde un long moment. Elle scruta ce visage. Elle ne le reconnut pas. Une amitié de quatre-vingt-dix ans et plus un seul souvenir. Les jeux de petites filles sur le boulevard, les après-midi passés à se déguiser dans la mansarde, le mariage de leurs enfants, les pique-niques dans les Vosges, les Noëls en famille… Dans la tête de Marthe tout s'était effacé.

Les deux très vieilles dames prirent un thé surréaliste. Marthe vouvoyant Mathilde. Mathilde au bord des larmes. Marthe parlant de son dernier match de tennis. Mathilde tentant de ramener son amie à la surface de cette journée de printemps en donnant des nouvelles de leurs arrière-petits-enfants communs. Mathilde rentra chez elle lourde d'une immense tristesse. Et la décision fut prise d'éviter ces confrontations cruelles. Marthe et Mathilde ne se revirent plus jamais.

Depuis longtemps déjà, je faisais des pronostics : qui mourrait la première ? Marthe ou Mathilde ? Mathilde ou Marthe ? C'est Marthe qui gagna. Elle mourut la bouche ouverte, les dents posées sur la table de nuit, le corps perdu dans une immense chemise de nuit à fleurettes.

Marthe aurait bien ri en lisant le certificat de décès établi par le médecin de garde : « Mort naturelle. Le décès ne pose pas de problèmes médico-légaux et le défunt n'est pas atteint des maladies contagieuses suivantes : variole, peste, choléra, charbon, infections typhoparatyphoïdiques, dysenteries, gangrène, septicémies. » Les derniers jours de sa vie, Marthe avait été prise d'un ultime sursaut de vitalité mécanique. Elle chantait « Ah, vous dirais-je maman ! » du matin au soir d'une voix pointue de petite fille, c'est la berceuse en français que lui avait apprise son père.

Originaire du village de Rombach-le-Franc, dans une vallée vosgienne francophone ayant appartenu aux ducs de Lorraine, instituteur loyal à la France, Henri Réling veilla pendant toute la période allemande à ce que ses filles n'oublient pas leur langue paternelle. Marthe et sa sœur Alice parlaient alsacien avec leur mère et français avec leur père. Même pendant la première guerre, quand les Allemands interdirent que l'on parle la langue de l'ennemi, Henri Réling avait continué à faire ce qu'il voulait chez lui. Le français fut la première et la dernière langue de Marthe. Sur son lit de mort, elle avait oublié l'allemand.

« Non, non, je n'ai pas peur de mourir ! J'ai seulement peur de passer de vie à trépas », jurait Marthe. Elle avait décidé qu'elle allait mourir comme sa grand-mère Adelgonde. À 91, ans Adelgonde Surkopf avait demandé qu'on lui serve un schnappsele avec un canard avant d'aller se coucher. Elle avait fait un rot coquet et s'était endormie pour ne plus se réveiller. Entre les draps de lin frais de son grand lit matrimonial, son cœur avait doucement cessé de battre. Sa mort avait été bercée par la conversation de ses quatre filles dans la pièce à côté. La chaleur s'était peu à peu évaporée de son corps usé. Les quatre filles avaient veillé la morte pendant trois jours. L'odeur de muguet du parfum d'Adelgonde avait encore imprégné la pièce pendant quelques semaines.

Marthe appelait cela « une jolie mort » comme on s'extasie devant une jolie robe. Marthe décernait des brevets à la mort. Il y avait les « vilaines morts » comme celle de la voisine au bout de la rue du Schauenberg. Elle avait été amputée des deux jambes pourries par la gangrène. Il y avait les « morts tristes » car la vieillesse sans joie avait traîné pendant des années. Et les « morts violentes » de ceux qui n'étaient pas rentrés chez eux à temps et dont le cœur avait cessé de battre sans prévenir à la boulangerie un mardi matin à dix heures et quart. Et puis il y avait les « petites morts » passées sous silence par la famille peu concernée. Et les « grandes morts » qui prenaient de la place, une page tout entière de faire-part dans *Les Dernières Nouvelles d'Alsace*. Mais de toutes les morts, celle que Marthe préférait c'était la «jolie mort». C'est celle-là qu'elle avait choisie. La «jolie mort» lui ressemblait. Une mort presque gaie.

IL FALLUT ANNONCER À MATHILDE la mort de Marthe. J'arpentai le couloir de la maison de retraite dans un sens puis dans l'autre avant de me décider à entrer dans sa chambre. Bien sûr, j'aurais pu mentir : les deux vieilles dames ne vivaient pas dans le même établissement. J'aurais pu me taire. Mathilde ne se serait peut-être rendu compte de rien. Mais mon silence aurait été une lâcheté indigne de la longue amitié entre mes deux grands-mères.

Quand j'entrai enfin dans la pièce, Mathilde était assise dans son fauteuil face à la fenêtre. Nous parlâmes d'abord de l'automne, radieux cette année-là. Nous admirâmes les Vosges au loin, la douceur bleutée des sommets, les flancs langoureux de la vigne. Les vendanges venaient de commencer. Puis la conversation se figea. «Tu sais, Marthe est morte.» Je posai ma main sur celle de Mathilde. Je la serrai très fort. Mathilde cacha alors son vieux visage entre ses mains : «Marthele[1], elle me manque tellement.»

Mathilde ne supporta pas longtemps l'absence de Marthe. À quelques jours de sa mort, elle était encore belle avec ses cheveux blancs, ses cuisses fines, ses yeux bleus. Elle me demanda de passer ma main sous le drap

1. Marthele, Marthela, Marthel : diminutifs affectueux de Marthe en alsacien.

pour bouger sa jambe engourdie qui lui faisait mal. « Je ne veux plus, tu comprends, ma chérie ? Ne sois pas triste, mais ça suffit maintenant. »

Mathilde s'était cassé le col du fémur. Elle était tombée en trébuchant sur un coin de tapis. De méchante humeur sur son lit d'hôpital, elle savait qu'elle ne pourrait plus jamais marcher. Elle regardait les Vosges au loin par la fenêtre. Elle pensait à son mari Joseph encore jeune et si beau avec son sac à dos et son bâton de berger. Elle revoyait ses filles sauter comme des cabris sur les sentiers des chaumes. Elle se souvenait des dernières randonnées avec Marthe. Mathilde faisait ses adieux à la montagne et à sa vie.

C'était juste avant Noël. Ma grand-mère allait avoir 100 ans dans un mois et demi. Elle n'avait pas peur. Elle écoutait avec détachement les encouragements de l'aide-soignante qui lui parlait comme on gronde une petite fille grincheuse : « Mais, ma petite Madame Klébaur, on va faire un petit effort pour y arriver à ces 100 ans ! On va se faire toute belle ! On va s'acheter une nouvelle petite robe ! »

J'organisais déjà la fête. Nous en avions tellement parlé. Un déjeuner, toute la famille, dans un restaurant des Vosges où elle était connue parce que son mari Joseph y avait monté, avant la guerre, un poêle en faïence. Elle aimait tant être saluée dès l'entrée, débarrassée de son manteau et de sa canne, accueillie avec l'empressement réservé aux habitués et conduite à sa table d'un bras ferme par le patron escorté de toute la famille. Ce statut de vieille Colmarienne la rassurait. Elle n'avait jamais été bien sûre d'être vraiment acceptée par sa ville. « La perspective du centième anniversaire », me certifiait le médecin tel un entraîneur avant le sprint final de son athlète, «ça les aide à tenir!» Il espérait pouvoir accrocher un nouveau trophée à son tableau. Mais Mathilde se cabrait devant cette dernière discipline sportive que l'institution essayait de lui imposer. Elle ne voulait plus faire plaisir à personne. Elle observait notre agitation. Elle se taisait. Elle n'avait plus envie de vivre et nous le sentions. Nos efforts pour la retenir ne l'exaspéraient même plus.

Lors de ma dernière visite, j'étais restée longtemps assise sur le rebord de son lit. Mathilde avait posé sa tête sur mes genoux. Elle avait glissé sa paume ouverte sous sa joue. J'avais caressé ses cheveux. Elle m'avait appelée du nom de sa sœur morte en 1924 à Berlin. «Mais de quoi allons-nous vivre, Georgette?» avait-elle demandé, inquiète. C'était la première fois que ses souvenirs entraient en collision.

Mathilde mélangeait les époques et leurs protagonistes. La morphine qu'on lui avait administrée à petite dose pour calmer la douleur avait fait venir Georgette à son chevet. Sa sœur adorée était à ses côtés. Mathilde était heureuse. Je me taisais. Je ne voulais pas l'arracher à ce bonheur. Mais Mathilde s'était ressaisie. Elle avait quitté les territoires lointains de l'enfance pour revenir vers moi, sa petite-fille venue de Berlin pour lui dire adieu. « Reste jusqu'à ce que je me sois endormie, ma chérie, et ensuite éteins la lumière, ferme doucement la porte et va-t'en.»

Quelques jours plus tard, assise toute droite face à la fenêtre, Mathilde avait dit qu'elle était prête, qu'elle n'avait pas peur. Et elle avait cessé de vivre.

3

Le balcon

MARTHE ET MATHILDE sont aux premières loges, debout côte à côte sur le plus haut balcon. Elles ont une vue panoramique sur le boulevard noir de monde. Marthe, la Française, porte son costume d'Alsacienne comme toutes les jeunes filles de Colmar ce jour-là. Mathilde, l'Allemande, tranche dans sa robe écossaise et avec son béret basque. Depuis l'aube, la ville entière hurle de toutes ses forces. Vive la France ! Vive nos libérateurs ! C'est une longue jubilation sans fin.

La guerre est finie. L'armée française parade dans les rues de Colmar, heureuse d'avoir retrouvé la France. Les défilés se succèdent. Le 18 novembre 1918, la 169e division du 1er corps d'armée du général Lacapelle, accompagné du général Messimy – ancien ministre de la Guerre –, défile sur le Vogesenwall, qui sera bientôt rebaptisé avenue de la Liberté. Quatre jours plus tard c'est le général Castelnau qui se fait ovationner. Puis, dans les mois qui suivent, c'est le tour de Poincaré, de

Foch et de Clemenceau. Mes grands-mères acclament ces généraux à moustaches et bottes de cuir qui peupleront mes livres d'école et donneront leur nom aux avenues des villes d'Alsace.

Marthe est écrasée sous une coiffe trop grande pour elle. Hier, elle a posé en costume traditionnel avec sa sœur Alice devant une amphore gréco-romaine dans l'atelier du photographe. Les Réling ne vont chez le photographe que pour les grandes occasions : baptême, communion, mariage. L'entrée des troupes françaises à Colmar est un petit extra.

Debout sur le balcon, Marthe et Mathilde ne sentent pas le froid qui leur rougit les joues. Elles regardent les baïonnettes, les clairons et les tambours, les généraux sur leurs chevaux alezans, les képis rouges et les médailles sur les torses bombés. Marthe et Mathilde se tiennent la main, tout émues. Mathilde se tait. Marthe acclame les soldats. Elle n'a jamais vu autant d'hommes. Ils étaient tous partis se battre pendant la guerre. Les lèvres charnues de Marthe, ses rondeurs adolescentes comprimées dans le boléro de velours noir montrent qu'elle est déjà sortie de l'enfance.

Elle a collé dans un cahier un texte de Paul Géraldy qui décrit le retour de l'Alsace-Lorraine à la France : « Il faudrait emprunter au langage de l'amour ses paroles les plus chaudes et les plus tumultueuses, oser les mots de la passion, car nous venons vraiment de voir une population et une armée s'étreindre et se donner dans un grand cri le baiser des noces spirituelles. Que c'est beau les baisers ! Les femmes les jetaient de tout leur corps. Leurs doigts en frémissant les arrachaient de leur bouche, et pour les lancer aux soldats, leurs bras se détendaient comme des arcs… »

Paul Géraldy, l'auteur de *Toi et moi*, est le poète des choses du cœur très à la mode. Ce débordement de lyrisme est le texte le plus libertin que Marthe ait jamais lu de sa vie. Mathilde regarde son amie souffler des baisers vers le boulevard. Elle sait bien qu'aucun soldat français ne lèvera la tête pour sourire à une jeune Allemande. Les baisers géraldiens sont pour les Alsaciennes.

Marthe trouve ces soldats qui ont gagné la guerre plus fringants que les officiers allemands dégradés en public qui ont quitté la ville la tête basse dans leurs uniformes usés. Les généraux français louent la « dignité naturelle et l'organisation souple » des troupes françaises. Ils se moquent de la « discipline abrutissante » et de « l'esprit de caste » qui règnent dans l'armée allemande.

Les soldats français qui défilent sur le boulevard ressemblent à une troupe d'équilibristes. Ils avancent d'un pas souple, presque dansant. Leurs uniformes sont gais. Ils font en direction de la foule des petits signes coquets de la main.

Ils se sont battus sur les bords de la Marne, de l'Aisne et de la Meuse, dans les tranchées de Verdun. Leurs pères se sont distingués en Crimée, en Italie, au Mexique, au Tonkin, à Madagascar, en Tunisie, au Maroc. Ces destinations exotiques transportent Marthe vers les jungles et les déserts de l'encyclopédie illustrée de son père.

Le général Messimy rend hommage à la discipline naturelle de ses troupes : « Nous ne prenons pas pour défiler une "Parademarsch" de mécanique. Le soldat pour saluer son chef ne se dresse pas dans une attitude contrainte d'automate. Nul fossé n'existe entre nos hommes et nous. La discipline distante, hautaine, pleine de morgue et d'arrogance de l'officier allemand d'hier nous apparaît comme une caricature de la discipline. Nous pensons que la nôtre doit être faite, autant d'affection du chef pour sa troupe, que de confiance de la troupe dans son chef. »

Marthe le trouve sympathique ce Messimy qui prend dans ses bras les enfants qu'on lui tend. Mathilde s'amusera plus tard à rappeler à son amie que Mata Hari se vantait d'avoir serré tour à tour dans ses bras le Kronprinz à Berlin et le ministre de la Guerre Adolphe Messimy à Paris. Mathilde admirait le patriotisme prodigue de la femme fatale de l'espionnage.

MARTHE NE S'EN CACHA JAMAIS. « C'est de l'uniforme que je suis tombée amoureuse. Le coup de foudre ! » Elle avait gardé tous les uniformes de son mari dans une malle au grenier entre les jouets de mon frère et mes baigneurs sans yeux. Truffait les vareuses de billes de naphtaline comme elle piquait son gigot d'agneau de gousses d'ail. Enveloppait les médailles et les galons dans du papier de soie. Elle emboîtait les képis les uns dans les autres à la façon des matriochkas. Marthe choisissait les hommes comme on sélectionne les chevaux. « Les mains et les dents, Schatzele », me conseillait-elle. « Regarde bien les mains et les dents. C'est tout ce qui compte ! »

Pourtant, quatre ans après l'entrée mémorable des troupes françaises dans Colmar, par un matin de février, elle fit une entorse à ce principe pour le choix de son mari. Elle vit d'abord le képi ourlé d'or, la veste bleu azur, le pantalon bleu et le sabre sur le côté.

Le jour où Gaston Hugues, jeune lieutenant de la Grande Armée, défile, la tête haute, sous le balcon, Marthe le repère tout de suite. Il n'est pas trop grand. Il a un beau visage distingué. Une petite moustache drue. Des yeux sombres.

Il est né le 19 juillet 1894 au pied des Alpes, à Ventavon, un minuscule village posé au sommet d'un piton. Fils du facteur Alfred Maximin Hugues et de Louise Marguerite Conchy, Gaston est un enfant du peuple. Il est doué. L'école républicaine lui donne sa chance. Il quitte son village à 16 ans pour entrer à l'école de sous-officier, de Saint-Maixent.

C'est un vrai Français. Un demi-dieu. Le fantasme de chaque jeune fille alsacienne. Elles auraient toutes vendu leur âme pour se balancer aux bras d'un de ces beaux soldats libérateurs. Marthe l'élit lui, le jour où son régiment défile. Gaston Hugues, lieutenant du 152e régiment d'infanterie, passe, le visage grave. Il a défendu le fort Douaumont à Verdun. Il ne voit pas cette jeune fille qui agite un drapeau tricolore sur son balcon. Comme il est daltonien, Gaston Hugues est le seul à ne pas être aveuglé par « l'éblouissement tricolore », c'est ainsi que l'on appelle en Alsace l'accueil délirant réservé aux soldats français depuis leur entrée dans la province recouvrée en 1918. La ville est bleu blanc rouge. Gaston ne voit que du jaune et du gris.

Il sera bientôt passé sous le balcon. Il n'aura pas remarqué la jeune Alsacienne. Alors Marthe s'élance dans le salon des parents de Mathilde. Elle empoigne le bouquet de roses blanches qu'elle a offert à son amie pour son anniversaire. Elle arrache les roses de leur vase. L'eau perle sur le paquet ciré. Marthe jette de toutes ses forces les fleurs volées. Le bouquet s'ébroue, une gerbe de gouttelettes accompagne sa chute. Les roses blanches s'éparpillent devant le cheval qui se cabre. Gaston lève la tête. Il voit les yeux de Marthe. Il lui sourit. Et il reprend son chemin. « Il n'est même pas descendu de son cheval pour ramasser mes roses, le mufle ! » Marthe descend les escaliers quatre à quatre, ramasse les roses meurtries, remonte et les replace dans leur vase. Puisque le soldat français n'en veut pas, que Mathilde les garde !

Quelques jours plus tard, Marthe retrouve le beau soldat français au club de tennis « Sports réunis ». Les jeunes officiers français célibataires en garnison à Colmar viennent y passer leurs dimanches. « Et ça s'est fait ! », me racontait-elle comme on fait le compte-rendu d'une transaction sans complications. « Écoute, on ne se marie pas avec n'importe qui. Ça, il faut vraiment qu'il vous plaise ! Je l'ai présenté à mes parents. Ils l'ont trouvé gentil. Mais il a dû repartir à la guerre. Moi je le voulais vraiment mon mari. Je l'ai attendu. »

Le lendemain de leurs fiançailles, Gaston part se battre contre Abd el-Krim dans le Rif marocain. Ce conflit est la première guerre anticoloniale du XXe siècle. Marthe doit patienter cinq ans avant de pouvoir l'épouser. Elle ne se marie qu'en 1928.

4

Délire patriotique

MATHILDE DÉTESTAIT *La Marseillaise*. « Égorger vos fils et vos compagnes jusque dans nos bras... Non, mais écoute ça ! C'est d'une cruauté terrible ! C'est honteux d'enseigner des choses pareilles aux enfants des écoles ! » Mathilde était toujours de mauvaise humeur le 14 juillet. Elle nous accompagnait sur le boulevard pour regarder le défilé. Elle faisait semblant d'être guillerette comme les autres. Elle brandissait son petit drapeau de papier. Mais quand les cris et les conversations s'éteignaient, quand la foule se figeait dans un silence respectueux, quand les yeux fixaient l'horizon et se mouillaient de larmes patriotes, à ce moment précis, quand la fanfare entamait les tout premiers accords, Mathilde se raidissait. Elle était à nouveau seule dans la foule des Colmariens. Je l'entendais qui marmonnait sa réprobation au-dessus de ma tête.

Mathilde avait été reconnaissante à Valéry Giscard d'Estaing d'avoir fait jouer *La Marseillaise* plus lentement. Elle adorait *La Marseillaise* reggae de Serge

Gainsbourg. Elle voyait dans cette parodie une fissure bienfaisante dans un monument de chauvinisme bête et brutal. Mathilde prenait un plaisir de vieille dame qui n'a plus peur de rien à tourner en dérision les grandes heures de l'Histoire de France. Elle se vengeait d'une chanson qui lui avait fait du mal. *La Marseillaise* était un mauvais souvenir. Elle lui rappelait le 18 novembre 1918, ce jour où sa vie bascula.

Le 18 novembre 1918, Colmar tout entier fredonne « le mâle hymne national de la France ». Les imprimeurs de la ville distribuent gratuitement le texte des paroles que personne ne connaît par cœur. Avec leur gros accent, les Alsaciens défigurent la majesté des couplets. Ils estropient les vers. Ils maltraitent le pathos glacé de cette langue qu'ils ne parlent plus.

En bons Français, ils y sont pourtant pour quelque chose. *La Marseillaise* fut composée et chantée pour la première fois en 1792 à Strasbourg par Rouget de Lisle, un obscur capitaine du génie. Les Alsaciens ont beau avoir apporté leur pierre à l'édifice national, en 1918 l'hymne à la mère patrie retrouvée leur est étranger.

LE 18 NOVEMBRE EST, POUR MATHILDE, une journée froide et un encombrement d'images : les rues noires de monde, les vins d'honneur, les toasts, les discours ronflants, les mâts ornés de guirlandes, les farandoles d'Alsaciennes en costume, un océan de petits drapeaux tricolores, des flambeaux dans la nuit froide, les képis rouges, les pioupious, les clairons, les tambours, les moustaches des généraux, les fanfares des sociétés de musique qui entonnent pour la première fois *La Madelon* et *Sambre-et-Meuse*. Les avions tournoient dans le ciel. Le libraire Charles Kierwel, rue de Mutzig, vend les paroles des grands succès du jour. *Salut à la France* pour 12 francs et *Allons, messieurs les Prussiens, il faut ficher le camp !*, chanson comique sur l'air du tra-deri-dera pour 8 francs. Mathilde était encore capable à la fin de sa vie de réciter mot pour mot l'avis placardé en 1918 sur la colonne Morris en face du 6 Vogesenwall : « Citoyens de la ville de Colmar ! Le jour le plus mémorable de notre histoire approche. Nous retournons demain à notre patrie française. Nous sommes délivrés du joug qui pèse sur nous depuis le jour néfaste où notre cher pays a été séparé, contre sa volonté, de la patrie française. Quatre terribles années de guerre sont derrière nous, quatre années pendant lesquelles notre pays a souffert affreusement, livré à un militarisme sans égards et sans pitié. La ville de Colmar, libre et heureuse, envoie son salut aux valeureuses troupes françaises et alliées. Notre plus beau rêve est réalisé : nous sommes français et nous voulons le rester. Vive le pays de la Liberté, de l'Égalité et de la Fraternité. Vive la France ! »

Grimpé sur un tabouret, Henri Réling s'empresse de remettre l'horloge du salon à l'heure française. Alice et sa mère, assises à la table de la salle à manger, cousent des drapeaux bleu blanc rouge. Comme tous les magasins de Colmar manquaient de bleu, il a fallu, au milieu de la nuit, teindre des draps de lit à la poudre d'indigo et les faire sécher au-dessus du poêle. Mathilde n'oubliera pas l'odeur aigre qui flotte dans l'appartement des Réling.

Augustine Réling sacrifie son trousseau pour la France. À l'aube, Augustine et ses filles sont assises à la table de la cuisine. Elles cousent la bande bleue au blanc et au rouge. À genoux, dans l'encadrement de la fenêtre, Henri Réling laisse glisser la bannière le long de la façade de sa maison. Le 18 novembre 1918, Colmar change de couleur. La ville est tricolore. On distribue des cocardes dans les rues, des fanions de papier, des guirlandes, des rubans et des nœuds bleu blanc rouge.

Theodor Surkopf, le grand-père de Marthe, vétéran de 1870, ressort de sa cachette sa bannière française. Il pose pour une photo devant la maison avec son chapeau-melon et ses médailles. Sur une autre photo, Alice et Marthe en costume d'Alsacienne sourient devant le Kugelhopf et les verres de vin blanc offerts aux soldats français. Le comité d'organisation des fêtes a demandé aux jeunes filles d'origine « purement alsacienne » de former une haie d'honneur pour accueillir les soldats français.

Mathilde reste cloîtrée dans sa chambre dans l'appartement du second étage. Elle observe la joie naïve de sa mère qui descend plusieurs fois par jour chez les Réling pour participer aux préparatifs. Adèle sort du tiroir de son secrétaire le portrait du roi et de la reine des Belges qu'elle a caché pendant toute la guerre sous une pile de factures. La reine des Belges porte un foulard noué sur le côté de la tête. Le roi des Belges est en uniforme. Adèle rit du matin au soir. Elle se sait du bon côté de l'histoire. Elle lance des cigares aux libérateurs. Elle passe des heures chez son amie Augustine Réling. Elle a besoin de se moquer : « Avec deux Allemands contre moi là-haut, il faut que je fuie de temps en temps ! »

Adèle n'a pas tout de suite compris les conséquences du passage de l'Alsace à la France pour son mari allemand et sa fille Mathilde. Elle attend la paix depuis si longtemps. Elle se met à parler français haut et fort en pleine rue. Depuis le début de la guerre les autorités allemandes ont interdit aux Colmariens de parler la langue de l'ennemi. Adèle a tremblé bien souvent en lisant l'affichette (en allemand) placardée en ville : « Nouvel avertissement ! Les personnes qui parlent français dans la rue ou dans les établissements publics seront considérées comme ennemies et arrêtées. Cet avis est aussi valable pour les dames. » Mais maintenant elle se vante : sa fille Mathilde ne savait pas un mot d'allemand avant d'aller à l'école. « Dans ma famille », racontait Mathilde, « on a toujours parlé français. Ma mère passait son temps à lire le Larousse. Elle ne savait pas bien l'allemand. Elle mettait toujours un "h" là où il n'en fallait pas ».

Mathilde se moquait de ces Alsaciens qui avaient oublié la langue de leur patrie adulée. Elle riait de ces fervents patriotes forcés de s'exprimer dans la langue de l'ennemi. Les journaux, les petites annonces, les avis de la mairie placardés en ville et même les discours des généraux français… tout est traduit en allemand. Les Alsaciens sont des Français qui ne parlent pas français. « En 1918, on se sentait Français par patriotisme », essayait d'expliquer Marthe, « mais on avait tout oublié. On ne savait pas écrire le français et beaucoup, comme Joseph, le mari de Mathilde, savaient à peine le parler. Forcément, nous étions tous nés Allemands. Les Alsaciens sont allemands de culture, mais ils aiment la France ! »

Pour effectuer les démarches administratives, les Alsaciens sont obligés de faire appel à des interprètes. Adèle donne souvent un coup de main à ses voisines. Elle découpe les petites annonces dans le journal. Mademoiselle Hesselbacher propose ses services pour rédiger demandes, requêtes, lettres administratives et autres actes civils dans les deux langues.

La maison d'édition strasbourgeoise Singer, rue de la Mésange, propose une méthode rapide (en allemand) : « Vite ! Apprenez le français ! Le Petit Français. Nouvelle édition. Grammaire. Verbes (réguliers et irréguliers). Conversation. Expressions courantes à la maison, dans les administrations, dans le commerce, dans l'armée etc. fr. 2.50 porto 45 cts. » Des cours de français gratuits sont organisés sous la direction du personnel militaire français dans les différents quartiers de la ville. L'allemand, la langue que parlent les Alsaciens, devient officiellement une langue étrangère.

Henri Réling, instituteur à l'école Saint-Joseph, est l'un des premiers à faire cours en français. L'inspecteur d'académie du primaire juge, dans son rapport du mois de février 1921 : « Monsieur Réling a voulu énergiquement triompher des difficultés de l'enseignement du français à des élèves dont l'allemand fut la langue maternelle. Et il y a réussi. La langue française est employée couramment par le maître et même par les élèves. Sans doute le vocabulaire et la syntaxe sont encore pauvres, mais ils suffisent aux besoins de l'enseignement. Je tiens à rendre hommage au zèle de Monsieur Réling. Son travail est un peu rigide peut-être, mais utile. Compliments ! » Dans la classe de Monsieur Réling, les élèves « en tenue satisfaisante et bien disciplinés » planchent en composition française sur un texte intitulé *L'entrée du rouge-gorge chez le laboureur*. Ils s'exercent à la lecture en lisant à voix haute *Une brave petite Française*. En géographie, les enfants dessinent les méandres de la Seine.

L'administration française récompense la loyauté d'Henri Réling : le 28 novembre 1921, l'inspecteur primaire de la circonscription de Colmar nomme Henri Réling directeur de l'école Saint-Joseph.

MATHILDE VOIT LE FRONT buté de son père. Karl-Georg Goerke se barricade dans son bureau. Il ne sort que pour prendre ses repas. Il ne se penche pas à la fenêtre quand la clameur s'élève de la rue. Il ne va pas en ville. Il ne veut pas voir ce qui se passe au-dehors. « Papa est de mauvaise humeur. Toutes ces histoires le rendent méchant », écrit Adèle à Georgette. Adèle croit à une contrariété passagère. Mathilde sait que le sol est en train de se dérober sous ses pieds. C'est un de ces sentiments diffus d'enfant trop jeune pour comprendre vraiment. Une certitude qui n'a pas besoin d'être consolidée par des mots. Mathilde se sait exclue de la fête.

Karl-Georg Goerke est devenu un « citoyen ennemi ». Mais il ne dit rien pour ne pas gâcher l'exubérance de sa femme. Karl-Georg Goerke ne veut pas inquiéter non plus cette adolescente blonde qui ne le quitte pas des yeux, mais qui n'ose pas poser de questions.

Il ne dit rien des magasins allemands de la vieille ville pillés dans la soirée du 19 novembre. Les vitrines de la maison Kegel ont volé en éclats. La marchandise a disparu. Les magasins Wilius, Meyer, Süssel, Kaufmann, Wolf ont été saccagés. Le commerce Mandowsky a été incendié. Un gamin a lancé un caillou contre la vitrine du grand magasin Knopf qui changera bientôt de propriétaire et sera rebaptisé « Aux villes de France ». Karl-Georg Goerke se hâte de replier son journal quand il découvre un matin la petite annonce bilingue parue en gros caractères dans l'*Elsässer Kurier* :

Aux lecteurs alsaciens !
Souvenez-vous des quarante-sept ans
de répression et de tyrannie !
Souvenez-vous de la période
de la guerre de 1917-1918 !
Ne vous laissez pas séduire
par des manœuvres trompeuses !
N'achetez que dans des magasins alsaciens.

Des jeunes en bandes arpentent les rues et descendent les volets des boutiques allemandes. Ils interdisent aux commerçants de rouvrir leur porte. Des affichettes « Maison française » fleurissent dans les devantures.

Karl-Georg Goerke a du mal à comprendre cette haine soudaine des Alsaciens contre leurs voisins et leurs partenaires en affaires d'hier. Quatre années de dictature militaire ont fait naître une haine violente contre le « Boche ». Les Alsaciens ne pardonnent pas l'arrogance des militaires et des fonctionnaires allemands. Ils ne pardonnent pas les brimades et les pratiques répressives, les internements, les expulsions, les détentions préventives, les perquisitions, les restrictions de circulation.

Pendant les quatre années de guerre, les Allemands ont vu des espions partout. Ils ont germanisé de force les enseignes des magasins et le nom des rues. Les journaux ont été suspendus par la censure sous n'importe quel prétexte futile. Le jour où les cloches en bronze des églises ont été décrochées et envoyées à la fonte pour faire des canons, Marthe s'est insurgée. Elle a collé dans son album la photo de la cloche d'une église de Colmar gisant sur le trottoir.

En l'espace de quatre ans, les Allemands ont perdu tout le bénéfice de la politique libérale qu'ils avaient menée en Alsace-Lorraine depuis 1871.

Mon arrière-grand-père allemand en veut aux Alsaciens de ne pas reconnaître que la période du Reichsland a été pour eux une grande phase d'expansion économique. Oubliées les lois sociales de Bismarck qui comptent parmi les plus progressistes d'Europe. Le chancelier allemand a doté l'Alsace du premier système complet d'assurances sociales obligatoires. Oublié le grand degré d'autonomie octroyé à l'Alsace. En 1911, l'Alsace-Lorraine devient un 26e État confédéré. L'Alsace-Lorraine a sa Constitution et son parlement comme les autres länder du Reich. L'Alsace a ses lois propres. Jamais plus elle ne sera aussi autonome. Oublié aussi le formidable essor urbain que connaissent les villes alsaciennes. Strasbourg devient une véritable capitale régionale. Henri Réling doit aux Allemands le quartier Saint-Joseph, la nouvelle gare, les canalisations toutes neuves, l'eau potable, l'électricité et ses deux belles maisons.

Karl-Georg Goerke lit les discours de ces grands généraux qui se font acclamer sur la place Rapp. L'*Elsässer Kurier* publie les textes en français et en allemand.

Le 18 novembre, le général Messimy remercie les Alsaciens : « Votre fidélité d'un demi-siècle, toujours pareille malgré les cajoleries et les brutalités alternées, se transmettant de pères en fils comme le plus précieux des patrimoines d'honneur, demeure pour nous un objet d'admiration joyeuse et de gratitude infinie. Vous êtes demeurés fidèles, malgré tout, malgré l'image déformée qu'on vous présentait de la France faible et déclinante, entraînée vers une fin prochaine, pendant que la puissante

Allemagne montait par une ascension constante vers la maîtrise du monde. La France a repris, parmi les nations, la place qui lui est due – la première entre les plus grandes. Deux générations de Français ont grandi en sentant peser sur eux le poids de la défaite ; partout où ils allaient dans le monde, partout ils voyaient écrit sur les murs et sur les visages le mot “Sedan” ; l'ombre tragique de Bismarck dominait l'histoire française. Le Boche chassé d'Alsace, la Lorraine reconquise, Sedan n'est plus qu'un épisode de la lutte plus que séculaire entre la Prusse et la France, entre le caporalisme et la liberté. » Pour oublier Waterloo et Sedan, Messimy décline Valmy, Iéna, Verdun, la Somme et l'Aisne.

Le maire de Colmar jure en retour que les Colmariens n'avaient jamais perdu l'espoir de réintégrer la grande famille française. « Mon général », déclame-t-il en français. Le discours est traduit en allemand dans le journal. « Nous avons été arrachés à la mère patrie, malgré les protestations de nos pères. Cédant à la violence, et le cœur saignant d'une incurable blessure, nos aînés ont dû laisser s'éloigner l'étendard chéri de notre France aimée. La France est demeurée la patrie de nos cœurs, de nos désirs, de nos rêves sans cesse refoulés ! Les rêves de tant d'années sont aujourd'hui réalisés ! Nos enfants ont dû porter les armes pour une nation qui nous est restée étrangère, pour un peuple ennemi de toute liberté et de la démocratie, chère à nos cœurs. Nous voulons du fond du cœur fixer à tout jamais notre destinée. Notre choix est fait. C'est à toi, France bien-aimée, que nos cœurs appartiennent à jamais ! »

La ville entière dénonce « la folie sanguinaire qui s'est emparée des Boches au début de la guerre ». Les Alsaciens

« se sentent libérés du joug sous lequel ils gémissaient ». « De mauvais Allemands que nous étions », dit un adjoint au maire en proposant un toast aux généraux français, « vous faites de nous de bons Français ! On dirait que cette grise journée de novembre le pays se couvre de fleurs ! Les châteaux sur la montagne sourient immobiles à cette joie immense ! C'est le paradis rêvé !»

Maurice Barrès observe que « l'amour de la France et la haine de la Prusse brûlent ici d'une ardeur égale. Dans quelle fange, sous quel mépris s'écroule partout le despotisme odieux des Allemands ! Pas un de ces méchants qui pendant un demi-siècle martyrisèrent l'Alsace et la Lorraine qui garde dans sa défaite une attitude digne. Ce ne sont pas des fuyards, me dit tout Colmar, ce sont des déménageurs. Pour emporter sur leurs voitures leur butin de pendules et de pianos à queue, leur pillage de France, ils abandonnaient leur matériel de guerre et jetaient à la rue leurs armes ! »

Des tracts dénonçant les atrocités commises par les Allemands, « ces barbares qui ont en 1914 déchaîné sur le monde un cataclysme sans précédent », sont distribués gratuitement en ville.

EN 1918, L'ARMÉE FRANÇAISE N'ENTRE PAS SEULE dans les rues de Colmar. C'est un mythe qu'elle traîne dans son sillage. La France est certes le pays de la liberté et des droits de l'homme. Mais la France est aussi le pays de l'élégance et de l'art de vivre. Et la France s'est donné un mal de chien pour séduire les Alsaciens. Des camions chargés de vivres suivent le défilé des soldats. Ils apportent du pain blanc et du vin rouge aux Colmariens qui vivent depuis quatre ans de cartes d'alimentation et de restrictions.

Dans les mois qui suivent le retour à la France, la petite ville est inondée de produits français. Les réclames des grands magasins couvrent des pages entières de l'*Elsässer Kurier*. Elles sont toujours bilingues.

Le jour où le maréchal Pétain fait une brève visite à Colmar, la maison Jeanne Gintzburger, rue Saint-Nicolas, se réjouit : « La marchandise française est arrivée ! Nous offrons à notre honorable clientèle de Colmar un choix considérable de divers articles. » La maison Jeanne Gintzburger dresse une liste étourdissante : lot de rideaux en guipure et en tulle, corsets et tricots de soie et de coton, soutiens-gorge en dentelles, broderies et coutil. Très fine lingerie pour dame complètement brodée et cousue à la main tels que : combinaisons, jupons, cache-corset, chemises de jour et de nuit. Grand assortiment de lainages pour costumes, tissus jersey, dernières nouveautés pour robes, en noir et différentes nuances. Blouses en soie et crêpe de Chine. Grand choix de sacoches en soie et en cuir, de boas et de marabouts. Grand choix de jouets français. Parfumerie et savons de diverses marques. Articles militaires, tels que : fourragères, bonnets de police, insignes, boutons, numéros, etc. L'annonce est traduite en allemand, sauf les fournitures militaires.

Marthe et Mathilde sont subjuguées. Les Galeries alsaciennes (c'est le nouveau nom du grand magasin Alsberg) annoncent pour les soldes : « Nous cédons l'intégralité de notre stock avec une réduction de 50% de façon à le renouveler dans les meilleurs délais avec des produits français. »

C'est au gré des nouveaux arrivages que mes grands-mères apprennent la géographie de la France : dentelles de Valenciennes, chevaux normands, foulards de Lyon, rubans de Saint-Étienne, savon de Marseille, souliers de Paris. Le restaurant « Colmarer Wappen » (les armes de Colmar) signale la livraison de vin français et les Galeries alsaciennes rentrent des parapluies français.

Les nouvelles Citroën 10HP font leur entrée triomphale, « complètes avec carrosserie de luxe, démarreur et éclairage électrique, roues amovibles, accessoires ». Le Printemps et la Samaritaine envoient leurs catalogues illustrés. Au Bon Marché ouvre ses portes rue des Boulangers. Même le piano est enseigné « avec la méthode française » et les éditions Pierre Lafitte font paraître *Femina*, une nouvelle revue féminine avec « son allure bien française » et ses « délicieux modèles de grands couturiers ». Quand il s'agit de mode, la publicité se fait en français dans l'*Elsässer Kurier*.

Tout ce qui est beau, chic et luxueux est forcément français. L'Allemagne n'est déjà plus qu'un souvenir grossier. Dans la tête affolée de mes grands-mères, tout se mélange. La France défile avec ses généraux et ses bannières. La France déferle avec ses soieries et ses étoffes, ses jupons et ses voilettes, ses parfums et ses fourrures, sa vaseline et ses montres Lip.

Marthe et Mathilde s'amusent à composer des associations étranges. Les grands héros de Verdun et les petites femmes de Paris. Clemenceau et les soutiens-gorge de Paris. Messimy et les bas de soie. Les poilus à moustaches et le savon à la violette. L'amour de la patrie et les dessous affriolants. La France a bon goût. La France sent bon. Mathilde est persuadée que la France sera même capable de guérir sa mère malade. Elle commande une boîte de pilules Pink « souveraines contre le spleen, l'anémie, la chlorose, la faiblesse générale, les maux d'estomac, migraines, douleurs, l'épuisement nerveux, les vertiges et les menstruations irrégulières ».

MATHILDE NE SE MOQUAIT JAMAIS DU KITSCH nationaliste des discours de 1918. Même quand je révisais chez elle, pendant le week-end, l'histoire de la Première Guerre mondiale, je n'ai jamais réussi à la convaincre tout à fait que ce lyrisme ampoulé était passé de mode. Cette orgie de mots boursouflés, ces promesses éternelles ne faisaient pas rire Mathilde. « L'ennemi est un bon ciment d'identité nationale », lui disais-je. « Et la France en a eu bien besoin pour faire des Alsaciens de 1918 des Français obéissants. Cet amour que les Alsaciens portaient à la France était un peu idéalisé. Tu ne trouves pas ? »

Je voulais lui expliquer le contexte historique de la haine dont elle avait fait l'objet, la soulager un peu, l'aider peut-être.

J'aurais aimé que nous narguions ensemble le nationalisme fou de ces années maintenant si lointaines. Mais Mathilde ne se laissait pas convaincre par mes raisonnements de lycéenne. Elle n'a pourtant collé dans son album de jeune fille aucune photo de ces journées historiques. « J'ai essayé d'oublier, tu comprends ? » me disait-elle. Et elle passait à autre chose.

Elle ne me parlait jamais du 18 novembre 1918 quand nous traversions à grandes enjambées l'esplanade de la place Rapp pour nous rendre au magasin de mon grand-père. Elle me tenait par la main, accélérait le pas et se taisait en passant à côté de la statue de Jean Rapp. Jamais elle ne me racontait les hauts faits de ce général napoléonien né à Colmar qui se couvrit de gloire à Austerlitz, Iéna et Danzig. Jamais elle ne m'expliquait que ce monsieur de 3 mètres 50 de haut vers lequel je levais la tête commanda l'armée du Rhin et livra bataille au prince de Wurtemberg.

Jamais Mathilde ne m'a raconté que le 18 novembre 1918 le général Rapp fut coiffé d'un képi français et qu'en 1940 les Allemands de retour à Colmar s'empressèrent de déboulonner sa statue. En rentrant à la maison nous nous arrêtions devant la fontaine du MannekenPis, au coin de la rue des Augustins. Nous adorions ce gamin qui exposait aux yeux des passants ce pénis impertinent que Mathilde appelait « son petit bout de chair ». Aux pieds de la statue, une inscription rappelle le 18 novembre 1918 : « Cette reproduction du plus vieux bourgeois de Bruxelles est remise à la ville de Colmar en souvenir des souffrances communes sous l'oppression allemande et en hommage à l'inaliénable gaîté belge et à la travaillante bonne humeur alsacienne. »

Ma grand-mère faisait comme si de rien n'était. Elle avait appris au fil des années à ignorer les plaques commémoratives. Elle contournait avec soin les souvenirs menaçants qui embusquaient son parcours quotidien. Il ne fallait surtout pas, en allant chez le boucher ou en rentrant du cinéma, se fracasser sur leurs saillies tranchantes.

Mathilde passait pourtant chaque jour devant les vestiges de l'époque allemande. Sous le Reichsland, Colmar se transforma. Au début du siècle, les architectes allemands construisirent une cour d'appel monumentale et une nouvelle gare, copie conforme de la gare de Danzig, un château d'eau néo-gothique de 53 mètres de haut, des bains municipaux et des quartiers cossus. Mathilde faisait semblant de ne pas reconnaître le style wilhelminien de ces bâtiments costauds.

Elle aurait presque réussi à oublier le 18 novembre 1918 si les héros de la Somme et de Verdun ne s'étaient pas acharnés à la poursuivre d'un déménagement à l'autre. Après avoir habité l'avenue de la Liberté et l'avenue de la République, Mathilde déménagea rue de Castelnau, puis boulevard Clemenceau, du nom du Tigre qui ordonna par voie de circulaire en 1918 : « Aussi souvent que la présence d'Allemands vous paraîtra pernicieuse pour la tranquillité, vous n'hésiterez pas à supprimer cette cause de danger. » Mathilde dut attendre l'innocente rue des Mésanges, sa dernière adresse au Centre pour personnes âgées, pour être enfin délivrée de cette malédiction.

5

Crottin et crachats

« AVEC DES PIERRES et du crottin de cheval… C'est comme cela qu'ils les ont chassés. » Je reconnais à peine ce filet de voix rauque. Mathilde est debout en face de moi. Elle se cramponne des deux mains au rebord de la commode. Je ne comprends pas de quoi elle parle. Je crois à un des récits fantaisistes de ma grand-mère. C'est le premier réveillon après la chute du Mur. Les feux d'artifice de l'Allemagne en liesse crépitent sur l'écran de la télévision.

« Tiens, monte sur l'échelle et cherche le carton à chaussures là-haut dans l'armoire ! » ordonne Mathilde. Encore une de ces menues tâches dont elle m'accable, par principe plus que par nécessité, quand je lui rends visite. Chez Mathilde il y a toujours une couverture à descendre, un vase à monter, un lit à déplacer, une table à soulever, un petit service à rendre « qui ne te prendra que quelques secondes, ma chérie ». Mathilde fait de chaque mission qu'elle me confie le test de ma loyauté. Chaque

« petit service » est une épreuve destinée à vérifier mon amour. Je me dis une fois de plus qu'elle exagère. Mais j'obéis. J'obéis toujours à ma grand-mère. Ses ordres habillés de courtoisie me font peur. En réalité, elle ne me laisse pas le choix. Un « Non, je n'ai pas le temps » risque de déclencher une bouderie de plusieurs heures, un visage fermé comme un magasin le dimanche. C'est à cause de ces ordres impérieux qu'elle canonnait à la ronde que nous l'avions surnommée la Reine Mère.

Le carton à chaussures est glissé entre les strates de draps tout en haut de l'armoire à linge. Mathilde sort trois cartes postales. Je n'y vois ni paysage alpin, ni vue panoramique, mais des grappes de garçons hilares assis les jambes ballantes sur un muret de pierre. Certains crient. D'autres brandissent leurs casquettes au-dessus de leur tête. Dans la cour à leurs pieds, des messieurs élégants en manteaux, cols de fourrure et chapeaux-melon tassent leurs vêtements dans des valises posées sur la terre battue. Ils se dépêchent. Ils ne prennent pas la peine de remettre dans les plis leurs chemises amidonnées.

Accroupis sur la terre glacée, ils refont à la hâte leurs bagages. Des soldats en uniforme français viennent d'en contrôler le contenu. Les messieurs élégants ne protestent pas. Une femme porte un tapis persan roulé comme un enfant mort entre ses bras. Un officier à képi et bottes de cuir veille au bon déroulement de l'opération. Il regarde l'objectif du photographe avec le sentiment méritoire du devoir accompli. Une lueur goguenarde brille au fond de ses yeux. Il n'essaie pas de disperser la foule haineuse des badauds.

Sur l'autre carte postale, une grosse dame encombrée dans ses épaisses jupes de laine se hisse dans un camion recouvert d'une bâche. Un terrible sentiment d'humiliation s'échappe de ces photos. «Ces garnements leur ont jeté des pierres et du crottin de cheval !» répète Mathilde. Ce matin, pour la première fois de sa vie, elle dénonce. Je sens une colère terrible dans sa voix. Mathilde n'a jamais été capable de m'expliquer en toute objectivité le contexte historique de ces scènes qui l'ont hantée toute sa vie. Quand elle parle des mois qui ont suivi le retour de Colmar à la France en 1918, elle est submergée par l'émotion.

LA GROSSE VAGUE DES EXPULSIONS des Allemands après le retour de l'Alsace à la France a lieu au cours de l'année 1919. Les premières expulsions sont décidées dans la hâte et l'improvisation. Ce sont les fonctionnaires de l'Empire et ceux qui ont affiché des opinions antifrançaises pendant la guerre qui partent d'office dès le mois de décembre. À la fin de 1919 le gros est parti. Le lieu et l'heure des départs sont affichés en ville.

Les Allemands sont sommés de se rassembler au cercle catholique Saint-Martin. Un bâtiment néo-gothique au coin de l'allée du Château-d'Eau et de l'avenue Georges-Clemenceau. Les gens accourent au petit matin, pressés de se réserver une place de choix pour assister au spectacle. Les jeunes Alsaciens assis sur le muret regardent les Allemands qui rassemblent leurs valises et leurs sacs. Les autorités françaises donnent 24 heures aux citoyens du pays vaincu pour préparer leur départ. Ils ont droit à 30 kilos de bagages par adulte, 15 kilos par enfant au-dessous de 10 ans. Ils peuvent emporter 2000 marks maximum par famille de trois personnes soit en liquide, soit sous forme de titres et de valeurs.

Les biens des Allemands expulsés sont mis sous séquestre. « Il est formellement interdit », stipule le permis de départ pour l'Allemagne, « d'emporter de l'argent, des billets ou toutes autres valeurs françaises. La découverte de tout objet suspect ou d'or entraînera l'arrestation du ou des détenteurs. Les évacués doivent être fouillés complètement ainsi que leurs bagages, avec le plus grand soin ».

Mathilde s'agrippe à la commode comme si elle avait peur de chavirer dans ce passé qui est en train d'envahir sa chambre. « Et puis après… En 1921 c'était terminé ! » s'exclame Mathilde brusquement comme si elle regrettait déjà d'en avoir trop dit. « À l'époque on appelait ça le nettoyage », dit-elle. « Aujourd'hui on parlerait d'épuration. » Elle n'a jamais parlé à personne des scènes de cet hiver d'après guerre. Pas même à Marthe qui ne garde du retour de l'Alsace à la France que des images émerveillées.

Pour la première fois, Mathilde sort des souvenirs tout frais de son carton à chaussures. Ils ne sont pas usés par les récits répétitifs. Ils n'ont jamais été déformés par l'envie d'impressionner l'auditoire ou par le souci de lui plaire. Le silence pendant toutes ces années a préservé leur violence. « Je les vois encore : avec leur gibus sur la tête et leurs skis sur les épaules, ils ont traversé le Rhin comme des voleurs. » Elle parle d'« eux », ces Allemands d'Alsace, comme elle mentionnerait des étrangers avec lesquels elle n'a – Dieu merci – rien à voir.

En rentrant chez elle de la *Höhere Mädchenschule*, le lycée de jeunes filles de Colmar, Mathilde fait chaque jour un détour pour aller voir le départ des Allemands. Elle longe le parc, passe à côté du Château d'Eau, traverse la rue et se hisse le long du muret de pierre du Cercle Saint-Martin. « J'allais les voir partir, les Allemands. Mais je n'étais plus des leurs. »

Mathilde a 16 ans. Elle passe sa tête blonde entre les hanches des jeunes Alsaciens assis sur le mur. Ils injurient le troupeau ahuri parqué dans la cour. Elle a peur d'être démasquée. Elle se fait toute petite. Les Allemands sont assis sur leurs valises. Ils attendent l'ordre du départ. Certains s'en vont à pied, la malle posée sur une poussette. Les enfants portent des baluchons. Les Colmariens rassemblés sur le trottoir lancent des injures à leur passage. « Pilleurs ! » hurle une Alsacienne. « Pour une fois ils ne repartiront pas plus lourdement chargés que quand ils sont arrivés ! » Une haie de colère se forme le long du trottoir. Une honorable bourgeoise crache sur la redingote d'un Allemand. Les jeunes assis sur le muret chantent « Muss i denn. Muss i denn zum Städtele erüs... et si je dois, et si je dois quitter ma petite ville... »[1]

Les soldats français ont du mal à dégager la foule pour laisser passer le convoi des camions qui s'ébranle vers le poste frontière de Vieux-Brisach sur le Rhin. « L'opération », note un journaliste de l'*Elsässer Kurier* en allemand, « a donné lieu à des scènes indignes ».

Le 9 décembre 1918, le premier avis d'expulsion est publié, en allemand seulement, dans l'*Elsässer Kurier*. Quarante familles, « dont l'attitude vis-à-vis des indigènes a beaucoup laissé à désirer », sont expulsées. « On ne comprend vraiment les sentiments qui animent la population alsacienne témoin de ces expulsions que quand on se souvient de la répression exercée par le gouvernement

1. *Muss i denn* : chanson traditionnelle.

local prussien et ses fonctionnaires, qui ont veillé pendant quatre ans à l'application des mesures décidées par le régime militaire. Il faut se souvenir de la façon odieuse dont certains de ces messieurs ont pris plaisir à piétiner la sensibilité de la population alsacienne. Il n'est pas juste de mettre un incident regrettable mais isolé sur le compte de la population tout entière. C'est davantage l'attitude de Monsieur l'avocat Weber qui a provoqué cet incident. À ceux qui l'interpellaient, Monsieur l'avocat Weber a répliqué avec dédain que lui-même et ses amis reviendraient et reprendraient l'Alsace-Lorraine tout comme les autres colonies allemandes ! Pour faciliter son retour, il fut arrêté sur-le-champ ! »

À chaque expulsion, Mathilde reconnaît les notables allemands de la ville : Frau Diefenbach, l'épouse de l'ancien maire de Colmar. Doktor Gneisse, le professeur du lycée. Les médecins Dr Fischer et Dr Meher. Le procureur général Vogt. L'agent d'assurances Moll. L'avocat Klein. Le dentiste Witmann. Le bijoutier Schön. « Oh, Jee… Boches ! Ils criaient "Boches !" En 1918, on était tout à coup des Boches et on a failli partir. Alors ça… le 18 novembre, ça me reste éternellement à l'esprit… La peur de devoir partir. Et ma mère, cette Belge qui ne savait pas un mot d'allemand et qui était si gravement malade. Et mon père qui n'avait pas de situation. C'était l'horreur… l'horreur.» Postée devant moi dans la petite chambre, la Reine Mère est redevenue cette jeune fille terrorisée au milieu de la foule haineuse.

Le 8 janvier 1919, c'est Wilhelm Schmitz, l'instituteur, et sa femme Josephine qui s'en vont. Il vient de Osterath. Elle est née à Kerpen. Ils sont rhénans et habitent le premier étage de l'immeuble de l'avenue de la

Liberté, entre les Réling et les Goerke. Quelques semaines avant son départ, Wilhelm Schmitz a fait paraître une petite annonce en allemand dans l'*Elsässer Kurier* : « En raison d'un départ précipité, ménage complet et en très bon état à vendre de suite. Chambre à coucher : armoires, toilettes, fauteuil, chaise longue, tables, chaises, tableaux, miroir, édredon, oreillers. Cuisinière, ustensiles de cuisine et casseroles. » Les Goerke et les Schmitz se sont fait des adieux crispés sur le palier. Un matin Mathilde reconnaît ses voisins dans la foule. Mais elle n'ose pas leur faire signe. Elle s'en est longtemps voulu d'avoir été aussi lâche.

L'*Elsässer Kurier* a beau se montrer rassurant en certifiant (en allemand) : « Cet incident a fait naître l'inquiétude parmi les ressortissants allemands dont le comportement vis-à-vis de la population alsacienne est irréprochable et qui se sont attiré les sympathies de nos compatriotes. Ils ont peur d'être eux aussi expulsés. Cette crainte n'est en aucun cas justifiée. Il va de soi que ces mesures de répression ne touchent que les personnes qui se sont rendues coupables de délits graves », il y a dans les tiroirs du commissaire de la République des listes portant le nom et la profession des personnes rapatriées d'office.

Des gendarmes, des douaniers, des percepteurs, des institutrices, des médecins, un chef de gare et des employés des chemins de fer, un gardien de prison, un cordonnier, un cantinier, un voiturier, des cultivateurs, des employés d'usine et leur famille. Même Marie, la tenancière « germanophile » de la buvette de la gare de Kaysersberg et sœur Olympe du couvent de Sainte-Marie-aux-Mines font partie du convoi. C'est toute une partie de la population colmarienne, les notables et les petits métiers, des rues entières qui sont renvoyées de l'autre côté du Rhin. Certains étaient des voisins sans histoires, d'autres des commerçants appréciés pour leur travail soigné.

Mathilde voit l'employé des postes qui affranchissait les lettres destinées à Georgette à Berlin. Un soldat est en train de fouiller sa valise. L'institutrice qui a appris à lire et à écrire à des générations de petits Alsaciens est considérée aujourd'hui comme un agent subversif de la germanisation forcée. On dit en Alsace que ce sont ces humiliés chassés sous un jet de crottin de cheval qui sont revenus en 1940 perchés sur les chars de la Wehrmacht, le cœur plein de revanche.

ON LES APPELLE LES ALTDEUTSCHEN. Ils sont quelque 130 000 à être venus comme Karl-Georg Goerke s'installer en Alsace pendant la période du Reichsland, soit 1 habitant sur 10. En 1910, Colmar compte 16 % d'Allemands de souche. Au lendemain de l'Armistice, ces citoyens respectés deviennent des « indésirables », des « unangenehme Ausländer », des étrangers déplaisants.

Sur le bordereau qu'ils reçoivent, la « raison d'expulsion » est énoncée. Ils sont « pangermanistes », « dénonciateurs », « fonctionnaires révoqués », « hostiles aux Alsaciens », « germanophiles ». Ils jouissent simplement d'« une mauvaise réputation » ou sont des « indésirables s'étant fait remarquer par la violence de leurs sentiments antifrançais ».

C'est le règne de l'arbitraire. La justice française n'a pas le temps de mener une enquête approfondie pour juger au cas par cas. Il suffit d'une rumeur, d'une lettre de dénonciation anonyme pour que l'ordre d'expulsion soit émis. Mathilde n'aimait pas les mouchards, ces «hyper-patriotes qui voulaient être plus français que le roi de France. Tous ces braves Alsaciens se sont mis à cafter».

Mathilde n'oublia pas. Parfois, dans un salon de thé, quatre-vingts ans plus tard, elle désignait du menton une vieille dame à chapeau assise à quelques tables de nous. «La mère de celle-là», me chuchotait-elle à voix basse, «elle a dénoncé un couple de commerçants de la rue des Clefs».

Dans les premiers mois du retour à la France, les soldats alsaciens reviennent de la guerre et cherchent du travail. Les ouvriers allemands sont les premiers licenciés dans les usines. Colmar souffre de la pénurie d'emplois, de logements et de la hausse des prix. La colère monte contre ces Allemands qui accaparent les postes de travail. Afin de ne pas désorganiser les services publics et les entreprises, les Français n'ont pas licencié tous les Allemands en poste dans l'administration, l'industrie et le commerce. On n'hésite pas à dénoncer ceux qui sont encore là. «D'après des renseignements obtenus, l'usine d'électricité de Turckheim emploierait encore plusieurs sujets allemands, entr'autre un nommé Schoter (comptable). J'ai l'honneur de vous prier de vouloir bien prescrire une enquête aux fins de rapatriement de ces indésirables», écrit un anonyme à l'administrateur militaire du Cercle de Colmar.

Le 12 avril 1919, le commissaire de police écrit à l'administrateur de Colmar : «J'ai l'honneur de porter à votre connaissance que de nombreux Boches sont employés aux travaux de la vallée de Munster alors que des sujets alsaciens battent le pavé à la recherche d'un gagne-pain. Le même fait se produit à la mairie de Colmar, où, me dit-on, vingt-huit Boches sont occupés sans que nul ne songe à leur signifier leur congé. Ces faits et la difficulté de l'existence aidant sont âprement commentés par le public déçu de voir que les fonctionnaires boches tiennent encore et malgré tout le haut du pavé. Une telle situation, si elle se prolongeait, ne manquerait pas de porter atteinte au bon renom et au prestige de la France en ce pays. »

Il ne faut surtout pas laisser la situation se dégrader. Les expulsions rapides sont le meilleur moyen de garantir la paix sociale en Alsace. Des « commissions de triage », véritables petits tribunaux de fortune, sont créées dès le mois de novembre 1918, avant même la signature de l'Armistice. Elles seront supprimées à l'automne 1919 après la ratification du traité de paix. Elles sont chargées d'examiner le cas des Alsaciens soupçonnés de germanophilie et des Altdeutschen récalcitrants au départ volontaire. Elles font le tri : à interner, à expulser, à laisser en liberté. Elles vérifient sommairement les dénonciations. Personne ne saura jamais si le cas de Karl-Georg Goerke a été examiné par une commission de triage. Ces archives compromettantes ont été détruites lors d'un incendie de la préfecture de Colmar à la veille de la Seconde Guerre mondiale.

QUAND MATHILDE RENTRE CHEZ ELLE, elle ne raconte à personne les scènes auxquelles elle a assisté au Cercle Saint-Martin. Les Goerke vivent comme des bêtes traquées. Ils ont peur de recevoir eux aussi leur avis d'expulsion. Le père de Mathilde a déjà rangé dans une valise les papiers d'identité et les documents importants. Il a fermé la valise à clef et l'a cachée sous son bureau. Il n'en parle ni à sa femme, ni à sa fille. Il sait que le sort de sa famille dépend d'une dénonciation, d'une jalousie de voisinage, d'une querelle de cage d'escalier, d'un concurrent pressé de récupérer ses clients. Surtout ne pas se faire remarquer. Montrer des sentiments nationaux « irréprochables » et une « bonne moralité ».

La famille Réling ne laisse pas tomber la famille Goerke. Mathilde n'a jamais oublié le courage des Réling : « Tout le monde a parlé pour mon père tout de suite ! » Henri Réling se précipite à la préfecture pour plaider la cause de son locataire et ami. « Des honnêtes gens », affirme l'instituteur à l'agent de la République qui enregistre sa déposition. « On n'aurait jamais cru qu'ils étaient allemands. Ils parlent français à la maison. Madame Goerke est la grande amie de ma femme. Une fille de notaires bruxellois. Excellente famille de patriotes belges. »

Henri Réling se porte garant de la probité de la famille Goerke. Karl-Georg Goerke n'est pas un pangermaniste qui abusa de ses pouvoirs pendant les quatre années de dictature militaire. C'est un modeste citoyen de cette ville, bon voisin et honnête homme d'affaires. Mais pour ses anciens partenaires alsaciens en affaires, Karl-Georg Goerke est un Prussien. Et un Prussien, c'est bien pire qu'un Badois qui vient de l'autre côté du Rhin et parle une langue alémanique très proche de l'alsacien.

Mathilde se souvenait de la peur de sa mère la première fois que son mari avait osé retourner au Café Central après la guerre. « Ma mère était tremblante quand il était parti. Après toute cette histoire ! » Karl-Georg Goerke avait mis son chapeau-melon et saisi sa canne pour se donner du courage. Il était allé prendre un apéritif comme si de rien n'était. Personne ne l'avait inquiété.

« Les gens partent », écrit Adèle à sa fille Georgette à Berlin. Comme si ces milliers d'Allemands brutalement expulsés entreprenaient un voyage d'agrément. Le quartier se vide. Les voisins font des adieux expéditifs. Ils promettent d'écrire quand ils se seront réinstallés de l'autre côté du Rhin.

L'avenue de la Liberté se dépeuple. Alphonse Ruff, l'instituteur du n° 35, fait partie du convoi du 6 février 1919. Il cesse du jour au lendemain de toucher sa solde. Ses meubles sont mis sous séquestre. Au n° 14, c'est l'employé des chemins de fer Adolph Hauther qui fait ses valises. Le 18 mars, le Prussien Guillaume Beuz qui habite le n° 1 s'en va sans rien laisser à Colmar. Deux jours plus tard c'est au tour de Rudolph Keltenisch, le commerçant du n° 10, de rentrer en Prusse. « Je pense tant et tant à toi », écrit Adèle à sa fille Georgette, « en voyant partir d'ici tous ces gens sur lesquels on s'apitoie tant ».

Certaines familles sont coupées en deux. Les pères allemands s'en vont. Les femmes alsaciennes et les enfants restent. On se salue le dimanche d'une rive à l'autre du Rhin. Adèle observe « tous ces changements ». Elle a très vite déchanté et les douleurs sont revenues. Elle confie ses inquiétudes à Georgette : « Nous allons rarement chez Hausch (les Français prononcent Hoche) mais les rares fois que nous nous payons une visite, ils ne manquent pas de demander des nouvelles de toi. Leur petite est à Fribourg depuis l'armistice et ils ne peuvent pas aller la chercher. » Rola, l'amie de Mathilde, a été expulsée en plein hiver. Des années plus tard, Rola écrit à Mathilde. Elle s'est mariée. Le jeune couple s'est installé dans le Westerwald (lettre en allemand) : « Je vais bien. Notre petite maison ici est très douillette et nous y vivons tranquilles. J'ai pourtant toujours le mal du pays quand je pense à l'Alsace. L'an dernier nous sommes allés en Forêt-Noire et j'ai vu mon pays bien-aimé à mes pieds. Tout près de moi. Oh, Tilde, comme cela m'a fait de la peine. Mon mari a eu beaucoup de mal à me rappeler à la raison. Écris-moi bien vite. Et salue ton père de ma part. Du fond du cœur. Deine Rola. »

Karl-Georg Goerke se rallie à l'appel lancé le 20 janvier 1919 par l'association des Allemands expulsés au Président américain Wilson :

« C'est dans le plus grand besoin que les ressortissants allemands qui jusqu'à ce jour vivaient en tant que citoyens de plein droit en Alsace-Lorraine, et auxquels ces régions doivent une grande partie de leur essor, s'adressent au représentant du peuple américain libre pour lui demander de mettre un terme aux mesures odieuses prises par les autorités françaises. À Strasbourg, à Colmar, à Mulhouse et dans beaucoup d'autres localités, les Français rassemblent sur la place publique les citoyens d'origine allemande. Ils sont livrés à la vindicte populaire, injuriés et expulsés de l'autre côté de la frontière à bord d'automobiles à ciel ouvert comme du bétail. Chaque famille n'a le droit d'emporter que quelques vivres, 20 à 30 kilos de bagages. Le ménage et le reste des biens privés sont confisqués, souvent pillés et parfois détruits sans raison.

« Monsieur le Président, si vous n'intervenez pas dans les meilleurs délais, les dégâts ne seront jamais plus réparables. Le peuple allemand n'arrivera jamais à effacer le souvenir de ces mesures injustes. »

Karl-Georg Goerke sait bien que cette initiative ne servira à rien. Il ne cherche pas à se défendre. Toute protestation serait vaine, voire dangereuse. Un mot de travers, une plainte un peu trop intempestive et l'ordre d'expulsion risquerait d'être émis. Il préfère faire le mort et attendre.

6

Les années de vache enragée

Un jour qu'il a fait de bonnes affaires avant la guerre, Karl-Georg Goerke offre à sa femme un salon Louis XV. Adèle dispose le canapé et les fauteuils à côté du piano dans la chambre au balcon, la chambre du soleil couchant. On appelle cette pièce « Chez Maman ». C'est son refuge dans l'appartement. « Chez Maman » s'est transformé au cours des années en hôpital de fortune. Dans le secrétaire, la sœur Olga qui vient effectuer les soins quotidiens a rangé les bandages, les ampoules, les flacons, les seringues et les ballons de coton. Une odeur d'éther et de camomille flotte dans la pièce. Les rideaux sont souvent tirés. « Ma mère passait ses journées allongée sur son canapé. Elle avait toujours une bouillotte sur l'estomac. Alors comme je n'ai pas pu retourner à l'école, étant casée comme Allemande, je lui lisais des livres entiers pendant la journée. Ma mère était casanière. Elle remuait tout cela, ses soucis, ses souvenirs. Elle était secrète. Elle était souffrante, toujours souffrante », se souvenait Mathilde. « Mes pauvres yeux sont si faibles et j'ai peur de mêler encore l'oculiste à tous mes guérisseurs », se plaint Adèle à Georgette.

Chaque samedi, Karl-Georg apporte à sa femme un roman rose et une tablette de chocolat suisse Cailler. Quand sa mère s'assoupit enfin la tête posée sur l'accoudoir du canapé, Mathilde est persuadée que le salon Louis XV a des vertus thérapeutiques. Il est capable d'apaiser toutes les douleurs.

Adèle se sent coupable de coûter si cher à son mari. « Comme c'est beau que tu te suffises à toi-même », écrit-elle à Georgette. « Moi c'est ce qui me fait le plus souffrir ici, c'est de voir combien je suis coûteuse à papa. Je suis cependant si heureuse de ce que dans notre misère tu aies au moins une position qui te rende indépendante de tout secours pécuniaire. Tu souffrirais beaucoup de dépendre de qui que ce soit. Une phrase suffit parfois pour se dire qu'on est en charge et ces phrases, elles tombent toujours quand, entourée de soins et de gâteries, on a fini par se laisser aller à accepter sans plus réfléchir toutes ces générosités. »

Cette maladie achève de ruiner les Goerke. Pour payer les honoraires du Doktor Molk, pour être prêt aussi quand l'ordre du départ arrivera, Karl-Georg Goerke vend le salon. « Salon Louis XV en bon état à vendre », indique une petite annonce de l'*Elsässer Kurier* du 8 janvier 1919. Karl-Georg Goerke ne veut pas se laisser prendre de court. Il sait que les Allemands n'ont que quelques heures pour se rendre sur le lieu de rassemblement avant l'expulsion. Le mobilier laissé sur place est souvent pillé et revendu.

Un arrêté du conseiller d'État, publié par le commissaire de la République en Haute-Alsace, annule la vente des objets appartenant à des Allemands : «Sont interdites et déclarées nulles et non avenues, comme contraires à l'ordre public, toutes les ventes, acquisitions, locations, constitutions d'hypothèque ou de droits réels portant sur les immeubles situés en Haute-Alsace appartenant à des sujets ennemis ou sur leurs mobiliers. Les mobiliers ne pourront être enlevés ni déplacés des lieux où ils se trouvent sans le consentement préalable et écrit du commissaire de la République.» Karl-Georg Goerke a lu dans l'*Elsässer Kurier* les comptes-rendus d'ajdudications forcées. Le journal est plein de petites annonces. Des ventes aux enchères, des appartements à louer. Des ménages entiers sont bradés en toute hâte : «Meubles en tout genre à vendre : armoires, miroirs, toilettes, deux machines à coudre, porcelaine, secrétaire, presse-papiers, vélos pour dames et messieurs, meubles de jardin, chaises, livres.» Les meubles des Allemands qui n'ont pas réussi à vendre à temps sont mis sous séquestre. Et leurs efforts pour récupérer leurs lits et leurs buffets restent vains. «L'appartement est nu. Tu ne reconnaîtrais plus rien ici», écrit Adèle à Georgette.

Sur la tapisserie, un rectangle clair marque l'emplacement du canapé emporté par les déménageurs. Les pieds des fauteuils ont laissé leur empreinte sur le parquet. Le salon Louis XV que Mathilde ne manquait jamais de mentionner quand elle parlait du passé devient le symbole de l'aisance matérielle et du bon goût à la française de cette famille humiliée.

DANS LES MOIS QUI SUIVENT novembre 1918, Karl-Georg Goerke perd son travail. La maison de café de Hanovre

(« super élégante », Mathilde n'oubliait jamais de le préciser) pour laquelle il travaille depuis des années ne peut plus employer un représentant hors d'atteinte de l'autre côté d'une frontière bouclée. Les droits de douane, les chicanes bureaucratiques compliqueront longtemps le trafic frontalier. Quand il reprendra son activité, les maisons allemandes pour lesquelles il travaillait avant la fin de la guerre auront trouvé de nouveaux représentants.

Les maisons françaises, elles, ne veulent surtout pas d'un Allemand. Le 17 décembre 1918 une annonce paraît en allemand dans l'*Elsässer Kurier* : « Plusieurs entreprises françaises qui désirent reprendre leurs relations commerciales avec l'Alsace ont pris contact avec la chambre de commerce de Colmar. Elles nous demandent de leur communiquer le nom de personnes qui seraient intéressées de les représenter dans la région. Messieurs les représentants, d'origine alsacienne ou française, qui seraient intéressés, peuvent consulter ces lettres au secrétariat de la chambre de commerce à la mairie. Le soir de 6 à 8 heures. » Mathilde ne cessa jamais d'en vouloir à celui qui a pris la place de son père. « Un brave Colmarien a pris toutes ses représentations. Les maisons françaises ne veulent pas travailler avec un Allemand. Elles préfèrent engager un bon Français ! Et il y en avait tout à coup, des bons Français à Colmar ! »

Ce n'est que quelques années après le retour à la France que la sous-préfecture de Colmar délivra à Karl-Georg Goerke, – teint frais, 1,67 mètre, yeux bleus, barbe et moustache, signes particuliers : néant – la carte d'identité professionnelle à l'usage des voyageurs et des représentants de commerce renouvelable chaque année. Une carte définitive lui sera attribuée le 30 juin 1927 quand Charles-Georges Goerké acquerra la nationalité française.

Les Goerke n'ont pas droit au taux de change préférentiel de 1 mark contre 1,25 franc que le gouvernement français n'octroie qu'aux Alsaciens de souche. Pour 1 mark, les Altdeutschen obtiennent 0,74 franc. Les économies de la famille Goerke sont anéanties. Karl-Georg Goerke vend ses dernières actions, les bijoux de sa femme. Il renvoie Jeanne, la bonne qu'il ne peut plus payer que pour quelques menus travaux. « Pauvre Jeanne », écrit Adèle à Georgette, « pauvre enfant, elle travaille aux champs depuis qu'elle n'est plus tout à fait chez nous. Ses parents ont acheté une petite ferme près de l'orphelinat ». Même Georgette est incapable d'aider ses parents. Elle aimerait leur donner ses économies. « Je reviens de la caisse d'épargne », écrit Adèle en allemand à sa fille le 4 juillet 1919, « et je ne veux toucher à rien avant que tu puisses régler tout cela toi-même. Un mark vaut désormais si peu. Laisse cet argent là où il est. Il est bien placé et nous n'en avons pas besoin ».

Adèle espère gagner à la loterie. « N'as-tu pas trouvé dans mon vieux porte-monnaie noir un lot de loterie ? Je voudrais bien l'avoir ? » demande-t-elle en français à sa fille berlinoise.

Toute sa vie Mathilde joua à la tombola et au loto. Une fois par semaine, elle s'arrêtait au kiosque du Champ-de-Mars et achetait un billet. Elle ne décrocha jamais le gros lot. Mais peut-être garda-t-elle l'espoir de réparer un jour l'infortune de son père.

La famille Goerke vit en marge de cette Alsace en liesse qui n'en finit pas de fêter son retour à la France. « Les Alsaciens », écrit Adèle à Georgette en allemand, « vivent dans la joie permanente. Monsieur Poincaré arrive bientôt. Reste calme, très calme et laisse nous-tous, toi et nous, attendre les événements.» Dès le mois de novembre 1918, le ravitaillement s'est nettement amélioré en Alsace, mais les prix sont montés en flèche. Adèle décrit à Georgette une situation catastrophique : «Si tu viens, tu ne trouveras pas de grands changements. Colmar est toujours Colmar. Il n'y a pas moyen de trouver un logement. Madame Wimpffen me disait que si elle voulait, elle pourrait même louer son cabinet tant il y a de chercheurs d'abri. La vie est horriblement chère, mais on trouve de tout. Papa se plaint terriblement de ses affaires. Comme je le disais, on vit quand même et on peut toujours s'arranger. C'est tout de même mieux qu'avant. On peut se nourrir. Ici la vie est terriblement chère et c'est un vrai supplice de tantale de voir tant de belles et bonnes choses sans pouvoir les acquérir. Pour un peignoir chaud pour moi, papa a donné 145 fr !!! Tila se brode ses chemises elle-même.» Mathilde appelait cette période si douloureuse de sa vie de très jeune fille «les années de vache enragée».

Karl-Georg Goerke veut rester à Colmar. Il ne veut pas quitter cette petite ville qui lui est pourtant si hostile. Il lit chaque matin dans les journaux des pamphlets haineux. Les Allemands sont des «brigands», des «envahisseurs», des «menteurs», des «oppresseurs» pratiquant un «militarisme sans égard et sans pitié», une «tyrannie écœurante». Un «peuple ennemi de toute liberté et de la démocratie». Le général Messimy parle d'un «peuple veule et lâche», alors que la France est «une nation pleine d'idéal et de bonté». Chaque matin Karl-Georg Goerke essuie une nouvelle volée d'injures. Mais il ne change pas d'avis. Au fil des années, Colmar est devenu sa patrie. Il aime cette petite ville qui sous le Reichsland a perdu ses allures mal dégrossies de chef-lieu de département.

Jusqu'en 1918, les Goerke sont bien intégrés. Ils ont des amis et les affaires marchent bien. De plus, Karl-Georg Goerke ne comprend plus guère les bouleversements politiques à Memel. Sa ville natale sur les bords de la Baltique est-elle allemande ? Sous protectorat français ? Lituanienne ? Il y a si longtemps qu'il a quitté la terre pauvre et froide de son enfance. Elle lui est étrangère. Ses parents sont morts. Et il n'entretient des contacts réguliers qu'avec son frère Fritz qui vit à Berlin. Pourtant Berlin n'est pas non plus une nouvelle patrie envisageable : trop grande, trop dangereuse, trop appauvrie par la guerre, trop païenne, trop décadente. Sa femme, Adèle van Cappellen, est belge. Elle se sent mieux dans l'Alsace française que dans cette Prusse qui, quatre ans auparavant, a violé la neutralité de son pays et commis des atrocités que la presse ne cesse de dénoncer.

De toute façon, Adèle, gravement malade, ne supporterait pas un tel déracinement. Karl-Georg Goerke connaît le sort réservé aux expulsés. Ils sont accueillis sur l'autre rive du Rhin. Ils sont logés dans des baraques pendant des mois. Réussiront-ils jamais à reconstruire leur vie ?

EN CES LENDEMAINS DE GUERRE, les vainqueurs déploient leurs cartes d'état-major et se partagent l'Europe. Ils rangent chaque peuple dans une case aux contours strictement délimités. L'Allemagne cède l'Alsace-Lorraine à la France. Le droit du sol de la République française est transformé de facto en droit du sang. L'État français instaure exceptionnellement en Alsace un droit allemand. Les habitants de l'Alsace sont classés en quatre catégories, selon des critères de pureté raciale. Qui est français ? Qui peut le devenir ? Qui ne peut en aucun cas l'être ?

Les mairies attribuent des cartes d'identité de type A, B, C, D aux habitants de l'avenue de la Liberté. Tous les membres de la famille Réling obtiennent sans problème la carte A barrée d'un ruban tricolore : leurs parents et leurs grands-parents étaient français avant 1870. Ils sont Alsaciens de souche. Cette carte tant convoitée donne droit à la réintégration de plein droit à la nationalité française après le traité de Versailles signé le 28 juin 1919. Marthe et Alice sont bien nées. Elles sont en règle face à l'Histoire. Henri Réling se dépêche de gommer de son nom les sonorités germaniques. Il place un accent aigu sur le « e » de Réling. Il exige que l'on prononce la dernière syllabe de son nom à la française. Il donne des cours de français accéléré à ses filles. Il leur fait faire une dictée chaque soir. Pour Marthe, qui n'est pas bonne élève, cette francisation accélérée est un cauchemar.

La famille Goerke se retrouve divisée. La mairie de Colmar attribue la carte d'identité n° 72 de type C à Adèle Goerke, née Van Cappellen. Visage : oval. Yeux : bleus. Cheveux : blonds. Taille : 1,68 mètre. Née le 15 juillet 1864 à Bruxelles. Le Commissaire de Police y a apposé son cachet. La carte C barrée de deux traits bleus est réservée aux étrangers originaires d'un pays allié à la France ou resté neutre pendant la guerre.

La carte D, sans aucune barre de couleur, est réservée aux « étrangers des pays ennemis » (Allemagne, Autriche, Hongrie, etc. et à leurs enfants, même si ceux-ci sont nés en Alsace depuis 1870. Les enfants mineurs héritent automatiquement de la nationalité de leur père. C'est la carte de Mathilde et de son père. Le cas de Georgette est sans ambiguïtés : carte D. « Mathilde était pourtant moins allemande que Georgette ! » protestait Marthe. Georgette a bien essayé de se traficoter un sang plus conforme aux nouvelles normes : « J'ai été élevée dans l'amour de ma parenté belge. Et dans l'amour, le grand amour de la Belgique, qui malheureusement n'est pas ma patrie. J'aimerais pourtant devenir belge. Le consul n'a toujours pas répondu à ma demande. Cela m'attriste beaucoup. Papa et Tilla sont forts et en bonne santé. Il semble que j'ai du sang Van Cappellen dans les veines ! Toujours faible, pâle et un peu souffrante. On dit souvent que je n'ai pas le caractère allemand et maman dit que je suis une enfant de Bruxelles. Je n'en sais rien. Mais je serais fière de ressembler aux Bruxellois », écrit-elle en allemand à sa cousine bruxelloise.

Georgette se sent à l'étroit dans son passeport allemand. Elle ne comprend pas qu'on veuille ainsi enfermer les peuples dans le petit enclos d'une nation. Loin à Berlin, Georgette sent la grande détresse de ses parents. Elle sait qu'on a besoin d'elle à Colmar. Pour la première fois elle écrit à sa mère en français :

« Ma chère petite Maman,

« Me voilà donc installée avec le petit Larousse illustré, trois dictionnaires et une grammaire française pour écrire ma première lettre française à ma petite Maman. C'est ainsi qu'on retourne à des situations qu'on croyait avoir surmontées en quittant l'école. Gott sei Dank, dass der Satz fertig ist !! (Dieu merci, cette phrase est enfin terminée !) J'espère que toi, Maman chérie, tu n'as pas besoin d'autant de livres pour déchiffrer ma lettre. Je n'ai depuis longtemps plus écrit que j'aimerais revenir en Alsace. Mais je n'ai pas oublié ma promesse, donnée librement, ni changé d'avis. J'espère qu'on naturalisera papa bientôt. Tout de suite après sa naturalisation, je viendrai moi et on me la donnera aussi. Si on ne veut pas de moi dans le service public, alors je ferai quelque chose d'autre ! Je crois que j'apprendrai aussi encore l'exactitude. N'est-ce pas, Muttel chérie, tu me crois, que je suis en train de me perfectionner pour venir en France ! Si je resterai à Colmar, cela, je ne le sais pas trop. Quoique j'adore justement Colmar et ses environs. »

LES GOERKE NE SONT PAS LES SEULS à être ainsi déchirés. C'est une supplique qui s'échappe du classeur « Purgatoire 200 110 » des Archives départementales du Haut-Rhin à Colmar où sont conservées les plaintes des familles séparées après le retour de l'Alsace à la France. Chacun tente de prouver sa fidélité à la France. Les médailles des grands-pères anciens combattants de 1870 dans l'armée française tiennent lieu de pièces à conviction. Les mères font le décompte de leurs fils et de leurs neveux tombés au champ d'honneur, côté français.

« Jamais j'ai été boche et je n'ai jamais eu la moindre intention de le devenir ! » s'exclame le Badois Victor Joggerst. Il demande le rapatriement de son père Mathias, tonnelier, expulsé près d'Offenburg par la commission de triage. Mathias Joggerst est accusé d'avoir dénoncé aux Allemands en 1917 un boulanger de Ribeauvillé. Victor Joggerst se porte garant pour son père : « Je peux remarquer que notre père n'a jamais été politicien et qu'il n'a jamais fait de la propagande contre les Français. Vu qu'il fut expulsé tout seul, il mène une triste vie dans son pays d'origine, abandonné, et pensant toujours à sa famille. Nous sommes décidés à ne pas rejoindre l'Allemagne où nous ne serions traités que comme étrangers, mais de rester dans notre pays natal l'Alsace, et de nous montrer dignes de devenir de bons Français. »

Amélie Bauer, Alsacienne de souche, demande le retour de son mari allemand. Gendarme, il a été expulsé à l'âge de 62 ans : « Tout le monde peut certifier qu'il était un homme très tranquille et juste qui ne s'occupait jamais de la politique ni avant, ni pendant la guerre. Il est resté 32 ans en Alsace où il a fait service et laissé sa force. Moi, sa femme, je suis alsacienne de tous mes ancêtres natifs de Gries, près Drulingen, j'ai l'âge de 56 ans. Comme fille du pays d'un instituteur français j'ai été élevée dans le sens français comme nous parlions toujours cette langue. Pour quel crime commis souffrir ainsi, seulement parce que mon mari est né comme Allemand. Je peux assurer que mon mari deviendrait un meilleur citoyen français que beaucoup d'Alsaciens le sont.»

Lina Haas, veuve d'un précepteur de Kaysersberg, est expulsée en Forêt-Noire. Elle a 70 ans. Elle n'a ni famille, ni amis en Allemagne. Elle implore Raymond Poincaré : « Monsieur le Président, grand vainqueur des nations, soyez noble et juste, Dieu vous le bénira. »

Thérèse Lott de Feldbach, Alsacienne, s'adresse directement à Georges Clemenceau. Son mari badois a été expulsé. Elle a préféré rester en Alsace pour s'occuper de la ferme. Mais elle est incapable de travailler aux champs parce qu'elle est enceinte. « L'amour n'a pas de nationalité », écrit-elle. « L'attachement que j'ai pour la France m'a même encore empêchée de suivre mon mari, parce que je ne veux pas que l'enfant que je porte sous mon cœur doit venir au monde en Allemagne. Pour ces motifs j'implore votre clémence, Excellence, d'avoir la bonté de faire acte de paternelle justice et d'ordonner la révocation de l'expulsion de mon pauvre mari. »

J'imagine les lettres timides qu'aurait écrites Karl-Georg Goerke s'il avait été expulsé. Aurait-il écrit comme cette Allemande renvoyée avec 30 kilos de bagages de l'autre côté du Rhin : « Cela n'est pas gentil qu'on me renvoie comme cela de mon pays à l'âge de 50 ans. Ai-je mérité cela, moi qui suis punie pas pour moi mais pour toute l'Allemagne ? » Ou comme l'Allemande Emilie Wilhelm menacée elle aussi d'expulsion : « Mes sentiments français n'ont pas changé et ne changeront pas. C'est pourquoi ce serait bien triste si on me forçait à aller dans un pays que je ne connais pas. Je ne connais que Colmar. Je ne saurai donc pas pourquoi on voudrait m'expulser, moi qui n'ai fait aucun tort à personne. » Aurait-il supplié comme François Loesch, Badois né à Vieux-Brisach : « Il n'a plus qu'un désir : celui de montrer, par sa conduite future, qu'il est tout prêt à vivre dans sa famille alsacienne, à l'ombre du drapeau français qu'il honore et qu'il demande l'autorisation d'apprendre à aimer » ?

Tous ces gens sont à la merci de bureaucrates pinailleurs qui ne tiennent pas compte des situations absurdes de familles déchirées. Les fonctionnaires envoyés de Paris sont chargés de mettre de l'ordre ethnique dans le melting-pot alsacien. La République classe ses enfants. Il y a les légitimes, les tolérés, les adoptés, les rejetés et les Boches.

Ces lettres respectueuses sont à la limite de la servilité. Ces gens sont démunis. Ils s'arment de courage pour protester contre la décision des nouveaux maîtres des lieux. Ils veulent récupérer leurs meubles, entretenir leurs tombes, faire fonctionner leurs exploitations ou tout simplement continuer à vivre auprès de leurs femmes et de leurs enfants. C'est comme s'ils demandaient grâce. Mais ils sont impuissants. D'un trait de plume, le commissaire de la République peut refuser sa faveur et classer l'affaire.

RIEN N'APAISAIT LE SENTIMENT d'humiliation de ma grand-mère quand elle repensait aux années d'après guerre. « Pendant un an, on ne nous a plus parlé. Pourtant nous étions des gens bien ! » Elle élevait la voix comme si elle voulait me convaincre. « Personne n'aurait eu l'idée qu'il était allemand, tu sais ! » « Karl-Georg Goerke », racontait-elle avec fierté, « s'était efforcé de rester ce monsieur exemplaire, plus français que les Alsaciens. Les voisins vantaient ses bonnes manières et son français soigné. C'était un vrai Parisien ! Ça sautait aux yeux quand tu le voyais ! Quand ma mère est allée à Memel pour la première fois, ses belles-sœurs parlaient mieux le français qu'elle. Mon père avait quitté son pays à l'âge de 17 ans. Il avait débuté à Riga dans un établissement bancaire. La grand-mère avait envoyé ses quatre garçons faire leurs études à Bordeaux. Il y avait vécu quelques années. Puis mon père s'était installé à Bruxelles où il avait rencontré ma mère qui ne parlait pas un mot d'allemand. Je n'ai jamais entendu mon père parler allemand, même pas quand nous sommes redevenus allemands en 40. Il se sentait français. Il n'avait pas d'accent allemand. Qu'est-ce que mon père aimait se moquer des Alsaciens qui se proclamaient Français et ne parlaient même pas français ! Il méprisait les Alsaciens pour leur accent. Et comment ! Mon père c'était un lord. Un grand seigneur. On a voulu le faire partir comme Allemand. Un jour, il a été appelé à la préfecture. Et eux aussi, ils ont dit : "Si tous les Alsaciens étaient comme Monsieur Goerke..." et là-dessus ils lui ont donné un faux passeport. Un passeport lituanien. Nous avons eu le droit de rester à Colmar. »

Mathilde était fière d'avoir roulé la République.

« Nous allons certainement nous faire naturaliser », écrit Adèle à Georgette en allemand. « En tant que Lituaniens, cela ne doit pas être bien difficile. Sinon tout va bien et tout est plus calme qu'avant la guerre. » Mathilde expliquait comment son père était devenu lituanien : « Ces fonctionnaires français arrivés après la guerre ne comprenaient rien à la géographie. Notre pasteur qui protégeait mon père leur a dit : "Mais voyons, regardez donc la carte, Memel c'est en Lituanie et sous protectorat français de la Société des Nations !" Alors ils se sont laissés convaincre. Ils ont donné des papiers à mon père. Il a pu rester et demander plus tard à être naturalisé français. »

Karl-Georg Goerke tremble à l'abri d'une fausse identité. Adèle écrit à Georgette en allemand : « Nous nous portons assez bien. De ce que l'avenir nous réserve (à 55 ans) nous n'avons aucune idée. Pauvre Thilschen, elle s'ennuie tellement. Ce n'est plus très confortable ici et si vide. »

Et quelques semaines plus tard : « Dans ta dernière carte, tu nous demandes ce qu'il en est de notre naturalisation.

Papa veut se faire naturaliser français. Mais son avocat lui dit que ce ne sera pas nécessaire. Il pourrait très bien vivre ici en tant qu'étranger tranquille. Et nous en sommes restés là.» Mathilde a rajouté au bas de la lettre : « Courage, ma bien-aimée ! Les temps seront bientôt plus cléments ! »

Mathilde se souvenait d'un voyage en train. C'était longtemps après la guerre. Elle était allée à Bruxelles avec son père. Quand les douaniers qui contrôlaient les passeports dans le train avaient vu la mention « Lituanie » sur les papiers de son père, ils l'avaient scruté d'un air inquisiteur. « La Lituanie, c'est où ça ? » avaient-ils demandé. Karl-Georg Goerke lui avait décrit un vaillant petit pays qui s'était battu pour son indépendance sur les rives de la Baltique. Les douaniers l'avaient félicité. Ils avaient soulevé leur casquette et refermé la porte du compartiment. Le voyage avait continué sans autre embûche. Mathilde en riait encore : « Quelle histoire ! Pas étonnant que je sois un peu tordue avec tout ça ! »

7

Georgette, la chère absente

KARL-GEORG GOERKE est prêt à tout pour devenir français. Mais jamais il ne songe – un seul instant – à rompre le contact avec Georgette, sa fille aînée, institutrice à Berlin, capitale des Boches.

Georgette part à Berlin au printemps 1918. Elle y vit les derniers mois de la guerre et la défaite de l'Allemagne. Le retour de l'Alsace à la France divise la famille de ma grand-mère. Georgette vit sa vie tumultueuse toute seule à Berlin. Karl-Georg, Adèle et Mathilde Goerke attendent à Colmar le sort que leur réserveront les nouveaux maîtres de l'Alsace. Ils ont peur de tout. Mais le plus gros tourment de la famille Goerke, c'est l'éloignement de cette fille aînée malade des poumons. « Nous pensons beaucoup à toi ces jours-ci où les fêtes de famille se multiplient », écrit Adèle à sa fille quelques jours avant Noël 1919. « Nous passons tous ces jours comme les autres en pensant seulement à notre chère absente. Ce matin nous avons reçu ta chère lettre. Nous sommes toujours si contents quand tes missives arrivent, et pourtant elles sont si laconiques, si peu écrites pour nous mettre un peu au courant de ta chère santé. Ce qui nous chagrine c'est que tu sois malade sans pouvoir te dire "Reviens", n'étant nous-mêmes que "tolérés". Papa dit que tu dois aller passer quelques jours à la campagne pendant les vacances et tâcher de te remettre. Il est lui-même sans position depuis 6 mois et le logement est presque vide. Écris-nous tout. On aime mieux tout savoir que cette anxiété. »

Les contacts épistolaires réguliers avec l'Allemagne sont mal vus. Le courrier est contrôlé par la censure postale française. « Je ne trouve point beaucoup dans tes lettres, mais je sais bien comment il est difficile d'écrire tout et aussi qu'on est obligé de tout croire ce qu'on nous raconte et qu'on n'a pas le droit de tout dire ce qu'on pense.Bientôt avec toi on se dira tout », écrit Adèle en allemand à sa fille dans une prose byzantine.

Adèle se sert de ses deux langues comme d'une arme sournoise. C'est sa façon de résister. Pendant la guerre, quand le gouvernement militaire allemand germanise jusqu'au nom des montagnes et des rivières et interdit que l'on parle français dans la rue, Adèle fait semblant de ne pas savoir un mot de la langue de son mari. Elle réussit même à obtenir une dérogation l'autorisant à parler français en public. Mathilde était pleine d'admiration pour le culot de sa mère : « Elle est allée toute seule au siège du gouvernement militaire de la ville. Quand les Allemands ont vu arriver cette belle Bruxelloise, ils se sont mis à bavarder en français avec elle. Ils lui ont donné un grand papier l'autorisant à parler français. Elle les a conquis avec toute sa grâce et elle est repartie en riant. »

Mais maintenant que les libérateurs imposent le français à tous, maintenant qu'ils traduisent en toute hâte le nom des rues et traquent les enseignes, les écriteaux, toutes les inscriptions qui rappellent un demi-siècle de présence allemande, maintenant Adèle met un point d'honneur à écrire en allemand à sa fille. Un allemand truffé de fautes splendides qui font rire Marthe et Mathilde. Adèle n'a pas honte de l'architecture baroque de ses phrases. Elle place ses verbes là où bon lui semble. Elle invente des adjectifs taillés juste à la mesure de ses émotions.

Chaque fois qu'il va à la poste déposer un paquet pour sa fille allemande, Karl-Georg Goerke tremble en écrivant l'adresse berlinoise. Sa situation est si précaire. Un rien peut provoquer la colère des autorités françaises et compromettre à jamais sa demande de naturalisation. Les Colmariens sont à l'affût du moindre faux pas. Et prêts à dénoncer leurs voisins en toute bonne conscience. « L'employé des postes », se souvenait Mathilde, « avait honte de coller les timbres sur un paquet pour Berlin. Il fusillait mon père du regard. Et mon père rentrait tout angoissé à la maison ».

Il ne faut surtout pas que l'on soupçonne la famille Goerke d'entretenir dans le secret de son cœur « des sentiments favorables à l'Allemagne ». Les lettres sont pourtant le seul moyen de garder le lien dans cette famille coupée en deux.

Adèle et Georgette s'écrivent deux fois par semaine. Leurs lettres décrivent avec une précision méticuleuse les menus détails du quotidien : les pénuries de charbon, les arrivages de sucre, le coût de la vie, les migraines, les maux d'estomac, les ponctions, les pansements, les fluctuations de l'appétit, le diagnostic des docteurs, les petites histoires de la grande ville. Adèle écrit même pour dire qu'il ne se passe rien : «Ici il n'y a rien de nouveau (en français). Un jour ressemble à l'autre (en allemand). Je ne sais pas quoi t'écrire. Ta visite fut une distraction bienvenue et maintenant nous vivons à nouveau d'une façon aussi monotone qu'avant. »

Adèle veut s'assurer de l'amour de Georgette : « Merci, ma Georgette, pour les bons et affectueux sentiments que tu m'exprimes dans ta lettre. Je suis toujours si contente de t'entendre répéter que tu m'aimes bien et que tu penses à moi. Continue de m'écrire ainsi, tes lettres me valent plus que tous les médicaments pour me tranquilliser les nerfs. » Chaque matin, derrière la fenêtre de son salon sans meubles, Adèle guette le facteur. Elle attend la lettre de Berlin. Adèle n'est jamais rassasiée. Sa nostalgie est infinie : « Ma bonne et chère enfant. J'ai pensé à toi toute la journée. Hier soir un train est arrivé en gare et j'ai tellement espéré que les choses soient encore comme avant. Tilde et moi espérions toujours quand un express arrivait de Strasbourg. As-tu bien dormi ? As-tu du lait ? Écris-moi tous les deux ou trois jours. Nous nous précipitons sur le facteur quand il arrive. Nos cœurs et notre amour sont si près de toi. Aie du courage, ma grande chérie, les jours seront meilleurs. Un bon baiser de ta maman, ma Georgette adorée. »

Malgré sa pauvreté, la famille colmarienne envoie régulièrement des vivres à Georgette. Après la guerre, on manque de tout à Berlin : de nourriture et de combustibles. Et la vie est horriblement chère. Georgette a peur de l'hiver. «As-tu reçu les œufs de Jeanne ? En omelette probablement ! » demande Adèle. « As-tu reçu le lait ? Sœur Olga séjourne en Suisse et nous l'avions priée de t'envoyer du lait condensé. Je crois qu'il est meilleur que celui qu'on vend en Allemagne. » Le contenu du paquet est toujours soigneusement énuméré dans une lettre à part : « Nous t'avons envoyé : trois paquets de sucre, quatre pots de confiture. As-tu reçu les deux boîtes de cacao ? Aujourd'hui j'ai envoyé deux paquets de lard, deux paquets de farine de riz. Je t'écrirai plus longuement demain. Nous allons tous très bien. Tendres salutations de ton papa qui t'aime. »

Georgette répond par retour de courrier à son père : « Je te remercie pour les petits paquets. J'ai reçu deux barres de savon de toilette, deux cacao et aujourd'hui un morceau de savon de Marseille. Que des choses de valeur. Mais ne dépensez pas trop d'argent pour moi ! »

Georgette a faim. Elle échappe malgré sa faiblesse physique à l'épidémie de grippe espagnole qui ravage l'Europe pendant l'hiver 1918. « Me voilà revenue à la vie ! » écrit-elle à Mathilde. « Cela ne veut pas dire que j'étais agonisante, non. Mais la grippe a des conséquences souvent mortelles et je m'étais faite à l'idée que j'aurais pu, moi aussi, passer tout près d'elle. Dans l'ensemble, mon cas n'était pas trop grave. Le pire était mon manque total de résistance à cause du tourment émotionnel et de la faiblesse physique (pour ne pas faire usage du mot sous-alimentation). Ach, ma chérie, je suis si contente que tu aies de nouveau à manger. Ma petite, tu ne peux imaginer à quel point nous manquons de tout ici depuis la guerre… Les Anglais ont réussi à nous affamer. Tu verras combien tu vas devenir forte et intelligente ! Tu n'en croiras pas tes yeux ! Tu n'étais qu'un petit poussin quand la guerre a commencé. Plaise à Dieu que tu gardes ta bonne santé et ta lucidité jusqu'à la fin de tes jours. Et maintenant, laisse-moi t'embrasser. Baiser à ma petite. Georgette.»

Georgette passe des journées entières à Berlin à essayer d'obtenir un sauf-conduit. Elle essuie refus sur refus. «Il ne faut plus t'agiter pour obtenir un permis de voyage», écrit Adèle. «Tout ça t'énerve et ne sert je crois à rien, du moins par ce qu'on me raconte. Attends patiemment. Je suis triste comme toi. Je faisais déjà mille châteaux en Espagne qui se sont vite écroulés. Peut-être que la chance viendra d'un autre côté. Ce serait si beau et si bon parce que comme tu le penses avec raison tu me manques et je souffre de notre séparation surtout depuis que nous souffrons toutes les deux physiquement.»

Un après-midi de juillet 1919, Georgette surprend sa mère dans le jardin. «Elle fut la première Allemande à rentrer en Alsace», jurait Mathilde. Karl-Georg Goerke prend des photos. Georgette est penchée sur l'épaule de sa mère. Georgette et Mathilde portent la même robe à fleurs. L'insouciance a disparu de leurs visages. Mathilde n'est plus une enfant, mais une jeune fille pâle aux yeux tristes.

Georgette se met au piano et entonne *La Brabançonne*, l'hymne national belge, pour sa mère. Puis elle joue l'hymne de la Prusse, pour son père : «Ich bin ein Preusse. Kennt Ihr meine Farben? Die Fahne schwebt mir weiss und schwarz voran[1] !» Mathilde et son père entonnent le refrain à tue-tête.

1. « Je suis Prussien, voici mes couleurs. Mon drapeau noir et blanc claque au vent ». Extrait de *Die Wacht am Rhein*, l'hymne officiel de la Prusse.

C'est le seul moment d'insoumission qu'ils se soient jamais autorisé. Les fenêtres sont grandes ouvertes sur le boulevard, mais Georgette n'a peur de rien. Elle aime narguer la France. Adèle se souviendra longtemps de cette visite : « J'ai tant rêvé de toi cette nuit qu'il faut que je te l'écrive. Mon moral est bon. Seulement, ne pouvant guère lire, je m'ennuie beaucoup. Nous avons heureusement un temps superbe cette semaine et je passe mes journées au jardin à la même place où tu m'as si heureusement surprise le 16 juillet. C'était un bon temps pour moi quand tu étais toujours près de moi, ma Georgette. Je ne crois pas que j'aurais bientôt ce bonheur parce qu'il paraît que c'est plus difficile que jamais. Si tu obtiens un congé, arrange-toi d'avance là-bas pour que tu en profites et que tu aies du vrai repos parce qu'ici il y a toujours des alertes et des ennuis. Travaille ta santé comme moi je tache de le faire et si vieille que je sois, je compte vivre encore de bons moments avec toi quand tous ces ennuis de frontière seront passés. »

Les nouveaux efforts de Georgette pour obtenir un sauf-conduit restent vains. Le 8 août 1919, quelques semaines après la signature du traité de Versailles, Adèle espère que Georgette pourra rentrer en Alsace. Mais elle a peur que sa fille soit forcée de partager la « quasi-misère » de la famille. Elle sent bien que Georgette se plaît à Berlin où elle a été nommée au début du printemps 1918 pour enseigner dans une école primaire.

La fille aînée des Goerke va y vivre, jusqu'à sa mort, en 1924, les plus grands moments de l'Histoire allemande du début du siècle : la défaite et l'armistice, la révolution de novembre 1918 et la proclamation de la République de Weimar, plusieurs insurrections spartakistes et l'assassinat de Rosa Luxemburg et de Karl Liebknecht, le putsch de Kapp et la grève générale. Une crise en chassera une autre. L'Allemagne sera sans cesse au bord de la guerre civile. Berlin, laboratoire de la modernité, grouillera d'idées nouvelles. Et Georgette sera subjuguée.

Adèle comprend l'engouement de sa fille pour sa nouvelle vie. Berlin est la plus grande ville d'Europe après Londres. La toute jeune capitale de la plus grande nation industrielle d'Europe. « Je n'ose pas trop insister », écrit-elle, « pour que tu reviennes parce que pour toi la séparation de ce que tu aimes là-bas sera tellement douloureuse et comme je te l'ai déjà dit, je ne sais guère comment tu t'habitueras ici chez nous à la demi-pauvreté, à notre appartement si nu et puis aux nouvelles habitudes d'ici. Je voudrais cependant tant te revoir, ma chérie. Il me semble que cela nous guérirait toutes les deux après cette longue séparation, et puis on s'arrangera toujours. Dieu sait dans quelle misère je me suis déjà trouvée, et pourtant j'ai 55 ans ! Nous ne méritons guère les malheurs que nous avons eus. Tu vois que tout s'arrange dans la vie. Si toi tu n'obtiens pas un sauf-conduit pour venir en France, moi j'en solliciterai un pour venir te voir là-bas, si tu peux me recevoir quelques jours ? Au revoir, ma Georgette, ta maman t'aime bien tendrement et souhaite de tout son cœur pouvoir te serrer dans ses bras. Maman ».

Adèle ne perd jamais espoir : « J'ai la ferme conviction que le sort nous sera bientôt plus clément. Nous avons droit à un peu de bonheur après tous ces déboires. » Elle orne ses lettres de jolis aphorismes qui masquent la peur : « Dans la vie, tout finit toujours par s'arranger », « Après les pleurs, les fleurs », « Nous vivons comme l'oiseau sur la branche… comme au-dessus d'un volcan ». Mais on sent bien qu'Adèle ne partage pas vraiment l'optimisme de ces jolies formules. Seront-elles capables d'attendrir le destin ?

Et si la roue ne tournait pas ? Et si le soleil ne remplaçait pas la pluie ? Et si les fleurs ne venaient pas sécher les pleurs ? Et si le sort continuait à s'acharner ?

INSTITUTRICE FORMÉE EN ALSACE allemande, Georgette est nommée à Berlin quelques mois avant la fin de la guerre. Sa mission : prodiguer l'instruction aux enfants d'Adlershof, un faubourg ouvrier de la capitale. Elle n'a pas choisi d'habiter les longues rues ourlées d'arbres et les façades Jugendstil aux couleurs sucre d'orge des quartiers riches du centre.

Adlershof, qu'elle décrit comme « un grand faubourg simple, mais propre et lumineux » est un quartier neuf construit à la hâte. C'est un village en désordre qui a grossi au rythme saccadé des révolutions industrielles. Georgette les a voulus, ces appartements bondés où s'entassent les familles nombreuses, l'odeur de pisse de chat dans les arrière-cours humides, les pères saoulés au schnaps et leurs gosses pouilleux. Ici, les logements sont étroits, sombres, rares et chers.

La vie est rude. Quatre ans de guerre et de malnutrition ont épuisé les habitants. Le quartier est plein de veuves et d'orphelins de guerre, de soldats blessés ou mutilés, de chômeurs et de sans-abri. Bientôt viendront les réfugiés de Silésie et de Prusse-Occidentale, ces territoires cédés à la Pologne par le traité de Versailles.

On manque de tout : de pommes de terre, de charbon, de vêtements, de logements. La mortalité des nourrissons est élevée. La tuberculose fait des ravages. «Les gens d'ici ne deviennent pas terriblement vieux. Ils ne sont jolis que pendant quelques années. Entre 18 et 25 ans peut-être. Et aussi quand ils sont enfants. Quel spectacle délicieux ici : tous ces enfants adorables avec leurs yeux bleus et leurs cheveux blonds comme les blés. Mais la plupart sont malades. C'est pourquoi ils ont le teint si pur, si transparent», écrit Georgette à Mathilde dès son arrivée.

Elle ne connaît que les joues roses et charnues des petits Alsaciens. Adlershof est une banlieue prolétaire en pleine effervescence révolutionnaire. L'aile radicale du SPD y gouverne. Les nazis baptiseront le quartier «Adlershof la rouge». Placardées sur les murs, des affichettes règlent leur compte à l'injustice sociale. On y voit les enfants d'ouvriers cadavériques qui par la fenêtre de leur logement miséreux observent dans l'appartement de l'autre côté de la rue un bourgeois en habit de soie, assis repu à une table bien mise. « Ces riches-là et eux seuls sont coupables de la misère dans laquelle vivent les travailleurs ! » dit la légende.

Georgette est choquée par la pauvreté du sol : « La terre est si sèche et si pauvre ici… Tu ne peux pas t'imaginer. Partout du sable très blanc et très sec. Pendant les jours de grosse chaleur j'ai arrosé encore et encore notre jardin. Et si tu savais combien les gens ont du mal à faire pousser quelques fleurs et à s'offrir le plaisir d'un petit jardin. Il n'y a presque pas de fruits, du moins pas cette année. Un jour, on nous a dit qu'on pouvait acheter des groseilles. Nous nous sommes tout de suite mises en route. Nous avons fait la queue pendant longtemps. Mais quand notre tour est venu, il n'y avait plus rien dans les cageots. »

Georgette prend son service à la *Erste Gemeindeschule*, l'école primaire logée dans un bâtiment de brique rouge sur la Bismarckstrasse, la rue principale d'Adlershof. La pénurie de logements est grande. Mais Georgette a de la chance. Elle trouve une chambre au numéro 13 de la Waldstrasse. La Waldstrasse, c'est le haut du pavé d'Adlershof. Georgette a pour voisins le médecin et le directeur de l'école.

Les familles ouvrières s'entassent dans les immeubles de la Hackenbergstrasse. Elle partage une mansarde avec l'institutrice Luise Stromberger. Les deux jeunes filles ont suivi leur formation d'institutrice ensemble à Colmar. Leurs parents sont amis. Comme Karl-Georg Goerke, les parents de Luise sont allemands.

Theodor Stromberger, le père de Luise, a pris ses précautions. Il a passé le Rhin avec sa famille avant l'arrivée des troupes françaises. Sentant la défaite prochaine de l'Allemagne, l'instituteur s'est fait muter à Bremerhaven. « C'est trop risqué ! Mieux vaut anticiper ! » glisse-t-il à Karl-Georg Goerke un dimanche matin où les deux hommes prenaient l'apéritif au Central. Les Stromberger ont laissé une partie de leurs meubles dans le grenier des Goerke. Ils se sont promis de revenir bientôt les chercher.

Georgette surnomme Luise Isebies. C'est le nom de l'héroïne exaltée d'un roman à la mode, lecture obligatoire pour toutes les jeunes filles de l'époque. Un amalgame de féminisme précoce et de mièvrerie à l'eau de rose. Les romans servent d'escapade sentimentale aux deux institutrices. Leur vie est si austère. Frau Hirt, la logeuse de Georgette, a perdu son mari pharmacien à Verdun. Elle sous-loue une petite chambre mansardée pour remplumer sa maigre pension de veuve de guerre.

«Je ne suis pas enthousiasmée, mais j'aurais pu tomber pire», écrit Georgette. «La véranda devant la maison est très belle. Elle donne sur une sombre pinède. Sur la balustrade courent des pois de senteur. Et en bas, il y a une ravissante petite cour qui mène à un jardin. Nous avons déjà passé des heures rêveuses sur la veranda, c'est pourquoi nous l'avons baptisée : la petite pièce des contes de fées au-dessus de la pinède... Je m'assieds souvent ici sur la balustrade, seule ou avec un livre et... je rêve ! Je ne me suis rarement autant réjouie de rêver. Cet été – c'est-à-dire durant les quelques belles journées de cet "été" – j'ai passé des heures, des après-midi entiers, alongée sur une chaise longue à regarder le ciel tout là-haut au-dessus de ma tête et à rêver.»

GEORGETTE SE SENT À ADLERSHOF comme une missionnaire en Afrique. Pour amuser sa famille à Colmar, elle raconte des aventures cocasses dans un carnet rose relié par un ruban de soie. Marthe et Mathilde adorent les punaises, les puces et les vers solitaires d'Adlershof : «Une nuit, je me suis réveillée torturée par d'étranges piqûres. J'ai cherché partout et au bout d'un moment j'ai fini par trouver une punaise dans ma chemise de nuit. Ces jolis petits animaux se promènent partout ici ! Un jour Isebies et moi sommes montées au grenier pour aller chercher quelque chose dans nos valises. Quand nous sommes redescendues nous grouillions de vie ! Nous avons attrapé quelques soixante puces. Quelle histoire ! Au début nous avons pris la chose avec humour, mais ensuite nous nous sommes mises en colère. Et puisque je suis en train de répertorier les animaux avec lesquels nous vivons ici, je veux encore te raconter une autre aventure qui m'est arrivée. Un jour, j'ai passé une nuit épouvantable. Je ne pouvais pas dormir et je me sentais tiraillée et déchirée de l'intérieur. Le lendemain matin nous voulions aller à Berlin au musée. Il a fallu que je disparaisse de toute urgence. Et qu'est-ce que je vois ? Un ver d'un demi-mètre de long, gros comme un doigt, qui sort de moi. Tu imagines ma frayeur. Je ne me suis calmée que quand le médecin m'eut rassurée. Il m'a prescrit une cure. Un médicament radical ! »

Georgette envoie de ce pays lointain où elle vit des colifichets exotiques à Marthe et Mathilde. Une aquarelle du Müggelsee. Un lampion couleur saumon. Un éventail à grosses fleurs rouges. Un coquillage d'Usedom.

Georgette ne connaît pas la métropole écervelée qui naît dans les années suivant son arrivée à Berlin. Les Années folles ne se dansent pas à Adlershof. Le charleston et le jazz, c'est un autre Berlin. Les théâtres, les cabarets, les variétés, les nuits excessives, les réclames au néon rouge feu, les cafés politiques, les androgynes à monocle et porte-cigarettes et les danseuses de variétés aux mœurs délurées… ce monde-là est bien loin de la Waldstrasse.

Georgette n'a rien d'une garçonne avec ses longs cheveux noués dans un chignon, ses blouses blanches et ses jupes de grosse toile.

Il y a plus d'Années folles à Colmar qu'à Adlershof, plus de plumes d'autruche, de strass et de boas avenue de la Liberté que dans la Waldstrasse. Marthe a fait couper ses cheveux au carré. Elle porte un petit chapeau cloche et une longue écharpe de soie, un long collier de perles de verre, des chaussures à bride et petit talon et des bas de soie blanche. Mathilde porte un ruban serré sur le front. Les robes de mes grands-mères raccourcissent. Elles sont amples et à taille basse. « Des sacs avec un trou au milieu et une ceinture très lâche », me racontait Marthe. « Et nous nous croyions irrésistibles ! » Marthe et Mathilde passent des heures à coudre. Elles se fardent en secret quand leurs parents sont sortis. Marthe comprime ses seins dans un bandeau qu'elle serre fort. La mode est aux petits seins fermes. Mathilde est fière de ses hanches fines et de ses cuisses musclées par la gymnastique. Elle va nager à la piscine aménagée sur les bords de l'Ill entre Colmar et Horbourg.

Une photo la montre accoudée au bord d'une balustrade devant les cabines de bois. Elle porte un maillot de bain une pièce échancré. Cette liberté du corps lui plaît. Mathilde n'est pas prude. Elle rêve d'aller vivre à Berlin, cette ville sans tabous. Elle se moque des corsets de sa mère, marche pieds nus dans la maison et montre ses épaules bronzées sous ses blouses sans manches. La guerre est terminée. Marthe et Mathilde ont envie de s'amuser.

Depuis longtemps Georgette souffre des poumons. Plusieurs séjours en sanatorium n'ont rien arrangé aux malaises et aux douleurs. Dans les albums de photos, Georgette est de plus en plus maigre, les paupières lourdes, les joues creuses et les yeux tristes. « Ma petite, la vie est si lourde pour moi ! » écrit-elle à Mathilde. « Je te suis pourtant reconnaissante pour toutes les petites et les grandes joies que tu me procures. Tes lettres, tes dessins, tes paquets sont les plus doux moments de mon existence. »

8

Mieux vaut Français que rouges

« LA RÉVOLUTION GRONDE », dit Karl-Georg Goerke quand il lit son journal le matin. Il baisse la voix et Mathilde a l'impression d'entendre une foule en colère monter du fond de la gorge de son père. Après quatre années de guerre, une révolution ! Karl-Georg Goerke ne pressent rien de bon. « Les lettres qui arrivent de là-bas font pitié », écrit Adèle à Georgette. « Les journaux nous racontent la situation. Nous lisons la *Frankfurter* et le *Berliner* et ça ne nous réjouit guère. »

Début novembre 1918, les matelots se mutinent à Kiel. Ils refusent de suivre leurs officiers qui veulent poursuivre la guerre en mer. Ils hissent des drapeaux rouges sur leurs navires et constituent des conseils de matelots et de soldats. La révolte est brutalement réprimée. Des soulèvements ont lieu dans toute l'Allemagne : grève générale à Hambourg, chute de la monarchie à Munich.

À Berlin, un tract spartakiste signé Karl Liebknecht appelle à passer à l'action. Un conseil de soldats et d'ouvriers est créé à Adlershof. Georgette est enthousiaste. « Révolution générale en Allemagne » titre l'*Elsässer Kurier* le dimanche 10 novembre 1918. La veille, l'empereur Guillaume a abdiqué. Le social-démocrate Friedrich Ebert a formé un gouvernement. Le même après-midi, du haut du balcon du château des Hohenzollern à Berlin, Karl Liebknecht a proclamé la République socialiste.

En novembre 1918, juste avant de redevenir française, l'Alsace partage pour la dernière fois un grand chapitre de l'Histoire allemande. Les mutins de Kiel traversent le pont du Rhin. Un conseil de soldats et d'ouvriers est élu à Colmar. Le maire est forcé de démissionner. Une affiche collée sur les murs de la ville informe la population que le pouvoir est aux mains des conseils : « Ni Allemands, ni Français, ni neutres : le drapeau rouge a triomphé ! »

C'est la panique sur le Vogesenwall. « Mon amie Madame Charton est malade depuis au moins trois semaines. Pauvre Madame Charton, après cinq ans de guerre, son mari lui dit : « Notre vie ne sera qu'une alerte. Une fois du côté allemand et l'autre fois les socialistes », écrit Adèle à Georgette. Seuls les Français peuvent mettre fin à ce chaos qui vient d'Allemagne.

Le 13 novembre, le conseil municipal de Colmar envoie une délégation à travers les lignes de la vallée de Munster pour hâter l'arrivée des troupes françaises. On se met d'accord sur le 18 novembre. « Mieux vaut Français que rouges ! » disent les habitués du Central. Karl-Georg Goerke partage cet avis. Pour un court instant, il est étrangement soulagé quand les troupes du général Messimy entrent dans Colmar. Les conseils de soldats et d'ouvriers sont immédiatement dissous. L'ordre est rétabli. Madame Charton recouvre la santé.

La révolution est écrasée à Colmar. Mais elle se poursuit de plus belle à Berlin. Karl-Georg et Adèle Goerke se font du souci pour leur fille quand ils lisent les gros titres du journal le matin : « Le chaos en Allemagne ! La situation à Berlin est confuse. Des coups de feu ont été tirés » – « La bataille de Berlin. La cavalerie nettoie la ville des spartakistes. Graves combats de rue dans les faubourgs. » – « Guerre civile à Berlin ».

Des mois durant, Berlin vit dans un état d'insurrection permanente. Après chaque nouvelle poussée de fièvre dans les rues de la capitale allemande, l'*Elsässer Kurier* décrit les rues jonchées d'éclats de verre, les magasins pillés : « Des mitraillettes sont postées dans toute la ville. La rue de France et la rue de l'Empereur, jadis deux des plus belles rues de Berlin, ressemblent, avec leurs maisons détruites ou abîmées par l' impact des balles, à certaines villes du Nord de la France. On a appris que des bolchéviques avaient participé aux émeutes à Berlin et qu'ils étaient impliqués dans le mouvement révolutionnaire. »

Pendant que Colmar reprend doucement vie après les années de guerre et de privations, Berlin est sans cesse au bord de la guerre civile : manifestations spartakistes, combats de rue, barricades, chasse à l'homme, grève générale, répression sanglante par l'armée avec chars et canons, déclaration de l'état de siège.

Le 15 janvier 1919, Rosa Luxemburg et Karl Liebknecht sont assassinés. D'immenses manifestations de deuil ont lieu le jour de leurs obsèques. Toutes ces turbulences s'inscrivent sur fond de négociation du traité de Versailles. Les conditions imposées par les vainqueurs sont jugées humiliantes. Quand le gouvernement allemand finit par signer le traité dans la galerie des Glaces de Versailles le 28 juin 1919, les manifestants crient à la trahison dans les rues de Berlin. La fragile république de Weimar est menacée de tous côtés.

Chaque matin Karl-Georg Goerke lit le journal à voix haute à sa famille. Adèle et Mathilde sont assises autour de lui. Ces comptes-rendus les terrorisent. Elles pensent à Adlershof. Elles s'inquiètent de ne pas recevoir de courrier de là-bas. Quand elle rentrera plus tard à Colmar, Georgette racontera à Mathilde et à Marthe les manifestations et les combats de rue. Mathilde se souvenait des récits de sa sœur : « Rosa Luxemburg et Karl Liebknecht. C'étaient des noms que nous ne connaissions pas. Georgette ne parlait que de balles perdues, d'exécutions sommaires au revolver, de foules en rage, de corps gisant au milieu de la rue... Quand elle nous racontait toutes ces horreurs nous avions peur ! Ma sœur était une communiste. Dans l'âme. »

La révolution allemande est le baptême du feu de Georgette. Elle découvre des idées nouvelles et si généreuses. Elle parle à Marthe et à Mathilde du corps de Rosa Luxemburg retrouvé dans le canal du Landwehr. Mathilde imagine Ophélie glissant entre les nénuphars, le corps percé de trous de balles. Georgette décrit les funérailles de Rosa Luxemburg. « Ce jour-là, elle était là, toute petite dans la foule, ma sœur ! » disait Mathilde. Elle était fière que sa grande sœur ressemble à une héroïne de roman. Marthe m'avoua un jour que Spartakus[1] évoquait

1. La ligue Spartakus fut fondée par Rosa Luxemburg et Karl Liebknecht. Elle rassembla les socialistes révolutionnaires allemands qui, pendant la Première Guerre mondiale, se scindèrent pour donner naissance au parti social démocrate allemand.

davantage pour elle les petits biscuits au gingembre Spekulatius qu'Augustine Réling préparait pour la Saint-Nicolas.

Les bolcheviques que fréquente sa fille aînée ne plaisent pas du tout à Karl-Georg Goerke. Adèle a beau cacher les lettres dans lesquelles sa fille décrit ses penchants politiques, il observe d'un œil inquiet l'enthousiasme croissant de Georgette pour ces « idées subversives ».

Adèle est inquiète. Elle connaît sa fille. Elle sait que toute cette agitation ne la laissera pas indifférente : « Ma pauvre enfant ! Toute cette fatigue ! Plus de politique, n'est-ce pas ! Qu'est-ce que c'est que cette lourde lettre qui serait arrivée de toi il y a déjà quelques jours et dont Papa ne souffle mot ? N'est-ce que pour me faire plaisir que tu sembles si paisible ? » Adèle sent bien que l'ardeur révolutionnaire de sa fille ne s'émousse pas.

Pourtant Georgette est gravement malade. « Ménage-toi, mon enfant. Et pense aussi à ta santé, pas seulement à tous ces livres ! » ordonne Adèle en vain. Elle aimerait tant que sa fille se ménage : « J'apprends avec bonheur que tu te portes mieux maintenant. Ne te fatigue donc pas tant à toutes ces œuvres philanthropiques dont tu t'occupes. Tu vas t'abîmer le peu de santé qui te reste. Garde-la pour toi car c'est la seule chose précieuse et presque l'unique. Il ne faut pas t'agiter ainsi ! »

Georgette est plongée dans la lecture des manifestes spartakistes. Pourtant, dans ses lettres, Georgette mentionne à peine la révolution. « Luise est à Berlin. J'ai peur pour elle. Car ça y va ici. On tire avec des mitraillettes et des canons. Elle ne va tout de même pas se mêler à tout ce tumulte ? » écrit-elle.

C'est la seule allusion explicite aux troubles à Berlin. Mathilde me raconta la destruction des lettres de sa sœur. Un jour que son mari était en ville, Adèle brûla dans l'évier de pierre de la cuisine un paquet de lettres. Elle ne les avait jamais montrées à Karl-Georg. Le pauvre Papa avait déjà tant de soucis. Ce sont les lettres où sa fille raconte son attirance pour les idées spartakistes et sa participation modeste à la révolution allemande. Adèle regarda en silence la flamme monter et le papier se calciner peu à peu. "Tolérés" dans cette Alsace redevenue française », m'expliquait Mathilde, « la dernière chose dont les Goerke avait besoin c'était de cette fille allemande occupée à faire la révolution. »

Adèle préféra anéantir les preuves. Elle qui gardait précieusement toutes les lettres de sa fille. Elle qui relisait chaque matin le courrier de la semaine écoulée. Elle qui connaissait chaque phrase par cœur, qui auscultait le ton et la tournure des mots pour détecter une tristesse, une faiblesse, un mensonge. Elle qui s'affolait quand la lettre n'arrivait pas… elle avait brûlé dans l'évier de la cuisine les lettres de sa « chère absente ». La violence de cet acte était à la mesure de la peur qui régissait la vie des Goerke.

9

Mathilde, la Boche

C'est dans le parc du Château d'Eau, juste en face du Cercle Saint-Martin, sous la statue d'Auguste Bartholdi, cet enfant de Colmar, sculpteur de la statue du général Rapp sur la place du Champ-de-Mars à Colmar et de la statue de la Liberté dans la rade de New York, que Mathilde vient en été faire ses devoirs avec ses amies de la Höhere Mädchenschule. Les jeunes filles apprennent par cœur le texte des pièces de théâtre qu'elles jouent au lycée. « La prof me donnait toujours de beaux rôles », se souvenait Mathilde. « Un jour, c'était quelques mois après la libération, nous révisions Kleist assises au soleil sur un banc. J'avais 16 ans et j'adorais aller au lycée. Il y avait une Juive et une Alsacienne et moi, l'Allemande. Nous étions toutes les trois en train de réciter *La Cruche cassée*. Une brave Alsacienne est venue en courant nous dire que les Allemandes n'auraient plus le droit d'aller au lycée. »

Le lendemain matin, la directrice ferme la porte au nez de Mathilde : « Pas de Boches chez nous ! Tu n'as rien à faire ici !! » Dans la cour de récréation une Alsacienne montre Mathilde du doigt et chantonne :

« Pock de Schwöb om Krajele,
Setz ne en des Wajele,
Fähr ne ewer de Rhin,
'S Elsoss isch net sin. »

« Saisis le Boche par le col,
Pousse-le dans une voiture,
Conduit-le de l'autre côté du Rhin,
L'Alsace ne lui appartient pas. »

Mathilde rentre en courant à la maison. Le lendemain, elle va récupérer ses affaires dans son casier. La Höhere Mädchenschule sera bien vite rebaptisée lycée Camille Sée, du nom du député fondateur de l'enseignement secondaire pour jeunes filles en France. Encore un natif de Colmar.

La directrice alsacienne, Fräulein Émilie Kuntz, « une terreur », mène l'institution à la trique. Sans doute a-t-elle fait preuve d'ultrapatriotisme et outrepassé ses pouvoirs en renvoyant cette élève, mais les Goerke ne protestent pas. Karl-Georg Goerke ne fait pas irruption, rouge de colère, traînant sa fille derrière lui, dans le bureau de la directrice pour se plaindre de ce renvoi si brutal. Il n'élève pas la voix. Il ne claque pas la porte derrière lui. Il ne menace pas de faire appel à son avocat. Avec des papiers qui ne sont pas en règle, des dettes à la banque, une fille allemande et bolchevique à Berlin et une femme gravement malade, il vaut mieux se faire tout petit.

Mathilde racontait que ses amies ne lui parlaient plus : « Certaines changeaient de trottoir quand nous nous croisions en ville. Beaucoup de camarades de classe nouvellement converties à la France se détournaient de moi. Il valait mieux y réfléchir à deux fois quand on voulait rester mon amie. Seule Marthel ne m'a jamais laissée tomber. Moi avec mon air d'être allemande ! Moi qui adorait parler le français ! »

Mathilde passe ses journées seule à la maison. Elle guette le bruit des pas de Marthe dans le couloir. Quand Marthe rentre de ses cours de dessin, elle grimpe les escaliers quatre à quatre et vient raconter à la recluse la vie du dehors. Marthe suit des cours de dessin chez le peintre Albert Bayer. Elle peint des aquarelles à Kaysersberg et dans les prés d'Herrlisheim. Des maisons raides et des paysages besogneux.

Quand la classe d'Albert Bayer va visiter le musée Unterlinden, Mathilde accompagne son amie. Elle s'accroche au petit groupe joyeux des étudiants de l'école des Beaux-Arts qui l'ignorent. Mathilde est un parasite. Elle se sent étrangère. Mais Marthe protège sa Kamaradle des railleries.

Dans un tel climat de haine, le courage de la famille Réling est exemplaire. Entretenir des contacts réguliers et amicaux avec des « Boches » est très mal vu des nouveaux maîtres des lieux. Sympathiser avec l'ennemi peut vous apporter de graves ennuis. Mais pour Marthe l'amitié est plus forte que les excès nationalistes. Pourquoi se mettrait-elle soudain à haïr son amie de toujours ? Pourquoi Henri Réling irait-il trahir et dénoncer son locataire si courtois ? Marthe se fiche de toute cette folie patriotique.

Mathilde envie l'insouciance de Marthe. Elle aimerait continuer à aller au lycée, faire des études, apprendre l'anglais et la gymnastique comme sa sœur, voyager, découvrir le monde. Elle voudrait peindre des villages alsaciens et dessiner des forêts en automne comme Marthe. Mais Marthe envie la liberté de Mathilde. Elle préférerait rester avec sa mère dans la cuisine plutôt que d'aller planter son chevalet le long de la Lauch.

Marthe a deux passions dans la vie : le cinéma et le fox-trot. Une fois par semaine après novembre 1918, Marthe va lessiver le carrelage de la cuisine de sa grand-mère Adelgonde qui lui donne un Fränkele, une petite pièce d'un franc pour s'offrir un billet de cinéma et une limonade. Marthe et Mathilde vont au Paris Cinéma, rue des Clefs, ou au cinéma de la Marne, ancien Schützenhof, voir les « comédies romantiques » arrivées de France : *Lucien n'aime pas flirter*, *Aimer c'est souffrir*, *Le mari de Totoche*, *Ô Paris gai séjour*. Elles courent au cinéma Central voir *Le bonheur qui revient*, une comédie dramatique en trois parties distribuée par les films Pathé Frères de Paris.

Mais le plus grand plaisir de Marthe c'est d'aller danser le samedi soir. Mathilde admire la gaieté facile de Marthe. Elle est petite, légère, agile. Elle a le sens du rythme. Elle se laisse guider. Elle rit tout le temps. Les bons danseurs se l'arrachent. Mathilde reste collée sur sa chaise, les bras croisés et l'air austère. Elle regarde son amie virevolter sur le parquet. Elle la voit passer d'un bras à un autre. Des dizaines d'années plus tard, Mathilde était toujours jalouse : « Elle n'était pas bien belle, la pauvre Marthe. Mais il faut reconnaître qu'elle dansait comme une déesse ! » Mathilde avait le don d'envelopper les pires vacheries dans un compliment fourbe.

Quand Marthe n'est pas là, Mathilde s'ennuie. « J'ai vraiment la chair de poule quand je pense à demain », confie-t-elle à Georgette en allemand. « Je n'ai pas grand-chose à faire et Marthel est à l'école jusqu'à six heures. Bon, peut-être que je trouverai quand même de quoi m'occuper. »

C'est de ces longues journées tristes que Mathilde tenait sa fantaisie de cuisinière. Mathilde n'eut jamais besoin d'un livre de recettes pour oser les épices et les combinaisons excentriques. Elle aimait faire des expériences. Elle n'avait pas peur d'inventer. D'un reste peu appétissant, elle faisait un plat aguichant. D'une courgette tordue une adorable construction en colimaçon fourrée aux anchois. Elle fut l'une des premières à Colmar à oser la coriandre et le safran. Elle se vantait d'avoir mis des cerisiers entiers en compote et d'être imbattable pour le modelage de macarons aux formes menaçantes.

Sur le rebord de la fenêtre de sa cuisine, il y avait toujours une jatte de poires criblées de clous de girofle qui marinaient dans leur sirop de vin rouge. Une odeur d'ail et de piment flottait dans l'appartement dès dix heures du matin. Dans un sac en lin pendu à la poignée du radiateur, elle collectionnait les morceaux de brioche secs pour sa prochaine charlotte aux pommes. Des talents qui remontaient à loin et qu'Adèle vantait déjà : « Notre chère petite ménagère, elle range si bien la maison et je me laisse vivre animalement sans rien faire que la sortie du matin et prendre du repos. Tilla me soigne toujours comme une petite mère bien que je n'aie besoin d'aucun soin particulier. Mais ça me fait du bien de me laisser un peu dorloter.»

Elle confiait à Georgette ses inquiétudes quant à l'avenir de sa fille cadette : « Pauvre Mathildschen. L'avenir de cette enfant me préoccupe tant. Elle devrait tout de même suivre des cours de français ou d'écriture. » Georgette, qui sentait la détresse de sa petite sœur et essayait de lui redonner courage : « Ma petite, qu'est-ce qui te manque. C'est vrai, nous devons tous supporter des choses si dures. Et nous ne devons pas nous laisser aller. Toi non plus. Mais je sais. Tu ne le fais pas. Seulement de temps en temps, pendant quelques heures, n'est-ce pas ? Pour tes dernières Duchesses je te remercie du fond du cœur. Elles sont si délicieuses. Quelle tranquillité pour moi de te savoir à la maison. Tu es ma petite mère. N'est-ce pas ? Non je ne veux pas dire une mère ménagère ou quelque chose d'aussi petit-bourgeois. Mais la protectrice de la maison, celle qui dispense l'âme et l'amour. Ma petite tant aimée, je t'en remercie. »

KARL-GEORG GOERKE aurait espéré pour sa fille un meilleur départ dans la vie. Il prend conseil auprès de la bibliothécaire. Il découpe les petites annonces dans le journal. On cherche des demoiselles de bureau et des gouvernantes connaissant les deux langues. Pendant quelques mois, Mathilde prend des cours de sténo. Mais elle déteste et abandonne. Mathilde ne peut pas s'imaginer comme petite employée de bureau dans l'officine d'un notaire en bordure du Champ-de-Mars.

Elle a l'impression d'être déjà passée à côté de la vie. Sa frustration atteint son comble le jour de Noël

1919. « J'ai passé l'après-midi à me promener en ville avec Marthel », écrit-elle en allemand à Georgette. « J'ai beaucoup pensé à toi. Te souviens-tu comment nous avions l'habitude de sortir avant Noël pour aller regarder les vitrines des magasins et manger des marrons chauds ? Avec Marthel nous avons emporté une tablette de chocolat et nous nous sommes acheté du pain d'épices. Nous sommes aussi allées à la cathédrale. C'était très beau. Ma grande chérie, j'aurais tellement aimé t'envoyer des photos de maman pour Noël pour que tu voies comme elle a l'air en bonne forme (tous les petits gâteaux que nous t'envoyons, c'est elle qui les fait). J'ai aussi fait une photo de nous tous, mais elle n'est pas réussie. Il va falloir que tu patientes car je ne peux pas toujours demander de l'argent pour le matériel de développement. Toute la conversation tourne autour de toi ici. Nous ne parlons presque que de toi. C'est à peine si nous mangeons une bouchée sans dire : Il y en aurait encore assez pour elle. Ou : Si on pouvait lui envoyer ça ! Nous ne fêtons pas Noël cette année. Nous penserons à toi comme toujours. Ô mon Schatzel, nous t'aimons si fort que notre amour pourrait te porter jusqu'à l'Enfant Jésus. Écris-moi une lettre qui me remplisse de joie, n'est-ce pas ? »

Cette année-là, les magasins de Colmar sont pleins de victuailles. Marthe et Mathilde passent des heures entières sous la neige à regarder les vitrines. L'épicerie fine A. Fincker, rue des Juifs, propose pour les fêtes des parfaits de foie gras, des aspics, des pâtés, des terrines, des truffes en surprise, des escargots, du saucisson de Lyon, des saucisses alsaciennes et des alcools aux noms exotiques : curaçao, mandarinette, cherry brandy, prunelle, grog américain, punch au rhum, cognac, kirsch, quetsche et mirabelle d'Alsace. Aucune de ces denrées luxueuses, le soir de Noël, sur la table des Goerke. Mathilde ne prend même plus la peine de cacher sa détresse : « Chère Schatzi, écrit-elle à Georgette. Oui, Noël fut très triste. Nous n'avions même pas de sapin. Quelle époque ! À 18 ans il faut que je fête Noël dans la tristesse et l'amertume. Au cas où cela t'intéresse : les parents m'ont offert une robe de soie bleu ciel ravissante. Un livre (Gobineau, *La Renaissance*) et une corbeille de pain d'épices. Mais cela ne remplace pas une fête. Ta petite sœur t'embrasse. »

Ce soir-là, Adèle lit la tristesse dans les yeux de sa fille. Elle pose une lettre sur l'oreiller de Mathilde : « Ma chérie, Je ne puis pas attendre demain pour te répéter, encore une fois, combien tu m'as rendue heureuse pendant ma maladie. Tu as été si courageuse, si bonne, si dévouée ! Je suis contente de ce que mon malheur m'a appris à savoir quel trésor d'enfant j'ai en toi, mon cher petit. Merci, ma chère, bien chère enfant pour le bien que tu me fais chaque jour. J'ai voulu te l'écrire depuis longtemps puisque tu ne veux pas m'entendre, mais ce n'est qu'aujourd'hui que ma pauvre tête me permet de le faire. Merci pour ton affection, ma bien chérie, merci pour tes bons et frais baisers. Ce qu'ils m'ont consolée pendant mes douleurs. Je te dois de bien bons moments, ma petite fille que j'aime tant et que je bénis. Ta chère maman. »

Quelques mois plus tard, Adèle Van Cappellen meurt à la maison de santé de la rue des Cloches. Mathilde se retrouve seule avec son père.

10
La mort d'Adèle

Ma grand-mère me donna, peu avant de mourir, une boîte en forme de cœur. Elle y avait posé la photo d'Adèle sur son lit de mort. Son corps est recouvert d'un drap blanc. On ne voit que le visage creusé, le nez saillant. Le front est parcouru de sombres ridules. Adèle est couchée sur un brancard à roulettes dans une cave. La peinture s'écaille sur les murs. Adèle ressemble à une sainte, un bouquet de fleurs des champs posé sur la poitrine. Autour de la photo de sa mère, Mathilde a disposé des roses séchées, une fleur de camomille et une minuscule coquille d'escargot nacrée. Un ruban de satin mauve porte cette dédicace en lettres d'or : « Maman adorée… Pourquoi ? »

Mathilde avait fabriqué cette sépulture à sa mère. Ma grand-mère n'avait pas appris avec le temps à canaliser dans un récit sobre le flot violent de la tristesse qui l'avait submergée le jour de la mort de sa mère. Ce reliquaire était sa façon à elle d'apaiser le chagrin. Même au bout de toutes ces années, elle ne savait pas envelopper dans des mots ce moment précis où son père était rentré de l'hôpital. Il avait posé sa canne et son chapeau dans l'entrée. Sans regarder sa fille qui le guettait au bout du couloir, il avait annoncé d'une voix neutre : « Maman est morte cet après-midi. » Puis Karl-Georg Goerke s'était enfermé dans son bureau. Mathilde était restée debout au milieu du couloir. « Il n'était pas très extériorisé, mon père. Mais par exemple, il a attrapé un de ces eczémas ! C'est sorti par là ! C'était épouvantable ! » me racontait ma grand-mère.

Elle avait mis des années à comprendre le silence de son père ce jour-là. Elle avait du mal à recomposer le déroulement de cette journée. Elle hésitait. « Ma mère est morte en 18… Non, en 21. » Mathilde commençait toujours par ramener tous les grands événements de sa vie à 1918. Comme si tous les malheurs du monde s'étaient rués sur cette année-là.

Adèle Van Cappellen mourut le 25 mars 1921 à la maison de santé de la rue des Cloches. Elle avait 56 ans. Le bâtiment a été rasé depuis. À sa place se trouve aujourd'hui l'entrée du parking de la mairie. Ma grand-mère n'était pas très à cheval sur les diagnostics. Adèle mourait tantôt d'une maladie abdominale non définie, tantôt d'une leucémie, parfois même d'un cancer. Et pour sa sœur Georgette, Mathilde hésitait entre le diabète et la tuberculose. « Peu importe, tu sais. Arrête de pinailler comme ça. Il faut bien mourir de quelque chose ! » me répliquait-elle quand elle sentait que son compte-rendu imprécis m'exaspérait.

Mathilde vient d'avoir 19 ans. Un faire-part paraît dans l'*Elsässer Kurier* :

« Nous avons la grande douleur de faire part de la perte cruelle que nous venons d'éprouver en la personne de
Madame Adèle Goerke-Van Cappellen
Notre chère et regrettée épouse et mère,
décédée après une longue et pénible maladie.
La famille de la défunte.
Colmar, le 25 mars 1921.
L'enterrement aura lieu dimanche, le 27 courant,
à 3 heures de l'après-midi.
On est prié de ne pas faire de visites. »

L'enterrement a lieu au cimetière du Ladhof. Georgette est venue de Berlin. Les Réling sont là. Tout au long de la cérémonie, Marthe serre le bras de Mathilde. Ce soir-là, Mathilde va se coucher de bonne heure. Georgette glisse un billet sous la porte de sa petite sœur. Elle a dessiné au crayon la photo d'Adèle sur son lit de mort. « Ma petite, il est 11 heures et je suis moi aussi allée me coucher. Tu dors dans la chambre à côté. Je ne veux pas m'endormir sans t'avoir dit combien je te suis reconnaissante. Je t'aime profondément. Ta vie n'est pas facile. Mais courage. Et n'oublie pas que ma vie ne l'est guère plus. Et ensuite pense à notre mère dont les souffrances furent bien pires que les nôtres. Oh, elle a beaucoup souffert ! Et sois bonne envers papa. Sa vie à lui n'est pas facile non plus. Essaie de l'aider un peu si tu m'aimes. Bonne nuit, ma petite sœur.»

Mathilde n'était pas comme sa sœur. Elle ne savait pas trouver les mots pour les grandes douleurs de sa vie. Elle avait trouvé un autre moyen pour mettre en scène la tristesse. Elle construisait des autels d'un kitsch désarmant qu'elle accrochait sur le mur au-dessus de son lit. Elle composait des collages : une carte de visite de Georgette, un éventail, une photo prise sur la véranda à Adlershof. Sur une planche de carton, elle collait un poème de Rilke, un ticket de métro, une plume de cygne. Mathilde passait son temps à aller chez le photographe. Elle reproduisait d'anciennes photos. Elle faisait agrandir une lettre. Elle découpait. Elle collait. Sa chambre à coucher avait fini par ressembler à une salle de musée. Elle organisait la mémoire d'une façon à la fois ostentatoire et très secrète. Elle seule savait donner un sens à ces strates de souvenirs déposés les uns sur les autres. Elle seule savait décoder les séquences, expliquer les associations d'objets.

Plus Mathilde vieillissait, plus le passé lointain tapissait les murs de sa chambre à coucher. Elle avait parqué ses petits-enfants et ses arrière-petits-enfants à l'étroit sur l'étagère du salon. Au début c'était encore sa jeunesse qu'elle exposait : Marthe et Mathilde main dans la main dans le jardin du Vogesenwall. Parfois Mathilde mettait son mariage à l'honneur : Joseph et Mathilde en camping en Italie. Elle a des shorts et les cheveux éparpillés dans le vent. Il fume une cigarette, appuyé contre la bâche. Ils voyagent avec le camion de l'entreprise Klébaur. Ils dorment sous la bâche et déjeunent assis sur le capot. «Mes plus belles années, ce camion», commentait Mathilde en rajustant un billet de bateau-mouche coincé dans le cadre de la photo.

Mais bientôt, il n'y eut plus qu'Adèle, Georgette et Karl-Georg. Quelques semaines avant de quitter son appartement pour la maison de retraite, Mathilde avait fait encadrer la lettre de condoléances que lui avait envoyée Luise Stromberger à la mort d'Adèle : «Ma chère, ma pauvre chère, et dire que tu dois connaître cette profonde douleur. Tu as essayé de retenir ta mère de tout ton amour et elle vous a quand même quittés. Ma chère, tu dois tant souffrir. Je pleure avec toi ta pauvre mère tant aimée. Continue d'être forte. Je pense à toi et tous mes vœux les plus profonds t'accompagnent. Ton Isebies. 1921. » La lettre de Luise faisait partie du maigre contingent d'« objets personnels » que Mathilde avait choisi d'emporter dans la chambre du centre pour personnes âgées.

11

Missionnaire zélée

Il y a dans la vie de tous les rebelles un événement qui fait dévier le tracé prévisible de leur destin. C'est un moment précis, facilement repérable dans la chronologie touffue des années. À partir de là, il y a toujours un avant et un après. Pour Georgette, c'est un quart d'heure passé le front posé contre la vitre froide de la fenêtre de sa salle de classe à regarder l'exécution de trois jeunes ouvriers dans la cour de récréation de son école. Ce sont leurs yeux effarés. Un cri animal peut-être juste avant la première détonation du peloton d'exécution. Et trois corps qui s'affaissent, glissent lentement le long du mur, s'écrasent sur la terre battue. « Après cela, Georgette n'a plus jamais été la même », disait Mathilde. Georgette avait confié un soir dans la cuisine, à Colmar, cette terrible expérience à sa petite sœur. Mathilde avait écouté, sidérée. Elle n'avait pas compris grand-chose. Et avec les années, elle avait fini par tout mélanger. Elle savait seulement que sa sœur l'avait échappé belle.

Le putsch de Kapp, au printemps 1920, est un chapitre important de l'Histoire allemande. Il s'inscrit dans la longue série des troubles intérieurs que connaît la jeune république de Weimar. Ardents nationalistes, les généraux Wolfgang Kapp et Walter von Lüttwitz jugent les conditions du traité de Versailles trop humiliantes. Non seulement le traité impose d'énormes réparations et prévoit une réduction drastique des effectifs de la Reichswehr, l'armée allemande, mais surtout il ordonne la dissolution des Corps francs. Le général von Lüttwitz refuse de dissoudre la « brigade Erhahrdt », un Corps franc composé d'officiers de marine de la Baltique.

Dans la nuit du 12 au 13 mars 1920, les putschistes Kapp et von Lüttwitz marchent sur Berlin. Les hommes de la « brigade Erhahrdt » qui défilent sous la porte de Brandebourg portent la croix gammée sur leur casque. La Reichswehr est divisée. Certains prennent parti pour Kapp. D'autres restent fidèles au gouvernement. L'armée régulière refuse de tirer sur les putschistes. La majorité des insurgés sont des anciens de la Reichswehr. « La Reichswehr ne tire pas sur la Reichswehr ! » dit un ordre resté célèbre. Les putschistes proclament Wolfgang Kapp chancelier du Reich et Walter von Lüttwitz ministre de la Guerre. Le gouvernement s'enfuit à Stuttgart.

Pour résister à cet assaut contre la jeune république, le parti social-démocrate appelle à la grève générale. Le mot d'ordre est suivi à Adlershof. Les instituteurs, Georgette en tête, cessent de faire cours. L'école de Georgette sert de lazaret de fortune pour les blessés et de quartier général pour les défenseurs de la république. Les armes sont entreposées dans le bâtiment de l'école. Une « armée rouge » est constituée à Adlershof.

Le 17 mars 1920, le putsch de Kapp avorte. Georgette et les grévistes d'Adlershof triomphent. Kapp s'enfuit en Suède. L'insurrection n'a pas résisté à la grève générale. La jeune république de Weimar est sauvée. Pressé de ramener l'ordre, le gouvernement de Friedrich Ebert lance un appel à la « lutte contre le bolchevisme ». Il exige que les ouvriers rendent leurs armes. Une bonne occasion de nettoyer « Adlershof la rouge », foyer bolchevique redouté. Une unité de l'armée est envoyée dans le quartier pour remettre au pas les insurgés. Le 20 mars, les soldats ouvrent le feu. Quinze jeunes gens sont tués.

Georgette est en train de soigner les blessés dans sa salle de classe quand les soldats pénètrent dans l'école. Elle court à la fenêtre et assiste aux exécutions dans la cour. Elle est arrêtée et conduite à la mairie de Köpenick, le faubourg voisin. Georgette est interrogée, maltraitée peut-être. On l'accuse d'avoir transporté des armes. Elle nie et explique qu'elle apportait des couvertures aux blessés. Georgette est libérée le lendemain matin. Quand elle sort de la mairie de Köpenick au petit jour, les habitants d'Adlershof cachent leur institutrice jusqu'à ce que le calme soit revenu. Le tumulte est de courte durée. Par arrêté municipal, le maire ordonne pour le 23 mars la réouverture des écoles et la remise en route du chauffage. Georgette reprend son service comme si de rien n'était. Seule l'extrême pâleur de Fräulein Goerke témoigne du drame qu'elle vient de vivre.

C'est grâce à la grève générale que le putsch de Kapp a échoué. Cette victoire donne aux habitants d'Adlershof la mesure de leur pouvoir. Georgette aussi a découvert son énergie militante. Le putsch de Kapp lui a permis de faire ses armes. La guerre de religion qui bientôt fait rage à Adlershof est son nouveau combat. Les ouvriers boycottent l'office du dimanche. Ils ne font plus baptiser leurs nouveau-nés. Les parents veulent réduire l'influence de l'Église à l'école.

Georgette est la première à s'indigner : la Bible sert ici à l'apprentissage de la lecture ! La religion est enseignée jusqu'à six heures par semaine ! Elle se moque des « pieux », ces instituteurs qui font chanter des cantiques au début et à la fin de chaque heure de classe. Elle trouve que l'Allemagne est bien en retard sur la France où l'école laïque, gratuite et obligatoire est un acquis depuis longtemps. La séparation des Églises et de l'État date de 1905. Personne ne songerait sérieusement à remettre en question ce pilier idéologique de la IIIe République.

GEORGETTE ET QUELQUES COLLÈGUES fondent la Weltliche Schule d'Adlershof, la première école laïque de Prusse, l'une des premières d'Allemagne. Ce projet rassasie toutes ses faims révolutionnaires. Enfin elle va pouvoir changer le monde.

Il faut libérer le prolétariat du joug des Églises, dénouer le corset étouffant de la morale prussienne. Elle veut faire de ses élèves des libres penseurs. Les valeurs prussiennes : application au travail, ordre, discipline et obéissance ont toujours été un peu étrangères à cette demi-Belge élevée dans la douceur du pays rhénan.

À Colmar, à Bruxelles, on hait les Prussiens. Georgette préfère les saines vertus républicaines : liberté, égalité, fraternité… laïcité. Elle participe aux grandes assemblées populaires à Adlershof. Elle intervient avec passion dans les réunions d'instituteurs. « Fraülein Goerke », le nom saute aux yeux dans les mornes comptes-rendus de séance. Fraülein Goerke lève la main, prend la parole, interrompt, s'oppose. Elle donne son avis d'une voix forte, même si son opinion est contraire à celle de la majorité.

Seule contre tous, elle s'entête. Georgette est contre l'usage du châtiment corporel à l'école. Elle propose que l'on brûle les cannes dans la cour de l'école. Georgette ne veut plus être l'institutrice redoutée. Elle ne veut plus distribuer les coups et les mauvaises notes. « Ces méthodes primitives », écrit-elle à sa mère, « sont remplacées par une pédagogie douce et respectueuse de la personnalité de l'enfant. On ne frappe plus personne chez nous ! »

Sur la photo de classe prise en août 1920, les garçons sont assis d'un côté, les filles de l'autre. C'est la première fois qu'ils partagent une même salle de classe. Georgette se tient debout au fond de la classe, les bras le long du corps, cintrée dans une blouse blanche, droite comme la vertu républicaine qui l'habite. Les enfants ont les mains posées sur leur pupitre, les yeux crispés sur l'objectif de l'appareil photo. Personne ne sourit.

Le *Sozialisticher Erzieher, Zeitschrift für proletarische Schulpolitik* (l'Éducateur socialiste, journal pour une politique scolaire prolétarienne), une publication porte-voix de toutes les nouvelles idées en matière d'éducation, devient la lecture de chevet de Georgette. Et quand la rédaction de la gazette demande à la petite institutrice d'Adlershof de raconter la genèse de la Weltliche Schule, Georgette se laisse emporter par le bouillonnement des mots. Elle décrit les instituteurs de sa nouvelle école : « Ils se sentent libérés de toute hypocrisie, délivrés de toute pression féodale. Leur personnalité est capable de s'épanouir sans entraves et ils sentent naître en eux des forces insoupçonnées. Tous se sentent forts et jeunes, tous travaillent avec amour et un dévouement qui dépasse les limites du sentiment ordinaire du devoir. C'est ainsi qu'est née la singularité de notre communauté d'instituteurs, le rythme soutenu de nos réunions, le programme et la structure de notre école. Un seul mot suffit à nous décrire : activité. Nous sommes tous très actifs. Nous n'attendons pas passivement, nous prenons l'initiative. Nous ne parlons pas, nous agissons. Nous ne construisons pas de grandes théories, nous nous saisissons des problèmes à bras le corps. »

À la place des cours de religion, les élèves de la Weltliche Schule sont conviés à une « heure de la morale ». On commente les événements politiques. On parle de la guerre, du chômage. On apprend à réfléchir sur sa propre condition.

Les enseignants de la Weltliche Schule restent à l'école l'après-midi sans être payés pour animer des activités d'éveil. Georgette enseigne le français. Luise la sténographie. D'autres donnent des cours de jardinage, de musique et de théâtre. Les enfants ne traînent plus dans la rue l'après-midi. Le week-end, les élèves et leurs maîtres partent en randonnée. Les instituteurs gèrent eux-mêmes leur école. « Durant les réunions, on ne perd pas son temps ! » écrit Georgette. « Décision sur décision ! Les problèmes personnels ne sont pas pris en compte. Il n'y a que les faits qui nous importent. C'est ainsi que nous réglons très vite les questions les plus complexes. C'est avec grande agilité que nous venons à bout de l'ordre du jour le plus long. Ceux qui assistent pour la première fois à nos cours sont toujours très surpris par le ton amical qui règne entre les élèves et leurs instituteurs. Ceux qui connaissent notre école savent que nous sommes prêts à prendre en compte les souhaits des parents. Et les enfants savent que nous nous efforçons de les accompagner dans l'épanouissement de leurs intérêts personnels. La structure permet d'aller droit au but ! Et le but s'appelle : l'humanité humaine ! La réalité aimante ! L'esprit libre ! La raison critique ! L'engagement social ! La production indépendante !! » Georgette aligne les formules. La noblesse de ces tirades la transporte. Elle semble vivre dans un état de fébrilité permanente.

Fini le ton autoritaire et le respect glacé. Georgette cherche à instaurer des relations d'égal à égal avec ses élèves. « Au lieu de la contrainte, la liberté ! Au lieu du pouvoir, l'amour ! » écrit-elle dans le *Sozialistischer Erzieher*. Elle veut abolir le « vous » entre les élèves et leurs maîtres.

Parfois, elle emmène ses élèves à Berlin. Elle arpente les couloirs des expositions d'art contemporain avec sa troupe de va-nu-pieds. Elle ordonne un arrêt devant une aquarelle de Paul Klee. Les gosses fixent le tableau avec de gros yeux perplexes. Georgette les interroge d'une voix douce. « Tu aimes ce tableau ? Laisse parler ton âme ! » Les enfants piaffent, se cachent pour rire. Georgette ne se rend pas compte que ses élèves se moquent d'elle. Les gosses se réjouissent surtout d'aller après la visite boire le verre de limonade offert par Fräulein Goerke à la terrasse d'un café. Ils préfèrent la foule des beaux quartiers aux taches informes de Paul Klee.

Dans les rues d'Adlershof, Paul Klee ne fait pas s'élever les âmes. On pense davantage à manger à sa faim, à trouver le sommeil dans des lits surpeuplés. On a peur des maladies, des épidémies, du chômage. Pendant que Fräulein Goerke initie ses élèves à l'art abstrait, le directeur de la Weltliche Schule se bat contre les poux et les puces dans son école. Georgette tranche avec ses robes bien coupées et ses belles manières. « Ma petite bien- aimée », écrit-elle à Mathilde qui vient de lui envoyer des photos de la famille colmarienne. « Si tu savais combien tes photographies m'ont fait plaisir. Je les montre à tout le monde, que les gens le veuillent ou non. Je les oblige à les regarder. Tout le monde trouve papa très chic et toi élégante. Personne n'aurait imaginé ça d'une petite institutrice comme moi ! »

Georgette adore les petits dogmes ronds et les grandes déclamations magiques. Elle glisse des coupures de journaux militants dans ses lettres comme les jeunes filles de son rang déposent des images pieuses dans leur missel. Elle souligne les phrases importantes d'un trait de crayon convaincu. On reconnaît parfois sur une page le sillon approbateur d'un ongle. Un trou minuscule sur le bord supérieur d'une coupure de journal indique que Georgette avait épinglé cette phrase sur le mur de sa chambre. « L'idée socialiste roule et roule et déploie sa force sur toute la Terre, jusque dans ses derniers recoins les plus misérables », dit un petit papier envoyé à Mathilde.

La petite sœur est subjuguée : « Georgette avait des idées modernes ! » – « Georgette était une femme courageuse ! » – « Georgette était du côté des justes ! » me disait-elle chaque fois que je lui demandais de me parler « avec précision, s'il te plaît, grand-maman » des activités politiques de sa sœur à Berlin. Elle était pleine d'admiration pour cette grande sœur qui elle au moins savait comment corriger ce monde si bancal depuis la fin de la guerre et le retour de l'Alsace à la France.

Mathilde aimait les recettes efficaces de Georgette. Sa vision de l'avenir était claire. Elle ne connaissait ni les tâtonnements, ni les doutes. « Georgette voulait construire de ses propres mains une nouvelle société ! » me disait Mathilde. Elle ne voulait pas se laisser porter par « les événements » comme Karl-Georg et Adèle. La passivité de ses parents exaspérait Mathilde. Elle reprochait à Karl-Georg son manque de courage. « Si Georgette avait été là, près de nous, elle leur en aurait fait voir à tous ces Français ! » menaçait-elle. Elle était persuadée que Georgette aurait pu sauver la famille Goerke de son triste sort.

C'est Luise Stromberger qui prévint Karl-Georg et Mathilde. Deux télégrammes se suivirent de près.

« Berlin 10.35. Georgette malade. Luise. »

« Berlin. Georgette s'est doucement endormie. Luise. »

Ma grand-mère ne s'en est jamais séparée. Quand elle découvrait, en rangeant ses papiers, ces deux télégrammes bleus, elle sentait le même chagrin, à peine émoussé, monter en elle. Avec sa simplicité télégraphique, la petite chaîne des mots semblait n'avoir aucune idée de l'immense douleur qu'elle avait provoquée. Karl-Georg avait posé le télégramme sur la table de la cuisine. Il s'était retiré sans un mot dans sa chambre tout comme il l'avait fait à la mort d'Adèle. Pendant un long moment, Mathilde n'avait pas osé s'approcher du télégramme. Elle n'avait pas eu la force de lire le message dont elle avait déjà deviné le contenu. Elle était restée là, debout au milieu de la cuisine, incapable ni de pleurer, ni de se laisser tomber en silence sur le carrelage, brisée par ce nouveau coup bas du destin.

MATHILDE NE SAVAIT PAS PLEURER. Elle n'avait jamais su ni pleurer carrément, ni embrasser franchement. Ses larmes étaient une buée tiède. Ses baisers une accolade à peine perceptible joue contre joue. Je n'aimais pas les pseudo-baisers de Mathilde. Ils manquaient d'enthousiasme. Marthe, elle, collait des baisers pétaradants sur mes joues d'enfant. Des dizaines de petites secousses qui me faisaient rire. « Un jour, je vais finir par t'étouffer de baisers ! » menaçait-elle. Je faisais semblant d'avoir peur de son amour vorace. Et elle recommençait. Je hurlais de joie. Mathilde méprisait nos effusions bruyantes. Son amour était plus calme. Sa tristesse était aride. Jamais elle n'aurait osé me culbuter sur le lit et enfouir son visage contre le mien en poussant des grognements affamés.

Mathilde était jalouse de Marthe. Son amie savait si bien s'y prendre avec les enfants. Pour se venger, Mathilde expliquait à Marthe que quand leurs petits-enfants seraient plus grands, c'est vers elle qu'ils viendraient parce qu'elle était la plus intelligente des deux. Mais Marthe n'en croyait pas un mot. À la fin de sa vie, elle dressait un bilan équitable : « Ils m'ont aimée autant qu'ils l'ont aimée elle ! »

Si Mathilde ne pleurait pas, ce n'était pas en vertu d'une loi puritaine qui veut que les émotions ne s'exposent pas en public. C'était une mesure de précaution. Depuis la mort de Georgette, Mathilde retenait son chagrin de peur qu'il ne la brise.

Luise écrit à Mathilde : « Georgette repose dans le petit cimetière dans la forêt. Ce petit cimetière qu'elle aimait tant. Sa tombe se trouve dans un coin tranquille. D'un côté une prairie, derrière la forêt, et de l'autre côté, une allée de bouleaux. C'est là que repose notre très chère. Ah, Tilde. Georgette qui aimait tant la vie, qui la saisissait à pleins bras. Est-ce possible ? Pourquoi est-ce possible ? Pourquoi la mort ne m'a-t-elle pas choisie moi ? De nous deux, c'était elle la plus noble. En réalité c'est pour Georgette que je vivais. Elle était le centre de ma vie et je me sentais tellement proche d'elle que je n'étais plus moi-même. Et maintenant voilà que tout a changé.

« Nous devons envelopper notre très chère de notre amour et la porter dans nos cœurs. Et pourtant cela me fend le cœur de ne plus pouvoir rien faire pour Georgette, de ne plus pouvoir lui dire combien elle nous est chère. Elle avait besoin de tant d'amour. Comme une enfant. Une enfant merveilleuse, envoûtante. Un être si beau et si extraordinaire. Ma chérie, pourquoi n'es-tu pas restée parmi nous ?

« Ma petite Tildchen. Je t'aime beaucoup et je te souhaite beaucoup de bonheur, petite sœur de mon enfant malade et tant aimée. Bonne nuit, ma chère. Je pense à toi. Isebies. »

Karl-Georg Goerke ne fait pas publier de faire-part de décès dans l'*Elsässer Kurier*. Il ne veut pas prendre le risque de se faire remarquer en annonçant la mort d'une fille vivant à Berlin. Il envoie aux proches et aux nombreuses amies de sa fille un carton ourlé de noir. Par prudence, Karl-Georg n'indique pas le lieu du décès. Pas de visites de condoléances, pas d'enterrement, pas de larmes publiques. Mathilde et son père vivent un deuil secret et violent dans le huis-clos de leur appartement. Ils n'ont pas pu se rendre à l'enterrement.

En 1924, les voyages en Allemagne sont mal vus pour des étrangers « tolérés » au statut précaire. Et Karl-Georg Goerke n'a plus les moyens de payer deux billets de train

Colmar-Berlin. Luise a dû avancer l'argent pour payer l'enterrement et la modeste tombe de Georgette dans le cimetière municipal au bout de la Waldstrasse. Une tombe toute simple. Rien de superflu. « Dis à ton père qu'il a tout le temps pour me rembourser l'argent que je lui ai avancé », écrit Luise à Mathilde. « Je savais qu'il serait déchiré de ne pas pouvoir se rendre à l'enterrement. Mais cela n'était pas possible. Dans des occasions pareilles, on pense que tout devrait être possible, n'est-ce pas ? J'aurais tellement aimé t'avoir près de nous. Tilde, chère Tilde, soit bonne envers ton père. Ne m'en veux pas de te le demander. Le pauvre homme. Cela me brise le cœur de penser à la peine qu'il doit éprouver. »

Tout le monde se précipite sur ce veuf inconsolable qui, trois ans après la mort de sa femme, vient de perdre sa fille aînée. Karl-Georg Goerke fait pitié à voir. Augustine Réling livre toutes les deux heures au second étage une soupe chaude, un gâteau, du boudin aux pommes pour le dîner de la famille en deuil, réduite maintenant à sa plus simple expression : un vieil homme cassé par le chagrin et les soucis et une adolescente triste. Henri Réling invite son voisin à faire un tour à pied entre hommes sur le Champ-de-Mars. Pour être bien sûr que ce bol d'air frais lui change les idées, Henri Réling prend bien soin de ne pas mentionner le nom de Georgette pendant toute la promenade. La peine de Mathilde passe presque inaperçue. La petite a la vie devant elle, pense-t-on avenue de la Liberté, mais le vieux…

L'acte de décès, numéro 450, de Georgette Goerke est inscrit au bureau de l'état civil de Berlin-Mitte, mais la tombe de Georgette n'existe plus. En 1933, quelques semaines après leur prise de pouvoir, les nazis dissolvent les Weltlichen Schulen, ces «forges de la lutte des classes». Ils nettoient la fonction publique de ses « éléments marxistes ».

Des nouveaux maîtres, des nazis convaincus, intègrent l'école. Les cours de religion reprennent et la mixité est abolie. La canne réapparaît dans le fond des salles de classe. On enseigne la théorie raciale. On prêche la grandeur nationale. Le 12 mai 1933, sept enseignants d'Adlershof jugés « politiquement non fiables », dont Luise Stromberger, sont licenciés. Luise retrouve un poste dans une école évangélique d'Oberschönweide. Elle prend sa retraite le 1er février 1944, en pleine Seconde Guerre mondiale.

12
Mariages

« La même chose, en Française et en catholique », sanctionne d'une voix glaciale la veuve Klébaur le jour où son fils, Joseph, vient lui présenter Mathilde. Après la mort de son mari Louis Prosper le 1er janvier 1910, la veuve Klébaur est restée seule à la tête d'une couvée d'enfants et de l' « affaire », la fabrique de poêles en faïence en tous genres et tuyaux émaillés pour conduits fondée en 1790.

Émilie Klébaur n'entretient pourtant aucune haine personnelle contre les Allemands. Avant son mariage, elle a travaillé dans un magasin de mode tenu par un couple d'Allemands. En décembre 1918, elle est même allée à pied raccompagner ses anciens patrons à la frontière de Neuf-Brisach. Elle a bravé les cris haineux des jeunes Alsaciens. Elle a essuyé du revers de sa main gantée quelques crachats mousseux sur l'étoffe de son manteau d'hiver. Longtemps, elle a agité la main sur le pont de Neuf-Brisach et versé une larme sincère.

La veuve Klébaur parle allemand aussi bien que français. Ses deux fils ont servi dans l'armée du Reich. Louis, l'aîné, est mort pour l'empereur dès les premiers jours de la guerre, en août 1914. Elle se refuse à appeler les Allemands « les Boches ». Elle n'a pas l'impression, comme on l'entend à tout bout de champ après 1918, que les Alsaciens ont passé quarante-huit ans à regretter la France en souffrant sous l'oppression allemande.

La veuve Klébaur est avant tout une femme d'affaires pragmatique. Son instinct ne la trompe jamais. Elle a vite déchanté après le retour à la France en 1918. Les Français l'ont déçue. Elle leur en veut d'avoir saboté par principe toutes les lois mises en place par les Allemands. Sa petite entreprise a prospéré sous le Reichsland. La veuve Klébaur trouve l'Allemagne plus moderne et plus efficace que cette France jacobine et procédurière. Elle se moque du centralisme excessif à la française. Elle critique ces lois si peu flexibles émises loin, là-bas, à Paris. La législation parisienne est mal adaptée aux besoins de la région.

La veuve Klébaur a l'impression que Paris n'y comprend rien. Paris ressemble à une gouvernante autoritaire. Paris veut se mêler de tout. Paris refuse d'admettre que l'Alsace a changé depuis 1870. Paris croit que les Alsaciens ont passé toutes ces années à attendre en pleurnichant le retour de la France. Paris veut tracer un trait sur toute la période allemande. Paris où la veuve Klébaur n'est jamais allée.

Elle en a assez de passer des heures dans l'antichambre d'un bureau de la préfecture pour obtenir une autorisation de Paris. Elle s'insurge contre ces fonctionnaires français venus de si loin prendre la place des Allemands expulsés. Sous prétexte qu'ils ne parlent pas français, les

Alsaciens sont relégués à des postes subalternes. Et les fonctionnaires français ont droit à une prime coloniale quand ils viennent travailler en Alsace ! La veuve Klébaur ne comprend pas pourquoi l'Alsace n'a pas le droit de continuer à gérer elle-même ses propres affaires. Elle refuse de ravaler son bon sens de commerçante au nom de grands principes nationalistes stupides.

Le commerce frontalier a du mal à reprendre. La veuve Klébaur a perdu beaucoup de ses fidèles clients de l'autre côté du Rhin. Mais par-dessus tout, elle se méfie des « penchants anticléricaux » de la république laïque. Quand le Cartel des gauches remporte les élections en 1924 et parle d'introduire les lois de 1905 imposant à l'Alsace la séparation de l'Église et de l'État, la veuve Klébaur panique. La France est le pays des francs-maçons et des sans-foi !

Pourtant, quand Joseph lui présente Mathilde, la veuve Klébaur oublie ses vœux de tolérance. C'est tout le contraire d'un « beau mariage » que va faire son fils. « La grand-mère n'était pas emballée. Ce mariage a fait scandale à Colmar : Klébaur épouse une protestante, chuchotait-on au passage de Madame Klébaur mère ! Toute la ville ne parlait que de cela ! » me racontait la nièce de Mathilde.

La veuve Klébaur a déjà fait le tri parmi les filles à marier dans les vieilles familles colmariennes. Les filles de la bonneterie Schwartz, le magasin adjacent à la maison Klébaur, sont un parti autrement plus convenable. Jeanne ou Marie feraient bien l'affaire. Les deux familles sont très liées. Paul, le fils de la maison, est un camarade de tranchées de Joseph.

Mais Joseph se fiche de l'avis de sa mère. Il veut épouser celle qu'il a choisie. Mathilde est belle, blonde et sportive. Elle circule à vélo. Elle aime la montagne et la natation. Joseph l'appelle « Tilde » et cela ne le gêne pas de lui donner ce petit nom tendre en public. Il est amoureux. Marthe est la seule à se réjouir pour son amie. Elle comprend bien Joseph : « Ce qui plaisait à Joseph, c'était justement le genre de Mathilde. Elle était la plus moderne de toute la bande ! » Marthe se moque des prétentions de Madame de Klébaurette – c'est ainsi qu'elle surnomme la future belle-mère hautaine de Mathilde.

Pour la veuve Klébaur, Mathilde est un mauvais parti. Une bru allemande, c'est une chose. Mais une protestante c'est encore bien pire. Et par-dessus le marché, le père de la future mariée est sans le sou. Mathilde n'apporte ni dot ni trousseau. « Elle n'a même pas un drap à mettre sur le lit conjugal ! » sifflent ses futures belles-sœurs.

En mère jalouse, la veuve Klébaur proteste par principe. Elle aurait trouvé à redire à n'importe quelle jeune fille que son fils unique, adoré et héritier, lui aurait présentée. Jusqu'à ce qu'elle décède, munie des Saints Sacrements de l'Église le 29 juin 1937, la veuve Klébaur sera à l'affût de tout faux-pas : Mathilde ne lui a donné que deux petites-filles et pas d'héritier mâle. À chaque visite, la veuve Klébaur soulève les jupes des petites pour vérifier qu'elles portent bien les bas de laine que leur grand-mère leur a tricotés. Les petites ne répètent pas leur leçon de piano ! Elles ne font pas de knick, de petite révérence quand elles saluent leur grand-mère ! Mathilde ferait mieux de s'occuper de son ménage plutôt que d'aller courir les sentiers vosgiens le dimanche ! Mathilde s'habille de façon trop effrontée ! Et tous ces romans qu'elle lit la nuit vont finir par lui tourner la tête !

Quand les filles de Mathilde font leur première communion, la veuve crie au scandale : « Les petites n'ont pas été élevées dans la religion ! Ce sont des païennes ! Au catéchisme, elles n'écoutent rien ! »

La veuve Klébaur va à la messe tous les matins avant de filer à l'affaire. Pour ne pas perdre de temps, elle prend son petit déjeuner au bureau. C'est la bonne Eugénie qui lui apporte ses tartines et son café au lait dans un grand panier en osier. Mathilde s'octroiera, dans le secret de son journal intime, quelques élans d'insubordination : « Madame la veuve Klébaur », écrit-elle après une promenade au mont Sainte-Odile, » trouve que porter un sac pour ses enfants et sa femme n'est pas un repos pour Monsieur son fils !!! ??? Vipère ! »

La veuve Klébaur a mis au monde dix enfants de 1894 à 1908. Antoine est mort-né. Pierre et Marie-Jean sont morts en bas âge. Louis est mort au combat. Il avait tout juste 20 ans. Seuls Joseph et cinq filles ont survécu : Maria, Madeleine, Émilie, Odile et Marguerite – dans la famille, on les appelait « les tantes ». Mes grands-tantes formaient un chapelet de petites vieilles très pieuses. Elles se ressemblaient toutes. Elles étaient toujours habillées en noir. Leurs manteaux et leurs jupes descendaient jusqu'aux chevilles. Elles avaient les pommettes hautes, le teint gris et des yeux d'un bleu perçant qui m'inquiétaient. Elles sentaient la naphtaline en hiver et la lavande en été comme si elles s'identifiaient au contenu de leurs grandes armoires à linge. Nous ne pouvions sortir en ville, Mathilde et moi, sans en croiser une au moins.

C'est surtout tante Maria, l'aînée, qui me faisait peur. Grenouille de bénitier rageusement célibataire, ancienne institutrice, elle me faisait cadeau d'une image pieuse chaque fois que nous lui rendions visite. Une colonie de Madones en extase et de Christ sanguinolents vivaient au fond du gigantesque sac à main qu'elle portait contre son ventre comme un bouclier. Elle ne sortait jamais sans son chapelet et son chapeau noir à voilette. En hiver, elle portait un renard argenté autour du cou. Cette bête morte vautrée sur ses épaules me terrorisait. Plus elle vieillissait, plus tante Maria ressemblait à mon grand-père. Son visage était recouvert d'un duvet gris. Sous le menton, le poil poussait plus dru. Je n'aimais pas quand elle se penchait sur moi. Le visage collé contre ma petite tête d'enfant, elle fouillait au fond de mes yeux. Un sourire diabolique déchirait son visage. Ses baisers glissaient le long de mes joues comme des limaces. Dès qu'elle desserrait son étreinte, j'essuyais ma joue du revers de la main. Mathilde avait du mal à réprimer un sourire. Je suis sûre que mon dégoût lui faisait plaisir.

COMME MARTHE ET GASTON, Mathilde et Joseph s'étaient rencontrés au club de tennis « Sports réunis ». Mathilde était devenue membre grâce à Marthe qui s'était portée garante. Une Allemande n'avait pas le droit d'intégrer une vieille institution colmarienne. Mathilde n'avait jamais rien su de cette caution morale humiliante. « Je flirtais ! Je flirtais à tout casser ! » racontait Mathilde quand elle me montrait les photos du tennis. Marthe et Mathilde en robes blanches, un bandeau sur le front, la raquette à la main, se tiennent à côté du filet. « Was kost' die Welt für so zwei[1] ! », disait Mathilde

1. « Comme la vie est facile quand on est deux. »

chaque fois qu'elle regardait la photo de sa jeunesse éclatante. La jeune fille allemande avait peur de rester en rade. « Flirter » était une façon amortie de dire qu'elle cherchait désespérément un mari.

Mathilde a 24 ans quand elle épouse Joseph. Elle est fière d'avoir doublé Marthe qui ne se marie qu'après elle, en 1928, quand Gaston rentre du Maroc. Quelques jours avant le mariage de sa fille, Karl-Georg Goerke dépose chez le notaire Kubler une lettre manuscrite où il déclare « céder, comme ma propriété à ma fille, Mathilde Goerke, tous les meubles et ustensiles de ménage qui se trouvent dans mon appartement, avenue de la Liberté n° 6 ».

Pour marier sa fille et lui constituer une dot, Karl-Georg Goerke se dépouille de ses derniers biens. Il ne possède plus rien. La chambre à coucher, la salle à manger, le boudoir, la cuisine et la batterie de casseroles, les tableaux et le linge... Ce qui reste dans l'appartement de l'avenue de la Liberté est évalué à 15 000 francs et appartient désormais aux jeunes époux.

Le 2 juillet 1926, le contrat de mariage sous le régime de la communauté de biens réduite aux acquêts est reçu par Maître Kubler. Il indique que « tout ce que les futurs époux apportent respectivement en mariage et tout ce qui, durant leur union, leur adviendra en succession, donation, legs ou tout autre don gratuit en biens, meubles et immeubles, restera propre à chacun d'entre eux ». La veuve Klébaur prend ses précautions. Mathilde n'a aucun droit sur l'entreprise familiale. Une clause stipule que l'époux Joseph Klébaur ne reprend pas à son compte les dettes occasionnées par le père de la mariée.

Le 5 juillet 1926, la bénédiction nuptiale est donnée dans la plus stricte intimité en la Collégiale Saint-Martin. Mathilde devient française par mariage. Jusqu'à la loi du 10 août 1927, la femme prend automatiquement la nationalité de son mari. Mathilde est l'une des dernières à profiter de ce raccourci. Une vraie chance.

Pour cause de mariage mixte, Mathilde se marie discrètement en famille. Même Marthe n'est pas invitée. Karl-Georg Goerke est le témoin de sa fille Mathilde. Paul Schwartz, le camarade de tranchées de Joseph, est le témoin du marié. Le repas de noce a lieu dans l'appartement de la veuve Klébaur. Il n'y a pas de photo officielle dans l'atelier du photographe. C'est tante Maria qui fait les photos dans le salon.

Mathilde porte un petit voile près du crâne et une robe courte. Joseph est en queue-de-pie, les cheveux gominés vers l'arrière. Ils sont assis côte à côte sur un petit canapé. Mathilde a glissé sa main sous le bras de Joseph. Cette fille de la bourgeoisie cultivée allemande épouse le fils d'un fabricant de poêles en faïence. Mathilde est pleine de reconnaissance. Joseph a eu le courage d'épouser une Allemande. Il l'a sauvée de l'expulsion et lui a procuré un passeport français en règle.

« À 24 ans, je me suis mariée dans l'une des plus grandes familles colmariennes ! » disait-elle. Mathilde appelle la veuve Klébaur « Maman». Elle se plie à tous les désirs de sa belle-mère. Mais elle ne change pas de religion. L'évêché lui accorde une dispense de forme canonique du mariage pour union mixte. Mathilde l'Acatholica promet d'élever ses enfants dans la foi catholique. Elle ne se convertira jamais. Pas même lors de la première communion de ses filles : «Tu m'imagines, moi à 40 ans, à genoux sur un prie-Dieu avec une voilette blanche et un cierge changeant de religion pour plaire à ma belle-mère ! » se moquait-elle encore des années plus tard. Elle était fière de son insoumission. Après la mort de Joseph, Mathilde était retournée au culte protestant. Elle chantait des cantiques à tue-tête. Elle adorait ces expéditions transgressives. Elle trouvait les protestants bien plus chrétiens que « ces faux-culs de catholiques ». Elle appréciait leur engagement social. Le parler concret du pasteur. La sobriété de leurs églises. Elle s'offrait là une dernière vengeance de vieille dame enfin libre de ses choix.

Mathilde ne crut jamais que ce contrat de mariage la mettait une fois pour toutes à l'abri de toutes les infortunes. La peur de ma grand-mère ne se dissipa jamais. Elle adopta une forme plus secrète. Elle se faufila le long de chemins tortueux. Elle fit des détours compliqués pour remonter à la surface sous la forme d'éruptions bizarres, de grognes soudaines dont nous étions incapables d'identifier la source. Ces poussées de méchanceté gâchaient soudain l'harmonie joyeuse d'un dimanche en famille. Un contretemps déclenchait un drame disproportionné. Un incident sans importance provoquait une riposte cinglante. Il n'y avait pas de relation de cause à effet évidente. La colère venait de loin.

Mathilde semblait incapable de croire à la clémence du destin. Elle était toujours sur ses gardes. Le malheur était forcément imminent. Elle avait du mal à supporter le bonheur simple d'un après-midi en montagne. Marthe appelait ces élans de rage sourde les « sautes d'humeur de Mathildala » comme s'il s'agissait d'un petit accroc dans le tissu lisse de la journée.

Assise seule en retrait, Mathilde s'en voulait, regrettait tout, était rongée de remords. Elle aurait tant voulu réintégrer, ni vue ni connue, la petite communauté de sa famille exaspérée. Ces flèches empoisonnées que personne n'avait vu venir n'étaient pas des caprices de vieille dame gâtée, mais peut-être des relents de cette vieille peur, toujours la même. L'humiliation de se retrouver du jour au lendemain sans droits et sans statut, le sentiment d'être de trop, la crainte de manquer et de finir à la rue ruinée et sans papiers ne quittèrent jamais ma grand-mère. L'Histoire l'avait abîmée. Mathilde avait toujours eu l'impression d'être une excroissance malsaine sur le corps de la famille catholique et française. « Je suis le cancer de la famille », décida-t-elle un jour.

LE MARIAGE DE MARTHE, un an et demi après celui de Mathilde, est un des événements mondains de l'année dans la petite ville. Sur l'avenue de la Liberté, on ne parle plus que de cela depuis des semaines. Augustine et Alice ont préparé le trousseau, brodé des montagnes de draps de lin aux initiales de la jeune mariée et cousu la chemise de nuit de noce à manches longues en mousseline de soie rose pâle et petits boutons de nacre. Marthe est allée en ville avec sa mère choisir un service à thé Art déco et la vaisselle alsacienne Loux. Un coffret d'argenterie pour douze couverts a été commandé à Paris.

Marthe se demande ce qu'elle va faire de trois soupières, de quatre pelles à gâteau, d'une énorme bonbonnière en porcelaine fine, de deux vases de Chine, de tous ces napperons, ces timbales et ces verres de cristal. Elle se retrouve propriétaire de vingt-quatre petites tasses à moka assorties de leurs soucoupes et de quatre plats à cake. Ses tantes lui ont offert deux énormes lièvres en porcelaine, purs éléments décoratifs, aussi encombrants qu'inutiles. Marthe est affolée. Elle n'aura jamais assez de place pour caser tout cela dans les deux vaisseliers de sa salle à manger ! Et elle imagine déjà le cauchemar des déménagements chaque fois que son mari sera muté dans une autre ville de garnison. Henri est allé chez son vigneron de Turckheim commander le vin blanc. Augustine s'est occupée des fleurs, de la musique, des cartons d'invitation et du plan de table.

Le 18 octobre 1928, le mariage est célébré dans la nef centrale de Saint-Joseph, l'église où Marthe a fait sa première communion. Tout le quartier est là. Les collègues de son père, les amies de sa mère, les amies d'Alice et les siennes. Les sœurs de Gaston sont venues du Sud de la France. Marthe fait un grand mariage celébré au Grand Hôtel Terminus, la première adresse de Colmar.

Il y a des truites des Vosges au bleu sauce mousseline, du gigot de chevreuil à la venaison, de la poularde de Bresse, des médaillons de foie gras truffé, une bombe glacée, un gâteau javanais, des gaufrettes, des petits-fours et des fruits. On boit du Saint-Émilion et du champagne. Monsieur Louis Borroco, industriel, envoie ses félicitations sincères et vœux de bonheur aux heureux mariés. Henri Réling aligne quelques belles phrases d'instituteur de la République qui font pleurer Augustine et Alice.

Sur la photo prise à l'atelier Adam, Marthe porte une robe courte et un long voile blanc piqué de fleurs d'oranger. Elle s'appuie doucement sur le torse médaillé du lieutenant Gaston Hugues en uniforme. Il a le sabre à la main, des gants blancs et le képi du 152e régiment d'infanterie galonné d'or. Monsieur Adam a glissé un paravent de ciel d'azur piqué de nuages vaporeux derrière les jeunes mariés. Marthe et Gaston ne sourient pas. Ils se frôlent à peine. Ils ont l'air tout effrayés de ce qui leur arrive. Le colonel Charles Jordan, officier de la Légion d'honneur et Croix de guerre, et Henri Réling, instituteur à Colmar, sont témoins.

Marthe a tiré le gros lot : un mari français « de l'intérieur », lieutenant de cette armée victorieuse qui, quelques années auparavant, a libéré l'Alsace du joug allemand et pour couronner le tout un catholique ! Augustine et Henri Réling n'ont rien à reprocher à leur gendre. C'est le plus beau parti imaginable à l'époque. De cette union bénie des Dieux naîtront deux héritiers mâles.

Le jour du mariage de Marthe, Mathilde est jalouse.

13

Enfin Français !

KARL-GEORG GOERKE devient français le 23 février 1927. Mathilde ne se sépara jamais du décret de naturalisation n° 29308X24 signé par le président de la République française Gaston Doumergue et par le garde des Sceaux Louis Barthou. La devise de la République, « Liberté, Égalité, Fraternité » est inscrite au haut de la page. Le papier n'est pas froissé. Il est soigneusement plié en quatre. Le décret a été publié au *Journal officiel*. Karl-Georg Goerke a 62 ans. Il s'appelle désormais Charles-Georges Goerké. Son prénom passe-partout est facilement traduisible d'une langue à l'autre. La France a posé un accent aigu sur le « e » final de Goerké. Ce qui donne un drôle d'air métis à ce nom banal en Allemagne.

Le dossier de naturalisation de mon arrière-grand-père se trouve aux Archives nationales à Paris. La France a centralisé ses souvenirs dans sa capitale. Paris n'a pas été bombardé comme la plupart des villes allemandes. Je n'ai donc aucun mal à retrouver la trace de Karl-Georg Goerke. Quelques pages rangées au fond d'une armoire en tôle dans une chemise orange toute barbouillée de notes et barrée d'un large trait bleu au crayon gras contiennent la raison de cette longue attente. La France accorde la nationalité comme une faveur, après une longue enquête.

Karl-Georg Goerke est natif d'un pays ennemi. Il fait l'objet d'un contrôle particulièrement sévère dans le climat de suspicion de ces années de l'entre-deux-guerres. Tous les Allemands sont considérés comme des espions potentiels. Sur le formulaire de demande de naturalisation du ministère de la Justice, Direction des affaires civiles et du sceau, le préposé a noté en biais au stylo à encre d'une petite écriture serrée : « Il habite l'Alsace depuis 20 ans. Veuf d'une Belge. Bons renseignements à son égard. Décision de rejet était intervenue par décret du 31 décembre 1924, basée sur le fait qu'une fille du postulant était institutrice à Berlin. J'estime qu'aujourd'hui, en présence des avis unanimes favorables des autorisants concédant, la nationalité française peut être accordée au postulant. »

Le dossier contient le premier avis négatif de la Commission d'examen des demandes de naturalisation du département du Haut-Rhin daté du 29 juin 1923 : « La Commission n'est pas convaincue des sentiments français du requérant malgré son long séjour à Colmar. En outre, elle redoute les relations avec sa fille Georgette, institutrice à Berlin, et avec son frère habitant la même ville. Avis défavorable. » « On pourrait attendre encore que Goerke ait fait preuve de sentiments nettement français » ajoute le préfet du Haut-Rhin avant de se rallier au rejet.

Un tampon en haut de chaque page stipule : « La présente ne doit pas être remise à l'intéressé.»

Karl-Georg et Mathilde Goerke n'ont jamais connu le motif du rejet de leur première demande de naturalisation. Quand Karl-Georg Goerke renouvelle sa démarche le 15 juin 1925, Georgette est morte depuis un an. C'est cette seconde tentative qui aboutit en 1927. Mon arrière-grand-père est enfin digne de devenir français. Il a mendié pendant dix ans. Pendant toutes ces années, il a fait preuve d'une conduite exemplaire. Il s'est plié à tous les caprices administratifs de la République. Il a rassemblé les pièces justificatives : les quittances de loyer pour prouver qu'il résidait en Alsace avant le 3 août 1914, date du début de la guerre. Il a obtenu un certificat du commissaire central de police justifiant trois années de résidence ininterrompue sur le territoire réintégré à dater du 11 novembre 1918. Il s'est procuré son acte de naissance à Memel et l'a fait traduire en français. Il est allé chercher son acte de mariage dans les registres de l'an 1895 à Saint-Josse-ten-Noode en Belgique. Il a présenté un extrait de casier judiciaire et les recommandations des maisons qui l'ont employé. Il s'est engagé à payer les droits de sceau de 1076 francs. Un rapport a été établi sur sa moralité et ses antécédents :

– *Jouit-il de la considération publique ?*
Oui, sa fille Mathilde également.
– *Le postulant a-t-il rendu quelques services publics ou accompli quelque acte de courage ou de dévouement de nature à justifier une remise totale des droits ?*
Non.
– *Quelle a été son attitude politique pendant la guerre ?*
Irréprochable.

Karl-Georg Goerke a rempli sans broncher un questionnaire pinailleur sur l'état de ses revenus : salaire, fortune personnelle, loyer, impôts.

C'est la mort de Georgette à Berlin qui débloque d'un seul coup la situation et fait enfin aboutir le dossier. Cette fille berlinoise fut pendant toutes ces années le seul frein à la naturalisation des Goerke, l'unique cause de la précarité de leur situation. Et pourtant Karl-Georg Goerke limita au minimum les relations avec sa fille. Des lettres, des paquets de vivres certes, mais jamais la famille Goerke n'était allée rendre visite à sa fille à Berlin. Même pour l'enterrement de Georgette en 1924, Karl-Georg et Mathilde n'avaient pas osé faire le voyage. Ils redoutaient les représailles des autorités françaises.

Le jour où la lettre du président Doumergue lui parvient, Karl-Georg Goerke a perdu sa femme et l'une de ses filles. Mathilde, qui s'est occupée pendant des années du ménage de son père, est mariée et française depuis un an. Charles-Georges Goerké range le décret présidentiel dans un tiroir de son secrétaire. Trop tard. C'est à un homme cassé que la République ouvre enfin ses bras. Charles-Georges Goerké ne jouira que quelques années de ce privilège tant convoité.

Karl-Georg Goerke, sujet du IIIe Reich, meurt le 3 juillet 1941 à Kolmar, redevenue allemande depuis l'été 1940.

14

Concours d'arbres généalogiques

QUAND MATHILDE ÉPOUSE JOSEPH, Karl-Georg Goerke se sent abandonné. Il perd cette fille dévouée qui lui fait le ménage et lui tient compagnie. Mathilde et Joseph partent en voyage de noces à moto. Karl-Georg Goerke glisse un gros paquet de coton hydrophile dans la valise de sa fille : « Pour la nuit de noces ». Mathilde ne comprend l'allusion que lorsque cette nuit-là le sang coule le long de ses jambes, dans la chambre de l'Hôtel de la gare et du château d'eau à Pontarlier.

Chaque jour pendant ce voyage, elle écrit à son père : « La pension et la chambre sont excellentes. Potage, entrée, deux plats, dessert, le tout fait au beurre. Nous étions dans les nuages jusqu'à ce matin, mais nous sommes sortis tous les jours malgré ça et je ne me suis jamais mieux portée. » Pour la première fois de sa vie, Mathilde franchit les Vosges. Pour la première fois, la France. Pontarlier l'émerveille.

Au début de leur mariage, Mathilde et Joseph emménagent dans l'appartement de l'avenue de la Liberté. Le 3 mai 1927, Mathilde met au monde sa première fille. Là aussi, elle double Marthe qui n'aura son premier enfant que deux ans plus tard, en 1929. Pendant que les belles-sœurs comptent sur leurs doigts tendus les dix mois qui sauvent de justesse la jeune mariée et la famille tout entière du scandale, Charles-Georges Goerké fait les cent pas sous les fenêtres de la maison de santé. « Il était jaune comme un coing », me racontait Mathilde, « et c'est bien plus tard que j'ai compris pourquoi. Il n'avait plus que moi. Il avait peur que je meure moi aussi ».

Chaque matin Monsieur Goerke part faire sa promenade dans les jardins du Château d'Eau. Et chaque matin, il a le droit d'emporter une rose. Les jardiniers de la Ville font une entorse au règlement pour ce vieux monsieur qui les salue en soulevant son chapeau-melon quand il passe dans l'allée centrale près de la roseraie. Les jardiniers retournent le compliment et désignent d'un coup de menton un massif écarlate. Alors Monsieur Goerke se penche, sort un sécateur de la poche de son veston et coupe une rose rouge. Il remercie en soulevant à nouveau son chapeau, mais plus lentement cette fois, pour bien marquer sa reconnaissance. Et il s'en va d'un pas réjoui.

Il faut dire que ce monsieur élégant avec son petit chien de race, sa canne à pommeau, la chaîne de montre qui dépasse de son gilet parfaitement coupé, son bouc poivre et sel taillé de près et sa moustache cache bien le grand besoin dans lequel il se trouve. Quand elle salue Monsieur Goerke, Marthe baisse les yeux, tend la main et fait une brève révérence. Monsieur Goerke tapote de ses gants beurre frais sa tête de jeune femme.

La veuve Klébaur invite le vieux monsieur à déjeuner le dimanche. Charles-Georges Goerké est toujours tiré à quatre épingles. Sa tenue impeccable est une armure de dignité pour cet homme qui a tout perdu. Il parle un français précieux. De temps en temps, un reste d'accent pointe au détour d'une phrase quand le contrôle qu'il exerce depuis tant d'années sur sa diction défaille.

Monsieur Goerke n'a qu'un but dans la vie : il ne veut pas qu'on le prenne pour un Allemand. Surtout ne pas se faire remarquer. Surtout s'intégrer. Gommer toute trace de son pays d'origine. Il n'a gardé de « son Memel » qu'un petit faible pour les harengs à la crème sucrée et un amour rêveur pour les grandes plaines nues balayées par le vent.

« Il était *Ritterguts Besitzer*, grand propriétaire foncier, en Lituanie ! Ah, il était bien ce type-là ! Il n'était pas allemand. Il était de Memel. Memel, ce n'est pas allemand. C'est presque russe. » Dans les toutes dernières années de sa vie, Marthe redessinait à sa façon les frontières de l'Europe. Elle n'avait jamais manqué de respect pour le locataire du second étage. Même déchu et sans le sou, Charles-Georges Goerké restait à ses yeux un « type bien ».

Mathilde avait bien fait son travail. Elle avait intoxiqué Marthe avec ses histoires de princes baltes et de cousinages napoléoniens. Quand elles parlaient de leurs familles respectives, Mathilde se pavanait, Marthe se taisait.

Mathilde n'était jamais allée à Memel. Elle ne connaissait pas l'autre Mathilde, cette grand-mère paternelle à laquelle elle devait son prénom et le bleu intense de ses yeux. Une petite femme coiffée d'une mantille noire qui envoyait des bûches de marzipan pour Noël. « Ma grand-mère mettait une oie entière dans le four comme moi une escalope. Ils vivaient largement ces gens-là et ils parlaient tous français ! » racontait Mathilde à Marthe qui se sentait très humble. Soudain la tarte aux pommes que servait sa brave grand-mère alsacienne le dimanche lui semblait minable.

Mathilde cartonnait au jeu du who's who familial. Friedrich Goerke, le père de Karl-Georg, possédait un commerce de bois et des scieries à Schmeltz, un faubourg de Memel, le long de la lagune. Jusqu'à la Première Guerre mondiale, Memel est le premier centre de commerce du bois de la Baltique. La petite Memel détrône même Königsberg et Danzig. Les armateurs écossais et anglais viennent y acheter leur bois. Les allumettes de Memel sont réputées dans le monde entier.

Mathilde et Friedrich Goerke, les parents de Karl-Georg, eurent 11 enfants. Ma grand-mère avait 22 cousins au premier degré. Elle était fière que deux de ses oncles s'appellent James et Edward. Les prénoms anglais étaient à la mode à Memel. Elle ne manquait jamais de mentionner que les 4 fils Goerke avaient appris leur métier dans une banque à Bordeaux.

Elle admirait la pose altière de son père et de ses oncles sur la photo prise à l'atelier Schulz sur le boulevard Nicolai à Riga. Ils sont regroupés en demi-cercle autour d'une table basse. Fritz et James sont assis dans des petits fauteuils. Karl-Georg et Edward se tiennent debout. De lourds rideaux de velours sombre ferment le décor. Karl-Georg a encore les joues rebondies et le regard plein d'ambition. Il fréquenta le lycée humaniste de Memel, passa plusieurs années à travailler à Königsberg, Riga, Bordeaux, Vienne, Budapest, Milan, Genève, Amsterdam, Bruxelles et Düsseldorf avant de s'installer à Colmar.

Quand Mathilde passait en revue le nom de ces grandes cités européennes, Marthe avait le vertige. Comme le territoire de ses propres ancêtres lui semblait étriqué ! Il s'étendait entre Colmar et la vallée de Sainte-Marie-aux Mines à l'entrée des Vosges. Marthe avait définitivement perdu la partie.

MARTHE AVAIT HONTE des « planteurs de fraises » et des Schulmeisterle, les petits instituteurs de sa famille. Elle demandait grâce. Mais Mathilde n'avait aucune pitié. Elle continuait à décocher ses jokers.

Elle montrait Fritz Goerke, son oncle fortuné, propriétaire de deux grands domaines près de Memel. Mathilde racontait que c'est dans le jardin de l'oncle Fritz que la reine Luise avait rencontré Napoléon pour la première fois. À la mort de sa femme, l'oncle Fritz avait quitté Memel pour aller s'installer à Berlin. Il venait tous les ans au printemps rendre visite à son frère à Colmar. Karl-Georg l'emmenait déjeuner aux Trois Épis, l'élégante station climatique où séjournaient les diplomates, la reine de Hollande et une brochette d'officiers supérieurs. « Au Grand Hôtel, c'est ce qui se faisait de plus chic à l'époque. Mon père y emmenait aussi ses clients venus du Havre ou de Hanovre », se croyait obligée de rajouter Mathilde.

Pendant des années, les grands-mères allèrent « manger la cagnotte » de leurs parties de Scrabble au Grand Hôtel des Trois Épis. À la fin de chaque partie, la perdante déposait 3 francs dans un portefeuille de cuir râpé. Une fois par an, les Kamaradle montaient en autocar à la station de cure. Les Trois Épis avaient perdu depuis longtemps leur splendeur passée. Les curistes de la Sécurité sociale avaient remplacé les hommes d'affaires et les têtes couronnées. Les deux scrabbleuses commandaient une bouchée à la reine, un petit verre de riesling, une meringue et un café. Après le repas, elles s'installaient à une table basse devant les larges baies vitrées du salon et démarraient un nouveau tournoi.

Mais c'est le professor Franz-Emil Goerke, le cousin de Karl-Georg, qui était le plus bel atout de Mathilde. Le professor Goerke était un homme sévère à petites lunettes ovales et moustache drue. Ma grand-mère gardait pour la fin ce grand voyageur, photographe d'art, directeur de l'Urania, la première société anonyme de vulgarisation scientifique en Allemagne, une prestigieuse institution culturelle berlinoise. Le professor Goerke était un homme riche, célèbre, respecté et décoré. Il avait voyagé du Brandebourg à l'Égypte « pour photographier les beautés du monde avec ses yeux assoiffés et pour pouvoir ensuite communiquer ses impressions aux gens qui accourraient pour l'écouter », dit un article de journal conservé par Mathilde. « À l'invitation de l'empereur, il accompagna celui-ci à Jerusalem. Il entreprit un voyage de plusieurs mois en Égypte. Il prit part aux premières traversées de l'*Imperator* et du *Vaterland* vers l'Amérique et partit ensuite à la guerre. »

Il traversa en voiture sa patrie de Prusse-Orientale, alors que la bataille de Tannenberg et les combats de l'hiver en Masurie faisaient rage. Et plus tard il fit de nombreux voyages en zeppelin et en avion. « Franz Goerke avait projeté ses diapositives à Dresde, à Rome, à Vienne, à Paris, à Bruxelles. Il avait publié des livres de photographies d'art dont les titres faisaient rêver ma grand-mère :

Le Brandebourg : photographies en couleurs, *Le voyage à Jérusalem*, *Heures lumineuses*. Le professor Goerke était un feu d'artifice, un cadeau des dieux ! Il avait tout pour plaire à Mathilde. Il suffisait de mentionner son nom et tous les complexes d'infériorité de ma grand-mère s'envolaient en fumée.

La famille maternelle bruxelloise de Mathilde était un petit extra hors compétition, la dernière touche de brillant pour finir de lustrer cette galerie de portraits. Marthe jugeait que l'avanie de la lignée Réling aurait été parfaitement achevée sans l'intervention de ces Belges docteurs en médecine et avocats à la cour de Bruxelles. Mais Mathilde s'acharnait. Elle n'avait pas besoin d'entrer dans de longues explications généalogiques pour démontrer la naissance généreuse de sa mère, Adèle Van Cappellen. Il lui suffisait de poser les yeux sur *Malvina*, 1 mètre 30 sur 40 centimètres, qui pendait sur le mur de son salon. La preuve était faite.

Malvina est une peinture à l'huile dans un énorme cadre suffoquant sous les feuilles de laurier, les moulures gothiques, les nervures alambiquées et les cannelures dorées. Malvina, la grand-mère bruxelloise de Mathilde, mourut un an tout juste après la naissance de sa fille Adèle. Sur le tableau, Malvina est une belle femme aux yeux sombres vêtue d'une robe de soie grise et d'un châle en dentelle noire. Elle ressemble à Georgette, la sœur de Mathilde. Sa pause altière, les plissés de sa robe, le simple fait qu'elle ait eu assez d'argent et d'estime de soi pour engager un peintre et poser ainsi pendant des heures, atteste la réussite de la famille Van Cappellen.

Malvina vengeait Mathilde de son déclassement social, de toutes ces vexations essuyées pendant tant d'années.

Même dans les moments les plus durs après 1918, les Goerke ne songèrent jamais à vendre *Malvina*. Elle servit d'arrière-plan flatteur aux photos de toutes les premières communions, mariages et anniversaires de la famille.

Avant de déménager *Malvina* dans sa chambre à la maison de retraite et de l'accrocher au-dessus de son lit, Mathilde fit établir un devis de restauration. « Personne ici n'a jamais eu sous les yeux une telle œuvre ! » expliqua-t-elle à l'encadreur qui lui avait déconseillé ce toilettage hors de prix : « Elle n'en vaut pas la peine, votre aïeule, Madame Klébaur. Elle est parfaitement capable de tenir le coup comme cela pendant des décennies. Vous verrez, elle vous survivra. Elle vous fera des signes avec son petit éventail quand vous passerez l'arme à gauche ! »

« Il y en avait du beau monde chez Mathilde ! » notait Marthe avec respect. Pour apaiser sa frustration, Marthe allait chaque lundi matin chez son marchand de journaux acheter *Point de vue. Images du monde* », le magazine des têtes couronnées, et trois tablettes de chocolat Suchard. C'était sa ration de fréquentations patriciennes et de friandises pour la semaine. Elle se nourrissait de sang bleu et de chocolat noir.

« Toute cette royauté, c'est l'opium de Marthe », se moquait Mathilde, un peu méprisante. « Les Monaco » et « les Windsor » étaient la seconde famille de Marthe. Les contes de Mathilde étaient si beaux que Marthe en aurait presque oublié que, pendant des années, le prince balte du second étage avait eu du mal à payer son loyer, alors qu'Henri Réling commandait son charbon le matin, le chapeau-melon planté sur le crâne, et repassait le soir-même pour payer sa facture comptant. Le père de Marthe fut soulagé quand

Karl-Georg Goerke résilia enfin son bail. Marthe se souvenait soudain : « Il n'avait pas de fric. Il était pauvre comme un clochard. On dit même qu'il allait prendre la soupe au Armenheim. Il aurait été nourri par la Ville. » La Ville était pour Marthe la mère bienveillante de tous les nécessiteux. « Traverse sur les passages cloutés. Si tu te fais écraser, c'est la Ville qui paie l'enterrement ! » m'ordonnait-elle.

Charles-Georges Goerké toucha-t-il, à la fin de sa vie, une rente municipale ? Prit-il son repas de midi à la soupe populaire, rue des Cloches ? Mathilde conserva le brouillon de chacune des grandes lettres envoyées par son père endetté à sa banque. Le 12 janvier 1937, Charles-Georges Goerké se plaint auprès de la Banque de Colmar : « Je suis franchement indigné malgré que vous connaissez ma situation précaire et que vous savez que sans ma faute et par un cas de force majeure j'ai perdu la presque totalité de mon gagne-pain. » Charles Georges Goerké est scandalisé que l'on mette en doute sa bonne foi. Lui qui avant la guerre était un des représentants les plus en vue de tout le Sud de l'Empire supporte mal cet affront. Il n'a jamais cessé de se considérer comme une victime des « événements ».

QUAND LE LOGEMENT de l'avenue de la Liberté devient trop exigu, Joseph et Mathilde déménagent avenue de la République. Pendant quelques mois, Charles-Georges vit seul dans un petit appartement près de la gare. Il a du mal à payer le loyer. Il ne sait pas préparer ses repas. Sans sa fille, il est perdu. Joseph propose alors à Mathilde de prendre son beau-père à la maison. Le vieux monsieur habite deux chambres mansardées, au-dessus de l'appartement de sa fille et de son gendre. Chaque jour, les enfants montent ses repas à leur grand-père. Elles adorent ce vieux monsieur qui leur parle des dunes de la Baltique et de l'ambre caché sous la mer. Charles-Georges Goerké est tout attendri par ces petites-filles si douces.

Sur une photo, ils sont assis tous les trois sur un grand canapé. Charles-Georges Goerké est un vieil homme aux yeux mélancoliques. Il n'a plus rien à voir avec le jeune fat qui pose la moustache courbée et l'œil fanfaron dans l'atelier de photographie de Riga. « A biserl Libe und a biserl Treu und a biserl Falschheit ist alliweil dabei[1] » chante le vieux monsieur en faisant sauter les deux petites sur ses genoux.

1. « Un peu d'amour, un peu de fidélité et un peu de trahison. Il y a toujours un peu de tout cela. »

15
Joseph, le Wackes

Il y a cette photo du Stammtisch[1] de mon grand-père au café Central. Les bocks de bière déjà éclusés attendent la relève sur la nappe blanche. Huit jeunes gens en costume-gilet-cravate sont assis en arc de cercle à une petite table. L'un d'entre eux est plongé dans la lecture de sa gazette sportive. Les autres fixent l'objectif. Un sourire craintif fissure à peine la gravité des visages. Seul Joseph regarde de biais dans le vide. Il est le troisième à partir de la droite avec son feutre gris. À l'arrière-plan, trois serveuses en robe de satin noir enveloppent leurs clients d'une bienveillance maternelle. Elles seules ont deviné la fragilité sous le conformisme guindé de ces jeunes bourgeois de province.

C'est un matin de l'entre-deux-guerres. Ces jeunes hommes se réunissent chaque dimanche à la même table. Ce sont des rescapés. Ils ont survécu au froid, à la boue, à

1. Table réservée aux habitués.

la soif et à la faim, à la vermine et aux rats, à la gangrène et au typhus. Les détonations leur ont déchiré le tympan. Ils ont pansé les blessés. Ils ont vu les membres broyés, la bouillie sanglante des visages. Ils ont regardé impuissants leurs camarades mourir à leurs côtés. Ils ont transporté les cadavres, entassé pêle-mêle les morts, noué dans une toile les restes de corps méconnaissables. Ils n'arrivent pas à oublier l'odeur de la chair putréfiée. Ils se souviennent de l'eau jaunâtre au fond des tranchées, de l'air chargé de terre et de fer. Ils ont prié Dieu. Quand personne ne les entendait, ils ont appelé leur mère.

Tout au long de l'année 1937, Mathilde se plaint dans son agenda que son mari passe ses dimanches au café. « Mauvaise humeur. Seule à la maison. J. au café », « J. au café. Voilà notre vie de famille ! », « Qu'apporteront tous ces dimanches ? » Joseph est au Central. Joseph écluse les bières. Joseph n'est pas auprès de sa femme. Même pas le 5 juillet. Il a oublié leur anniversaire de mariage.

Mathilde dresse l'inventaire des abandons dominicaux. Elle ne comprend pas que ce rendez-vous hebdomadaire est un besoin vital pour Joseph. C'est la petite communauté des camarades qui l'a aidé à tenir pendant la guerre. C'est elle qui le protège aujourd'hui quand les souvenirs le submergent.

Au Central, ces grands enfants déguisés en messieurs respectables n'ont pas besoin de mots. Ils savent tous que parfois, la nuit, la peur de mourir les rattrape sans prévenir dans la douceur de leurs draps conjugaux.

DEUX CENT CINQUANTE MILLE Alsaciens-Lorrains ont été mobilisés dans l'armée impériale allemande de 1914 à 1918. À la signature de l'armistice, ils ont retiré les uniformes feldgrau. Ils sont rentrés chez eux. Colmar se jette dans les bras des soldats français. Il est interdit de porter l'uniforme allemand dans la rue. Le 21 novembre 1918 un avis est placardé sur les murs de la mairie :

« Le général Messimy, commandant de la Place de Colmar, ordonne :

« Tout Alsacien-Lorrain en uniforme allemand doit être, en exécution des ordres de Monsieur le Général Cdt. la IIe Armée, conduit à Mulhouse où il restera jusqu'à nouvel ordre. L'autorité française ne saurait admettre que les soldats portant la tenue de l'armée contre laquelle elle a combattu pendant quatre ans et demi restent dans les lignes, libres de toute discipline.

« Toutefois, à titre de tolérance et par mesure bienveillante, leur présence dans la commune où ils ont leur domicile habituel est admise jusqu'à nouvel ordre à la condition expresse qu'ils revêtiront immédiatement la tenue civile.

« Les militaires qui n'obtempéreraient pas à cet ordre 48 heures après son affichage à la mairie de leur commune, seront appréhendés par les autorités militaires et dirigés sur le Quartier général de la D.I.

« Tout militaire revêtu de l'uniforme allemand a l'obligation impérieuse de saluer tous les officiers français de jour et de nuit.

« Toute infraction aux prescriptions ci-dessus entraînerait pour les militaires l'arrestation immédiate et l'envoi dans un camp de concentration, pour les mairies des poursuites judiciaires. »

Les Alsaciens de 1918 ne se cachent pas comme le feront en 1945 les « Malgré-nous ». En 1914, quand éclate la Première Guerre mondiale, Joseph et ses camarades sont citoyens allemands. Leur mobilisation dans l'armée du Reich est légalisée par le traité de Francfort, traité international d'annexion reconnu par la France en 1871. Pourtant, quand ils rentrent au pays après la défaite de l'Allemagne, ils se font tout petits. Ils ont combattu du côté de ces « Boches » que vomit la foule en liesse. Colmar fête ces soldats français contre lesquels Joseph se battait il y a quelques jours encore. Les victoires que les généraux français déclinent sur la place Rapp ont été ses défaites.

Les soldats allemands sont rapatriés de l'autre côté du Rhin sous les huées de la foule. Les officiers sont dégradés en public. Les journaux alsaciens ont beau rappeler que ces jeunes gens ont été « traînés par des gouvernants sans cœur et sans morale dans une lutte fratricide et forcés de se battre contre leur gré, de verser leur sang contre un ennemi qu'ils aimaient », Joseph et ses camarades ne sont pas très fiers.

Pendant que Gaston, le futur mari de Marthe, défile la tête haute sur les boulevards de Colmar, Joseph, le futur mari de Mathilde, roule son uniforme en boule et le jette. Les deux hommes ont servi dans des armées ennemies, mais ils n'ont pas combattu sur le même champ de bataille. Gaston a fait Verdun. Joseph s'est battu dans les Flandres. Marthe et Mathilde ont échappé au sort de nombreuses familles alsaciennes qui ont vu deux frères, deux cousins, deux amis se battre l'un contre l'autre, l'un sous l'uniforme allemand, l'autre sous l'uniforme français. Quand Gaston et Joseph se rencontrent dans les années 1930, ils prennent bien soin de ne jamais mentionner la guerre.

Les soldats alsaciens rentrés du front se dépêchent de revêtir ces costumes, ces gilets, ces cravates, ces chemises amidonnées, ces bottines lacées, ces panamas et ces feutres qui les protègent des regards de la foule. Ils regagnent leurs foyers, retrouvent leurs parents. On les attend. On a besoin d'eux. On est pressé de recommencer à vivre. Ils se remettent tout de suite au travail.

Dès décembre 1918, les journaux sont pleins de petites annonces. « De retour du front, j'ai repris mes consultations pour la ville et la campagne », fait savoir le docteur en médecine Victor Meng. « Avis ! J'ai l'honneur d'informer à mon honorable clientèle que je suis de nouveau à même d'accepter et d'exécuter avec soin et promptitude toutes les réparations de chaussures qu'elle voudra bien me confier », notifie le cordonnier Reich. Joseph reprend la « maison Klébaur » sous le contrôle de sa mère. « La guerre, mon garçon, dit la veuve Klébaur, n'est qu'un mauvais souvenir. Mets-toi au travail et oublie tout ça ! »

La Grande Guerre prend les proportions gérables d'une petite aventure avec ses hauts faits de chambrée, ses anecdotes à pisser de rire, ses histoires de petites femmes et de grosses beuveries. Joseph devient le conteur de la famille. « Cher Sepp », prédit sa mère quand son fils part au front, « toutes ces choses que tu vas pouvoir nous raconter ! Tu auras des provisions d'histoires pour ta vie entière ! Qui aurait cru que tu deviendrais un jour un tel combattant ! » Quand il racontait sa guerre de 14-18, mon grand-père était hilare. Il en remettait. Il roulait les yeux au ciel et faisait claquer sa large main sur sa cuisse. Il faisait le pitre. La tablée était pliée de rire. Les dames en redemandaient. L'effet comique des tranchées était assuré. La guerre était un épisode folklorique de sa vie de jeune homme. La seule aventure lointaine de sa vie. « Il était très drôle, ton grand-père ! » se souvenait Marthe avec tendresse. Joseph était son allié dans la famille. Ils étaient tous les deux alsaciens pur-sang. Ils étaient braves et un peu méprisés pour leur manque de culture. Ils partageaient le même humour bravache.

QUAND LA PREMIÈRE GUERRE MONDIALE fut au programme de mes cours au lycée, il ne me vint pas à l'esprit de demander à mon grand-père de me raconter ce chapitre d'Histoire dont il avait été le modeste acteur. Les batailles contre l'Allemand sanguinaire, les exploits des Poilus et du Tigre Clemenceau que décrivaient mes professeurs ne le concernaient pas. L'Éducation nationale ne s'encombrait pas de notre histoire particulière : nous, les Alsaciens, nous avions toujours été français. Que mon grand-père Joseph ait combattu du côté allemand n'intéressait personne. Nos professeurs d'Histoire faisaient l'impasse sur ces personnages trop compliqués. Le Vieil-Armand (Hartmannswillerkopf), le Linge (Lingekopf), la Tête des Faux où s'étaient déroulés les combats de la Première Guerre mondiale n'étaient pour moi que les étapes de nos excursions en montagne.

J'ai passé des dimanches entiers à réviser les grands événements de la IIIe République : le scandale de Panama, la crise boulangiste, l'affaire Dreyfus, la création de l'école laïque et la guerre scolaire qui l'accompagna, la séparation de l'Église et de l'État… Ni Joseph, ni Marthe et Mathilde n'avaient jamais partagé ces moments de l'Histoire de France.

De 1871 à 1918, ils étaient allemands. Jules Ferry, Aristide Briand, Thiers, Jean Jaurès et Émile Zola m'étaient davantage familiers que Bismarck, Guillaume II, Rosa Luxemburg et Friedrich Ebert qui avaient pourtant marqué la vie de mes grands-parents. Mais surtout, je ne savais pas où caser ma famille dans tout cela. « Pour la France de la IIIe République, l'évocation des “provinces perdues” est la référence patriotique par excellence » se contentait de noter mon livre d'Histoire.

Jamais Joseph ne me parla, en marchant à mes côtés sur les sentiers des crêtes, de son frère Louis, mort au début de la guerre. Pensait-il à Louis quand nous passions devant un cimetière militaire niché dans une clairière, avec ses petites croix blanches pour les Français, noires pour les Allemands ? Jamais il ne me raconta les corps qui remontent avec les eaux au printemps.

Louis, le frère aîné de Joseph, part à la guerre dès la déclaration des hostilités au début du mois d'août 1914. Le fantassin Louis Klébaur sert au 143e régiment d'infanterie de la Basse-Alsace. Il tombe le 25 août 1914, à Raon-l'Étape, dès les premiers combats. Il s'effondre dans un sous-bois, à 70 kilomètres de Colmar. Il a 20 ans. « Nombreux sont ceux qui ont payé leur courage de leur vie », note le chroniqueur du 143e régiment. « Il faut le faire ! Il est mort le troisième jour de la guerre. Il s'est bien débrouillé, celui-là ! » commentait-on dans la famille.

Le corps de Louis n'est pas rapatrié. Peut-être a-t-il pourri au fond d'un talus ? Un camarade a-t-il eu le temps de recomposer le puzzle grotesque des membres éparpillés dans l'herbe d'été ? Seule la Hundemarke, cette plaquette d'aluminium numérotée et fendue au milieu que chaque soldat portait autour du cou, a permis à un bureaucrate berlinois d'attribuer un nom, une date de naissance et un régiment au « disparu ».

Il n'existe aucune trace de tombe individuelle portant le nom de Louis Klébaur. Impossible de savoir si le corps a été enterré dans une des Kameradengräber[1] des cimetières militaires de La Broque et de Bertrimoutier où ont été entassés par milliers les corps anonymes récoltés sur les champs de bataille de la région.

La mort de Louis Klébaur est enregistrée sous le matricule 756 à l'état civil de la mairie de Colmar. Une mort sans corps, sans cercueil, sans adieux, sans tombe fleurie aux confins de sa petite ville natale. Le jour où elle apprend la disparition de son fils aîné, la veuve Klébaur écrit sur une carte ces vers de Victor Hugo :

« Ainsi pensait le poète :
Je dis que le tombeau qui sur les morts se ferme
Ouvre le firmament
Et que ce qu'ici-bas nous prenons pour le terme
Est le commencement. »

La veuve Klébaur fait dire une messe à la Collégiale Saint-Martin. Quatre ans plus tard, en juillet 1918, la guerre est presque terminée, elle écrit à son fils Joseph : « Dieu veuille que tu nous reviennes vivant et en bonne santé, mon cher Sepp ! Que tu en réchappes ! J'ose à peine y penser. Mettons notre espoir dans le cœur miséricordieux de Jésus ! Qu'il te protège ! » C'est le seul écart sentimental que s'octroie la veuve. Elle termine sa lettre par le compte-rendu

1. Tombes collectives.

de son chiffre d'affaires : «Les affaires sont bonnes. J'arriverai à atteindre l'objectif que je m'étais fixé.»

Joseph est mobilisé en 1916. Il a 20 ans. C'est la première fois qu'il quitte Colmar, sa mère et ses sœurs. Il s'en va à la guerre sans grand enthousiasme. Il ne part pas, comme le montrent les images d'archives des conscrits allemands de 1914, la fleur au fusil, tout bouffi d'amour pour la patrie. L'empereur Guillaume a promis que les soldats seront de retour à l'automne. Les jeunes Alsaciens espèrent être rentrés pour les vendanges. Quand Joseph s'en va, deux ans plus tard, plus personne ne croit à une guerre courte et joyeuse. Les convois de blessés rentrant du front transitent par Colmar, base de repli pour les armées qui combattent sur les cols vosgiens et place d'armes où se trouvent installés les états-majors et une base d'aviation. À partir de 1915, les réfugiés de la vallée de Munster décimée viennent s'installer à Colmar. On entend parfois le grondement lointain du canon. Devant le magasin de sa mère, Joseph regarde passer la procession terrifiante des mutilés. Des compagnies en partance pour la ligne de front martèlent le pavé en chantant la *Wacht am Rhein*, ce chant national antifrançais composé lors de la guerre franco-allemande de 1840. Dans l'atelier, Joseph sifflote cet air martial en assemblant ses poêles.

Joseph intègre le second régiment d'infanterie lituanien. Il est stationné à Insterburg en Prusse-Orientale. Dans un camp d'instruction pour jeunes recrues, il apprend à manier les armes et suit un entraînement physique intense.

Les Alsaciens-Lorrains «politiquement suspects» sont envoyés sur le front Est. Surnommés les Wackes, ils sont jugés peu fiables, susceptibles d'espionner pour le compte de la France ou de déserter. Un wackes désigne en alsacien un voyou, un petit loubard. Joseph se sent seul parmi les Prussiens de son régiment. Il est tout heureux quand il rencontre des Alsaciens. La première année de guerre est pour Joseph une distraction bienvenue. Il est libéré du contrôle de sa mère. Joseph écrit de Königsberg : «Mes chères. Je m'étais imaginé les choses autrement plus difficiles. Si cela continue comme cela je n'aurai aucune raison de me plaindre. Je suis une formation de chauffeur. Ce n'est pas facile, mais sur le champ de bataille être chauffeur présente bien des avantages. Chère Mutter, la guerre ne peut plus durer bien longtemps. Console-toi. Je sais que tu dois faire face à de lourdes tâches, mais il viendra des jours meilleurs. Je veux terminer ma lettre ici. Beaucoup de baisers et de salutations. Joseph.» Toutes les lettres de Joseph sont écrites en allemand. Avant 1918, mon grand-père parlait alsacien et n'écrivait que l'allemand. Toute sa vie il parla un français rugueux dont la course était ralentie par un fort accent alsacien. Quand il avait quelque chose d'important à dire, quand il voulait faire rire ou être tendre, il parlait alsacien.

Les premières lettres de Joseph déclinent le monotone dressage militaire. Les généraux prussiens mettent les Alsaciens au pas : «Bon, je vais à peu près bien. Cela pourrait aller mieux. Il n'est pas facile de supporter cette discipline d'acier. Je veux vous décrire l'emploi du temps de ma journée : lever à 4 heures du matin. 4 heures 30 début du service. Jusqu'à 7 heures : appel pour le travail dans l'écurie (nettoyage des chevaux).

De 7 heures à 8 heures : un café noir pour le déjeuner du matin. 8 heures : appel pour la séance d'équitation jusqu'à 10 heures. De 10 heures à 11 heures : nettoyage des chevaux. 11 heures, repas de midi : soupe de riz avec des prunes et des poires. 1 heure moins dix : service aux écuries (nettoyage des chevaux) jusqu'à 3 heures. De 3 à 4 : exercice. De 5 à 6 : instruction. 6 heures : appel, distribution du courrier. 7 heures moins le quart : dîner. Ensuite café noir et temps libre jusqu'à 10 heures. Puis extinction des feux. Le vendredi après-midi, temps libre. Nous avons reçu des uniformes feldgrau en lambeaux que je suis obligé de rapiécer tant bien que mal. Vous pouvez vous imaginer que nous n'avons pas beaucoup de temps pour écrire. Samedi soir je suis allé en ville. C'était très agréable. Nous avons fait une promenade en barque dans le parc du château. Très bons souvenirs et baisers, chère mère. Et à vous aussi, mes chères sœurs, beaucoup de baisers de votre frère. Joseph. Écrivez-moi beaucoup. »

La monotonie des jours préoccupe davantage Joseph que la peur du combat. La guerre est loin. Les lettres du front font l'inventaire des paquets reçus : « Un bocal de compote. 2 finettes sans manches. Une boîte de cirage, préservatifs (chez le droguiste Wilm). Quelque chose contre la toux. Envoyez de la confiture, du miel de chez Vierling. Il me reste des sardines et des conserves. Ne m'envoyez que ce que je vous demande. Chère mère, je t'envoie beaucoup de salutations et de baisers. La guerre ne durera plus bien longtemps. » Joseph est le coq au milieu d'une basse-cour de femmes affairées à faire des confitures, des jambons et des gâteaux pour leur soldat. Les tantes et la veuve Klébaur envoient même des préservatifs. « Il était à la bonne adresse », s'amusait-on dans la famille.

C'est en 1906, au 6 Vogesenwall, rebaptisé depuis avenue de la Liberté, dans le quartier Saint-Joseph à Colmar, que mes deux grand-mères, Marthe (à gauche) et Mathilde (à droite) se virent pour la première fois. Les parents de Mathilde, Karl-Georg et Adèle Goerke, venaient d'emménager au deuxième étage de l'immeuble des parents de Marthe, Henri et Augustine Réling.

Assimilée au IIe Reich depuis le traité de Francfort de 1871, l'Alsace était un land allemand à part entière. Pendant la Grande Guerre, les Alsaciens combattirent sous l'uniforme allemand. Marthe et Mathilde n'avaient que faire des raisons qui avaient poussé la France et l'Allemagne à se déclarer la guerre. Du haut de leurs quinze ans, elles cultivaient leur amitié et attendaient avec impatience la fin des hostilités.

Ci-contre : une colonne d'un régiment d'artillerie allemand en Alsace, en août 1914.
Ci-dessous : Louis III de Bavière au front, à Colmar, le 12 mai 1917.
Joseph, le futur mari de Mathilde, fit partie des 250 000 Alsaciens qui combattirent sous l'uniforme allemand. Gaston, le futur mari de Marthe, était, quant à lui, dans le camp français.

La guerre s'enlisait, les matières premières manquaient. En avril 1917, les cloches de l'église Saint-Joseph furent décrochées et envoyées à la fonte pour faire des canons.

Le 18 novembre 1918, Marthe et Mathilde étaient aux premières loges debout côte à côte sur le plus haut balcon de l'immeuble. Depuis l'aube, la ville entière hurlait de toutes ses forces. « Vive la France ! Vive no libérateurs ! La guerre est finie. » L'armée française entrait dans les rue d'un Colmar heureux d'avoir retrouv la France. La veille, Marthe (à droite avait posé en costume traditionnel a sa sœur Alice (à gauche), dans l'ateli du photographe.

Alice et Marthe (à droite) en costume d'Alsacienne devant le Kugelhopf et les verres de vin blanc offerts aux soldats français. Le comité d'organisation des fêtes avait demandé aux jeunes filles d'origine « purement alsacienne » de venir accueillir les soldats français. Pendant ce temps, Mathilde, l'Allemande, restait cloîtrée dans sa chambre.

Le général Messimy, ancien ministre de la Guerre, défila dans Colmar redevenu français le 18 novembre 1918. Ce fut le début d'une longue série de parades militaires : Castelnau, Poincaré, Foch et Clemenceau traversèrent tour à tour la ville sous les vivats des Colmariens.

Après le retour de l'Alsace à la France commencèrent les expulsions d'Allemands. Elles ne concernaient que les fonctionnaires de l'Empire et ceux qui avaient affiché des opinions antifrançaises pendant la guerre.
Les gens accouraient pour assister au spectacle des Allemands rassemblant leurs valises et leurs sacs. Ils avaient droit à 30 kilos de bagages par adulte, 15 kilos par enfant.

Les parents de Mathilde, dont le comportement avait été exemplaire, n'avaient pas à s'inquiéter. Mais la haine du « Boche » était telle qu'une simple dénonciation malveillante pouvait conduire à l'expulsion.
Pour Karl-Georg Goerke, ce fut le début d'une longue angoisse qui ne s'arrêta qu'en 1927, quand il obtint la nationalité française.

Ci-dessus : Mathilde, qui fut renvoyée du lycée parce qu'elle était allemande, n'avait plus que Marthe comme amie. Pour qu'elle puisse devenir membre du club de tennis « Sports réunis », Marthe dut se porter « caution morale ». Mathilde n'en a jamais rien su.
À droite : Le plus grand plaisir de Marthe était d'aller danser le fox-trot le samedi soir. La guerre était terminée. Marthe et Mathilde avaient envie de s'amuser.

Institutrice formée en Alsace allemande, Georgette avait été nommée à Berlin quelques mois avant la fin de la guerre. Sa mission : aller prodiguer l'instruction aux enfants d'Adlershof, un faubourg ouvrier de la capitale. Elle se sentait là-bas comme « une missionnaire en Afrique ».

Même quand il eut tout perdu, Karl-Georg Goerke resta digne et élégant. Son petit chien de race, sa canne à pommeau, la chaîne de montre qui dépassait de son gilet parfaitement coupé, son bouc poivre et sel taillé de près et sa moustache cachaient bien le grand dénuement dans lequel il se trouvait.

Mathilde, l'Allemande, avait peur de rester en rade. Elle cherchait désespérément un mari. Elle avait vingt-quatre ans quand elle épousa Joseph, un Alsacien pure souche, le 5 juillet 1926. La bénédiction nuptiale fut donnée dans la plus stricte intimité en la Collégiale Saint-Martin. Mathilde devint française par le mariage.

Joseph (troisième en partant de la droite) au café Central avec ses anciens compagnons de combat. Mathilde ne comprenait pas que ce rendez-vous hebdomadaire puisse être un besoin vital pour son mari. Cette petite communauté de camarades qui l'avait aidé à tenir pendant la guerre était celle qui le protégeait aujourd'hui quand les souvenirs le submergeaient.

Karl-Georg avec ses deux petites-filles. Mathilde appela l'aînée Georgette (à droite) en souvenir de sa sœur morte quelques années plus tôt et la deuxième Yvette (à gauche) : ma mère.

En janvier 1949, Joseph acheta la Villa Primerose dans le quartier Sud de Colmar, le plus chic de la ville. C'était dans ces grandes maisons que vivaient sous le Reichsland les fonctionnaires, les avocats, la grande bourgeoisie allemande. Ceux qui avaient été expulsés pendant l'hiver 1918-1919.

Arbre généalogique
des familles Réling et Goerke

HUGUES
Alfred M. H.
Ventavon
(Haute-Provence)

CONCHY
Louise

RÉLING
Henri
(1863 Rombach-le-Franc - 1950 Colmar)

SURKOPF
Augustine
(? - 1953 Colmar)

HUGUES
Gaston
(1894 Ventavon - 1939 Rennes)

RÉLING
Marthe
(1902 Colmar - 2001 Colmar)

RÉLING
Alice
(1901 Colmar - 1992 Colmar)

HUGUES
Norbert
(1931 - 1985)

HUGUES
Pierre
(1929 - …)

HUGUES
Pascale
(1959 Strasbourg - ..

KLÉBAUR
Louis P.
(? - 1910)

GRAESSLE
Émilie
(1864 Colmar -
1937 Colmar)

GOERKE
Karl-Georg
(1864 Memel -
1941 Colmar)

VAN CAPPELLEN
Adèle
(1864 Bruxelles -
1921 Colmar)

KLÉBAUR
Marie
Émilie
Louis
Jean
Antoine
Madeleine
Marguerite
Odile
Pierre

KLÉBAUR
Joseph
(1896 Colmar -
1972 Colmar)

GOERKE
Mathilde
(1902 Landau -
2001 Colmar)

GOERKE
Georgette
(1891 Bruxelles -
1924 Berlin)

KLÉBAUR
Yvette
(1929 Colmar -
1986 Strasbourg)

KLÉBAUR
Georgette (Ariane)
(1927 Colmar -
2009 Marseille)

HUGUES
Olivier
[illegible] Strasbourg - …)

Marthe ne s'en cacha jamais : « C'est de l'uniforme que je suis tombée amoureuse. Le coup de foudre ! » C'était un vrai Français. Un demi-dieu. Le fantasme de chaque jeune fille alsacienne. De cette union naquirent deux héritiers mâles : Pierre et Norbert (ci-dessus). Le bonheur de Marthe ne dura que onze ans. Le capitaine Gaston Hugues, âgé de quarante-cinq ans, mourut le 13 septembre 1939 des suites du paludisme qu'il avait contracté quelques années plus tôt au Maroc.

’armée allemande traversant le Rhin sur un pont flottant à Breisach en juin 1940.
près des mois de « drôle de guerre », les Allemands passèrent à l’attaque. Dans la soirée du
7 juin, la Wehrmacht entra dans Colmar. À présent, c’était Marthe qui était « indésirable ».
euve d’un capitaine de l’armée française, la jeune femme fut obligée de quitter l’Alsace avec ses
eux fils. Elle passa la guerre à Tours, en zone occupée.

La rue des Têtes à Kolmar pavoisée de drapeaux nazis. Colmar était devenu une ville allemande et s'écrivait désormais avec un K. La Entwelchung, la défrancisation, fut radicale. Pour les nazis, les Alsaciens étaient une ethnie germanique souillée par des décennies d'occupation française. Il fallait laver au plus vite toute trace d'Histoire et de culture françaises. La statue de Jeanne d'Arc, celle du général Rapp furent déboulonnées. L'avenue de la République, où habitaient Mathilde et Joseph, devint l'Adolf Hitler Strasse.

Chaque année, à la fin du mois de septembre, avaient lieu les assises de la ville appelées Kreistag. C'était l'occasion d'une grande manifestation qui mobilisait toute la population de Colmar. Dans une circulaire, les autorités allemandes avaient obligé la population à cesser de pavoiser les fenêtres avec des petits drapeaux hitlériens de la taille d'un mouchoir, et à y suspendre de très grands drapeaux.

Une bonne partie des Alsaciens s'étaient repliés sur eux-mêmes, se bornant à avoir le minimim de contacts avec les nouveaux maîtres des lieux. Le Gauleiter Robert Wagner, redoutable chef de l'administration civile en Alsace, un nazi convaincu, leur reprochait cette tiédeur : « Les Alsaciens ne peuvent plus se contenter d'assister en spectateurs passifs à la lutte décisive que mène la nation. Ceci est incompatible avec leur sens de l'honneur. »

La propagande était partout. Elle visait à entraîner l'adhésion de la population. Au début, les Allemands recrutaient sur la base du volontariat, mais le 25 août 1942, le Gauleiter Wagner décida par décret l'incorporation de force des Alsaciens dans les armées nazies. Le Führer avait besoin de troupes fraîches sur le front. Ce décret était une violation de la convention d'armistice signée avec la France en juin 1940 et des conventions de La Haye qui interdisaient à une puissance occupante de mobiliser la population d'un territoire occupé. L'incorporation de ceux que l'on appela les « Malgré-nous » était donc un acte illégal. Les jeunes Alsaciens qui refusaient de servir sous l'uniforme allemand furent sévèrement punis. Leurs familles subirent des représailles.

Colmar fut libéré le 2 février 1945. Les rues étaient couver de neige. Il faisait un froid glacial. Alice et ses parents s'étaient réfugiés dans la cave de leur maison quand une Jee s'arrêta sur le trottoir. « Quar nous avons entendu parler français dans la rue au-dessus de nos têtes, nous étions fous de joie », se souvenait-elle. « guerre était finie ! » Les Réli offrirent de la soupe brûlante aux soldats. Ils attendaient maintenant l'arrivée de Mart et de ses fils qu'ils n'avaient p vus depuis cinq ans.

Mathilde s'amusait de voir sa fille Georgette (à gauche) habillée en Alsacienne, elle qui n'avait pas été jugée digne, au même âge, en 1918, de porter le costume traditionnel. Comme Marthe et Alice à la fin de la Première Guerre mondiale, les filles de Mathilde participèrent aux vins d'honneur et défilèrent dans les cortèges sous leurs grandes coiffes.

La libération de février 1945 ressemblait, scène pour scène, à celle de novembre 1918 : les mêmes parades militaires, les mêmes foules en liesse, les mêmes petits drapeaux, *La Marseillaise* entonnée à tue-tête, les jubilations, les messes en l'honneur des vainqueurs, les Alsaciennes hilares pendues aux bras des soldats français et américains.

Un couple sportif. C'est ainsi que l'on décrivait Mathilde et Joseph dans la famille. Joseph (ci-dessus) avait un corps d'athlète.

Les albums de photos étaient pleins de chaussettes roulées sur les chevilles, de knickerbockers et de chaussures de marche. Mathilde et Joseph formaient un couple muet. Seule l'activité physique en couple ou en famille leur permettait d'échapper aux mots.

Georgette, Pierre, Yvette et Norbert, les enfants de Marthe et Mathilde.
Mes grand-mères avaient un rêve : marier leurs enfants. Leur vœu fut exaucé : à la sortie des épreuves du bac, Pierre, le fils aîné de Marthe, invita Yvette, la fille cadette de Mathilde, à prendre une limonade en ville. Le mariage, le 29 décembre 1956, fut pour Marthe et Mathilde la consécration de leur longue amitié. Je suis née de cette union.

À peine majeure, Georgette, la fille aînée de Mathilde, fuit l'Alsace « si provinciale ». Elle fit ses valises en cachette et, sans l'accord de son père, prit le train pour Paris. Installée dans une chambre de bonne, pressée de partir à la conquête de la capitale de la France, elle se débarrassa vite de ce prénom qu'elle jugeait « plouc » et exigea qu'on l'appelât Ariane. Un prénom qui allait bien à ses nouveaux airs de Françoise Sagan.

« Was kost ‘ die Welt für so zwei ! », Comme la vie est facile quand on est deux ! Amies depuis l’âge de six ans, Marthe (à droite) et Mathilde (à gauche) avaient fini par ressembler à un attelage inséparable ployant sous l’âge quand elles se promenaient en ville agrippées l’une à l’autre pour ne pas trébucher.
À droite : mes deux grand-mères et moi.

LES CHOSES COMMENCENT À SE GÂTER à partir de 1917. Joseph a froid et faim. L'ordre de permission ne vient pas. Le ministère de la Guerre surveille de près les Wackes. Ils ne sont pas autorisés à rentrer chez eux. Sur le formulaire de la dernière permission octroyée à Joseph, à l'automne 1917, une mise en garde est imprimée en gros caractères : « Ne répondez à aucune question ! Ne parlez pas de choses militaires ! (danger d'espionnage) » Le courrier originaire d'Alsace est strictement contrôlé. Joseph n'envoie plus de lettres sous enveloppe, mais des Feldpostkarten[1] grises dont le contenu peut être facilement contrôlé. Joseph se plaint de sa condition de soldat de l'Empereur : « J'ai besoin de tout. Nous recevons de moins en moins de nourriture. Parfois nous devons attendre midi pour avoir le premier bout de pain dans l'estomac. Mais je supporte cette situation. On s'habitue vite à la famine. Cette nuit j'étais de garde par moins 33 ° C. Je ne suis pas tombé malade. Je suis toujours en bonne santé. Écrivez-moi souvent. C'est ma seule consolation. Toute cette histoire ne durera plus bien longtemps. »

Dès lors Joseph commence à compter les mois qui le séparent de sa famille. Il spécule sur un armistice prochain. Il se rassure en jouant au stratège militaire. Il prédit dans chacune de ses lettres la fin des hostilités : « J'espère que la paix sera conclue dans deux mois » – « C'est la deuxième fête de Pâques que je passe là dehors sur un champ de bataille. Je pense que dans deux ou trois mois la guerre sera terminée. »

À partir de l'été 1917, Joseph n'a plus qu'une seule chose en tête : la paix. Et il n'a pas peur de l'écrire dans

1. Cartes postales militaires.

ses lettres : « Chère sœur, j'ai à nouveau espoir que la paix viendra bientôt. Le bruit circule ici de la signature prochaine d'un cessez-le-feu. Tout est parfaitement calme. Il faut attendre. Peut-être que la guerre sera finie à Noël. Ici nous vivons dans une grande saleté. Il n'arrête pas de pleuvoir ou de neiger. On s'enlise jusqu'aux chevilles dans la boue. »

Pendant l'hiver 1917-1918, les Alsaciens sont ramenés sur le front Ouest. « Mes chères ! » écrit Joseph avant de quitter la Prusse-Orientale. « Je vous écris la dernière carte de mon stationnement russe. Ce soir nous avons fêté Noël et notre départ. Le lieutenant-chef a prononcé un discours. Maintenant nous partons vers un autre front. Alors adieu, mes chères. Beaucoup de salutations et de baisers. Vive la paix ! À bas la guerre ! Joseph. »

Le 3 mars 1918, l'Empire allemand et la Russie bolchevique signent le traité de paix de Brest-Litovsk. Léon Trotski, coiffé d'une toque, la cigarette aux lèvres, serre la main d'officiers allemands au casque à pointe. Pour Joseph, la vraie guerre commence. Il participe aux dernières grandes offensives de printemps de l'armée allemande sur le front Ouest. Il est de plus en plus démoralisé. Le 26 mars 1918, il reprend les combats après quelques jours de repos : « Les belles journées sont déjà terminées et demain je retourne au travail contre les Anglais. J'ai confiance : la paix ne tardera plus. Les derniers combats sont en train d'être menés. La paix, ce sera peut-être pour dans deux mois. Moi, tout m'est égal. Tout ce que je veux, c'est la paix. La vie ici n'est pas supportable à la longue. Je termine donc ma lettre en espérant vous revoir bientôt. » Joseph écrit ses lettres les plus humbles. Les mots lui manquent pour décrire l'horreur qu'il est en train de vivre. « Je suis toujours en bonne santé ! » écrit-il au début de chaque lettre comme s'il annonçait un miracle. Le courrier est le seul lien avec sa vie passée. Il supplie qu'on lui réponde : « Je suis tellement heureux quand le soir à 6 heures, lors de la distribution du courrier, une lettre arrive de la maison. Écrivez souvent, c'est au moins une petite consolation. » Joseph garde son paquet de lettres dans la poche de sa capote. Mon grand-père ne jeta jamais sa correspondance du front.

Le 30 mai 1918, Joseph est à Steenwerk dans les Flandres, à la frontière belge, entre Lille et Saint-Omer. Les combats sont durs. « Mes chères ! Tout cela est devenu à peine supportable. Avez-vous des nouvelles de ma demande de permission ? Écrivez-moi, car je me languis de vous. J'espère que les choses iront bientôt mieux ici. Nous avons fait encore 25 000 prisonniers au Chemin des Dames. Tout m'est égal, pourvu que cette guerre se termine bientôt. On en a assez de voir toute cette misère ici. Que deviennent mes camarades ? Il y a longtemps que je n'ai pas eu de nouvelles de plusieurs d'entre eux. Paul Schwartz est stationné tout près de moi et il paraît qu'il va très mal. Que deviennent Maria et Émilie et les trois grandes petites ? Et toi, ma chère mère, ne te fais pas de souci. La guerre ne durera plus très longtemps et je rentrerai bientôt à la maison. Nous vivrons encore des jours heureux tous ensemble. Envoyez-moi de l'argent et des paquets, mais surtout écrivez-moi pour me donner du courage. »

Tout le long de l'été 1918, les lettres de Joseph disent la peur et le découragement. La permission est son unique obsession. Les soldats alsaciens-lorrains en sont privés. L'état-major allemand a peur que les Wackes se laissent contaminer par le climat anti-allemand qui règne dans le Reichsland.

C'est du 19 août 1918 qu'est datée la dernière lettre du Kanonier Joseph Klébaur à sa mère. Joseph est à Château-Salins. Il est à bout de forces. Plus jamais dans sa vie taciturne il ne se laissa aller à de tels épanchements sentimentaux : « Chère maman, un de mes amis lorrains vient de partir pour sa permission. Et j'ai été pris soudain d'un tel cafard que j'ai besoin de bavarder un peu avec toi à distance. Bientôt ce sera mon tour, peut-être déjà au début du mois de septembre. Tous ceux qui m'écrivent me demandent quand je pars en permission. Après toutes ces aventures en Russie et dans le Nord de la France, comme je serais heureux de vous revoir, toi, ma chère mère, et vous, mes sœurs adorées ! Les jours de temps clair j'aperçois les belles Vosges au loin. Et je pense avec nostalgie à toi, ma chère petite mère. Vous allez trouver un peu ridicule qu'un jeune homme de vingt-deux ans écrive des choses aussi sentimentales. Mais quand on sait la vie que nous avons eue sur le champ de bataille, quand on sait les horreurs dont nous avons été témoins, il est facile de comprendre notre état d'esprit. Prie pour que Dieu me protège, pour que nous puissions bientôt mener ensemble une vie heureuse.»

Joseph n'a pas été blessé au champ d'honneur. Pas même une égratignure. Mathilde était-elle un peu déçue ? « Il n'avait pas l'âme d'un soldat, ton grand-père ! Il aimait trop la paix ! Il avait le Heimweh. Mon Dieu, qu'est-ce qu'il avait le Heimweh ! » me disait Mathilde comme on rit, sans le prendre vraiment au sérieux, d'un grand garçon trop sensible arraché pour la première fois aux jupes de sa mère. Joseph avait le mal du pays. Le Heimweh...

Mathilde ne voulait pas traduire ce mot allemand qui portait si bien la mélancolie de Joseph. Mathilde aurait peut-être préféré un mari haut gradé, le torse barré de médailles, côté gauche, côté du cœur. Un mari comme le Gaston de Marthe. Un mari dans le bon uniforme. Elle conserva la médaille décernée au Kanonier Klébaur par l'empereur Guillaume au champ d'honneur 1914-1915. Au recto : le portrait de l'empereur Guillaume II avec de longues moustaches. Au verso : la Croix de Fer et un aigle perché sur une branche dont jaillissent des éclairs.

Mathilde aimait raconter que cette médaille fut décernée à Joseph après qu'il eut risqué sa vie en retirant un camarade blessé du champ de bataille. Elle était la preuve de l'héroïsme de son Joseph. « La médaille que vous nous décrivez est un souvenir non officiel et sans valeur de la période de la Première Guerre mondiale. Des décorations de ce genre étaient à l'époque distribuées à beaucoup de gens. Il ne s'agit en aucun cas d'une distinction décernée pour acte de bravoure », m'informa le musée d'Histoire militaire de la Bundeswehr.

En Alsace, les monuments aux morts de 1914-1918 ne portent pas le « Morts pour la Patrie » gravé sur les monuments aux morts de toutes les communes de France, mais le texte suivant : « À nos morts » ou « À nos enfants », « Morts pendant la guerre de 1914-1918 ». Après la première guerre, l'administration française concède ce petit arrangement avec la difficile Histoire de l'Alsace. Soucieuse de ramener les Alsaciens dans son giron, la France gomme la différence entre ceux qui se sont battus pour la France et ceux qui ont défendu les couleurs de l'Allemagne.

Les Wackes sont intégrés à l'UNC (l'Union nationale des anciens combattants). Une pension de guerre leur est versée. Le 14 juillet, les Wackes défilent, la tête haute, en portant le tricolore de l'UNC. À l'occasion des cérémonies du 11 novembre 1995, Jacques Chirac nomme chevalier de la Légion d'honneur tous les anciens combattants survivants de la Première Guerre mondiale qui n'ont pas encore été décorés. Un hommage à 3 000 très vieux messieurs. « La France rend hommage à ses "Poilus" » titre *Les Dernières Nouvelles d'Alsace*. Sous la voûte de l'Arc de Triomphe, le président de la République épingle les médailles sur le revers des vestons. Les Wackes n'ont pas droit à ce « dernier témoignage de reconnaissance de la nation ». Les cent quarante-cinq Alsaciens et Mosellans encore en vie sont radiés de la liste présidentielle. Le député-maire de Colmar est l'un des seuls à protester : « S'il paraissait difficile en effet de décerner cette décoration à titre militaire, tout au moins aurait-on pu le faire dans un esprit de fraternité retrouvée entre gens ayant participé à un même conflit. Cela aurait été une marque supplémentaire de la solidarité qui unit désormais les peuples d'Europe, dans une volonté déterminée de ne plus jamais voir de telles horreurs. » *Les Dernières Nouvelles d'Alsace* prennent acte dans un mince entrefilet de la réponse présidentielle : « Conséquence inéluctable d'un traité imposé à la France par sa défaite en 1870, la participation de soldats alsaciens-mosellans à la guerre de 1914-1918 sous l'uniforme impérial ne peut être reprochée aux intéressés. Elle ne peut cependant leur valoir, en tant que telle, la reconnaissance de la nation que manifeste la nomination dans l'ordre de la Légion d'honneur. »

16

Seules

UN COUPLE SPORTIF. C'est ainsi que l'on décrivait Mathilde et Joseph dans la famille. On prenait bien garde de mettre l'accent sur ce qui unissait ces deux êtres à première vue mal assortis. « Joseph n'a pas la culture de Mathilde. C'est un homme d'action », disaient les tantes. Joseph a un corps d'athlète. La beauté virile de mon grand-père rachète son manque d'exaltation pour les belles lettres.

Mathilde et Joseph forment un couple muet. Seule l'activité physique partagée leur permet d'échapper aux mots. Quand ils malaxent à deux la pâte à Kugelhopf dans la cuisine, quand ils descendent à ski les pentes des Vosges, quand ils marchent en été avec leurs sacs à dos, les enfants à la main, Mathilde et Joseph oublient qu'ils ne savent pas se faire la conversation et ils sont presque heureux. Les albums de photos sont pleins de chaussettes roulées sur les chevilles, de knickerbockers[1] et de

1. Pantalon arrivant aux genoux de type pantalon de golf.

chaussures de marche. Les filles portent des Dirndl[1]. Joseph des pantalons de golf en tweed. Mathilde et Joseph sont radieux quand ils passent devant un Christ en croix au bord d'un chemin. Ils marchent côte à côte et croisent des troupeaux de vaches. Pour enjamber un ruisseau, Mathilde s'appuie sur le bras tendu de Joseph.

Mathilde est reconnaissante à Joseph de lui avoir donné la nationalité française et la sécurité matérielle. Mais elle en veut à ce grand mari de ne pas lui offrir la vie distinguée dont elle rêve. Mathilde note ses humeurs grises dans des petits carnets. « Ce soir, je suis lasse », écrit-elle en 1937. « Que la vie est donc lourde ! Chère nuit, prends-moi dans tes bras ! Serre ma tête contre toi comme ferait une mère pour cacher à son enfant toutes ces choses si tristes et laides. » Elle se sent « de trop sur la Terre. Que faire ? Où aller ? » Elle ne comprend pas pourquoi son mari prend la fuite. Seules les excursions dans les Vosges l'apaisent. Le soir, en rentrant, Mathilde s'empresse de consigner ce bonheur passager de peur qu'il ne s'échappe à jamais : « Mont Sainte-Odile par Klingenthal. Très loin. Descente sur Ottrott plus courte. Nous sommes des gens heureux ! »

Mais Joseph est souvent absent des dimanches en famille. Mathilde lui en veut. « Aux Trois Châteaux avec les enfants sous une pluie battante. Seule », écrit-elle. L'adjectif a été rajouté au crayon. Mathilde est seule tous les dimanches. Joseph est au Central, café fréquenté par la bourgeoisie colmarienne. Un dimanche d'automne, Mathilde note d'une grosse écriture rageuse : « Seule seule seule seule seule seule !! » À la fin du carnet, le mot « seule » écrit de biais sur la page de chaque dimanche est

1. Costume régional allemand et autrichien.

barré. Mathilde l'a écrit à l'avance par habitude. Joseph a dû changer d'avis au dernier moment. Quelques jours plus tard, Mathilde note dans un petit agenda Bijou de cuir bordeaux : « Ce que je voudrais voir à Paris. La France, la vraie France. Une pièce de Molière. Les ateliers de Rodin. La montagne Sainte-Geneviève. Le Louvre le soir ! Les statues de Germain Pilon et les Renoir. Les Cézanne que j'aime tant. Le Bourget, c'est-à-dire des avions. » Sur la page d'en face, Mathilde inscrit les directives d'un exercice de musculation des pectoraux : « Appuyer fortement les deux mains l'une contre l'autre. Abaisser et relever les coudes sans bouger les doigts » et le patron Singer pour un nouveau chemisier : « Mesurez la poitrine au point le plus saillant. » Le voyage à Paris fait partie des bonnes résolutions de cette année difficile, tout comme la gymnastique et les travaux d'aiguille. La carte de l'agenda Bijou montre la France de 1937, ses préfectures et son empire colonial. Mathilde a encerclé Paris d'un trait de crayon.

Mathilde lit trop de romans. Elle s'imagine l'amour tout autrement. Plus exalté que le magasin en semaine et la belle-famille le dimanche. Plus courtois que les dîners silencieux en tête-à-tête le soir dans la salle à manger. Plus gai, plus fou, plus renversant. L'amour devrait ressembler aux serments fiévreux que ses amies d'enfance avaient copiés de leur plus belle écriture dans son album de poésie. Gertrud, Hedwig, Lili, Maria juraient à Mathilde la fidélité éternelle, un cœur brûlant comme la braise, des brassées de roses parfumées, des soleils couchants et des ciels piqués d'étoiles. Elles promettaient des lettres d'amour au printemps et des nuits d'été sous les pommiers du verger. « Plus pure sera ton âme, plus fort tu seras aimée. Plus tu posséderas de noblesse et de force intérieure, plus tu seras capable d'aimer», écrit Rola. Mathilde se laisse étourdir. Ces déclarations ne sont-elles pas bien plus séduisantes que la réalité ? Elle sait à quoi aurait dû ressembler l'amour. Et l'amour avec Joseph, ce n'est pas vraiment ça. Jamais Joseph ne la bouleverse. Jamais Joseph n'a écrit des mots pareils. Il n'y comprend rien.

Les revendications de sa femme l'affolent. Il est pourtant plein de bonne volonté quand il rentre le soir avec un bouquet d'œillets et un carton d'éclairs au chocolat. Il se donne du mal. Mais il ne sait pas décorer de fioritures l'affection solide qu'il porte à sa femme. Il a envie de rire quand Mathilde lui récite ces vers ardents :

«Madame la Reine,
l'amour est aux aguets.
J'apporterai deux chevaux blancs.
Nous galoperons en silence
la nuit tout entière sur la terre en fleurs.»

Joseph n'a rien d'un chevalier de légende quand il rentre pour déjeuner à midi, les pantalons couverts de poussière de faïence. Il mange les yeux baissés vers son assiette. Mathilde le dévisage. Il parle des dernières commandes au magasin, de la livraison d'un poêle en faïence dans une ferme de la vallée de Munster. Il ne faut pas oublier l'anniversaire de Marguerite la semaine prochaine. Maria s'est fait une entorse en trébuchant sur le trottoir et le camion toussote comme un tuberculeux. Joseph ira le conduire chez le mécanicien après le travail. Il sera sans doute un peu en retard. Il ne faudra pas l'attendre pour dîner.

Mathilde enregistre les directives d'un air absent. Elle veille à ce qu'il n'y ait pas de temps mort entre la salade de cervelas et le Kassler[1], choucroute, pommes de terre sautées. Quand elle se retire à la cuisine pour faire la vaisselle, elle se félicite de cette parfaite chorégraphie. Joseph a toujours été entouré de femmes : une mère dominatrice et cinq sœurs, puis une femme et deux filles. Pourtant les femmes restent les astres tournoyants dans un autre univers. Il est vrai que la féminité capricieuse de Mathilde n'a rien à voir avec le bon sens musclé de la veuve Klébaur. « Tu n'es pas raisonnable, Mathilde », dit parfois Joseph d'une voix douce. Et il s'échappe au Central.

LE BONHEUR DE MARTHE dure onze ans. Onze ans de vie de garnison. Marthe a une ordonnance, des cartes de visite « le capitaine et Madame Hugues », deux enfants sages coiffés la raie au milieu et un mari « un peu misanthrope, mais gentil ». Elle prend le thé et joue au bridge avec la femme du commandant. Marthe a l'air si joyeuse sur les photos de cette époque. Toute menue dans une jupe de lin blanc, les cheveux coupés au carré, elle serre toujours un de ses fils dans ses bras. Gaston, en uniforme fume la pipe. Il regarde sa femme d'un air grave. Quand il est en civil, il porte un béret basque. Et quand il tombe la veste, il garde toujours sa cravate. Il aime quand Marthe le provoque et vient d'asseoir sur ses genoux. « Quel est le plus beau jour de ta vie ? » demande-t-elle. « Le jour où j'ai reçu mes insignes de caporal ! » répond-il. Et Marthe se lève d'un bond. Elle crie au scandale. Elle ébouriffe la tête de son petit capitaine. Et elle s'en va préparer le dîner.

1. Spécialité allemande et alsacienne. Filet de porc sans os, salé et fumé aux copeaux de hêtre.

Marthe écrit régulièrement à Mathilde. Son amie lui manque. Elle lui raconte sa vie de femme mariée : « Madillalla », écrit Marthe à Mathilde. « Chez nous, tout le monde est en bonne santé. J'apprends à lire à mon junior. Quelle bourrique, celui-là. Si on lui parle un peu sévèrement il commence à brailler. De Pierrot, j'ai eu de bonnes nouvelles. Il paraît qu'il est tombé sur le nez et il est tout écorché. Madillalla komm mer halfa, viens m'aider ! Toute la matinée, je m'échine à allumer mon feu et, miséricorde, je n'y arrive pas. Il fait bien mauvais ici. Froid et du vent. Écris-moi bientôt. Mon bon souvenir à ton mari. Le mien vous envoie son meilleur souvenir. Marthe. » Lors du bal masqué de la garnison en 1938, le capitaine Hugues se déguise en Hitler et son ami le commandant en Goering. « Nous avons le meilleur matériel ! » jure Gaston à ses fils quand la Seconde Guerre mondiale s'annonce. Le soir autour du poste de radio, c'est sa femme qui est chargée de traduire les discours de Hitler. « Vas-y, toi, qui comprends l'arabe ! » s'amuse Gaston. Il n'en loupe pas une pour se moquer à la fois de ce petit Autrichien brailleur et de l'accent alsacien de sa femme.

Marthe ne cessa de reprocher à son mari son expédition coloniale dans le Rif après leurs fiançailles : « Il a fallu qu'il aille chercher sa mort au Maroc, celui-là ! » Le régiment de Gaston fait escale dans un endroit où le service sanitaire chargé d'exterminer les moustiques n'est pas encore passé. Il contracte le paludisme. Ni les cures à Vichy, ni les pastilles et les poudres miracles que Marthe achète à la droguerie n'y pourront rien changer. Le 13 septembre 1939, le capitaine Gaston Félicien Marin Hugues, âgé de 45 ans, chevalier de la Légion d'honneur, Médaille militaire, Croix de guerre, Croix de guerre T.O.E. meurt à l'hôpital militaire du Val-de-Grâce évacué à Rennes dans l'Ille-et-Vilaine. Les obsèques ont lieu le 19 septembre 1939 à Ventavon.

Dix jours auparavant la France et l'Angleterre ont déclaré la guerre à l'Allemagne. Marthe n'emmène pas ses fils à l'enterrement. Elle ne leur dit rien. Mais ils sentent bien que quelque chose de grave est arrivé. Ils n'osent pas poser de question. Ce père distant qu'ils n'osaient pas tutoyer les terrorisait. Ils n'aimaient pas quand il leur lisait le soir pour les endormir *La chèvre de Monsieur Seguin*. Pour Gaston cette histoire sent le thym sauvage et les herbes folles de son pays provençal. Ses fils n'y voient que la mort terrorisante de la petite chèvre désobéissante.

Quand leur mère rentre de voyage, le visage défait, les garçons l'attendent sur le palier du premier étage. Marthe se tient en bas de l'escalier. « Votre père est monté au ciel », dit-elle. Elle a 37 ans. Elle est veuve. Deux fils à élever. La Seconde Guerre mondiale vient de commencer. Ma grand-mère répétait souvent qu'elle était contente que son mari n'ait pas eu à subir tout cela : la victoire facile sur la France. La capitulation. Le défilé des troupes allemandes sur les Champs-Élysées. La France coupée en deux. La collaboration du régime de Vichy. L'Alsace annexée et violentée.

Le beau soldat français du boulevard fut le seul homme de sa vie. Marthe ne se remaria jamais.

Un jour que je la pressais de me parler de l'amour, Marthe me jura qu'elle n'avait jamais embrassé un autre homme que son mari. Elle avait sursauté comme si je l'avais injustement accusée d'avoir commis le péché d'adultère. À la mort de son Gaston, Marthe se réfugia dans la lecture. La nuit, son corps fluet nageait dans le lit matrimonial trop grand pour elle. Elle dévorait les romans policiers et aimait le verbe inconvenant de San-Antonio. Plus tard, la télévision devint sa dame de compagnie.

Marthe et moi passions de longues soirées, soudées l'une contre l'autre dans un profond fauteuil. J'étais prise en étau entre le bureau de chêne massif de ce grand-père que je n'avais jamais connu sur le côté gauche et le sein moelleux de ma grand-mère sur le côté droit. Je manquais d'air. J'étais incapable de bouger les bras. Mais rien ne pouvait m'arriver dans ce nid de douceur. En hiver, Marthe posait une couverture sur nos genoux. En été, par les grosses chaleurs, elle riait : « Oh, que tu me tiens chaud, mon Schatzele. Mais c'est si bon ! » Nous étions dégoulinantes de sueur, rouges, suffocantes. Ma grand-tante Alice était assise à un mètre de l'écran, toute droite sur une petite chaise, les genoux collés l'un contre l'autre. Alice ne s'adossait jamais. Jamais elle ne croisait les jambes. La vieille fille refusait toute pose capable de suggérer la moindre langueur.

Nous regardions toutes les trois Alain Delon effleurer du bout des doigts les chevilles nues de Brigitte Bardot. Nous suivions le voyage de la main de Delon le long des mollets de BB. Mais c'était dans les années 1960 et l'ORTF était prude. La caresse s'arrêtait net au-dessous du genou. Marthe était offusquée. Je sentais son corps en alerte tout tendu sous la robe de chambre molletonnée qu'elle avait baptisée « mon Moujik » en souvenir des grandes plaines russes du *Docteur Jivago*. Une vraie histoire d'amour, ça au moins. Sans peau nue ! Sans sexe ! Pendant que la main de Delon s'attardait sur les rotules de BB, Marthe me regardait avec inquiétude. Elle ordonnait à sa sœur : « Alice ! Change de chaîne ! C'est à dégoûter les jeunes filles du mariage ! »

17

La drôle de guerre de Joseph

La Seconde Guerre mondiale permet à Joseph une brève incursion dans ce territoire des choses du cœur dont Mathilde a délimité les strictes frontières. La drôle de guerre est un printemps amoureux pour Mathilde et Joseph. Quand la guerre éclate en septembre 1939, Joseph est mobilisé dans l'armée territoriale et affecté dans un dépôt de Chalon-sur-Saône. Une photo montre mon grand-père en uniforme français dans une cour de caserne. Il porte cette fois-ci l'uniforme du soldat sur lequel il tirait il y a quelques années encore.

Un éditorial paraît dans *Les Dernières Nouvelles de Colmar* qui depuis le début de la guerre publient ses articles non seulement en allemand, comme les journaux n'ont cessé de le faire depuis le retour de l'Alsace à la France, mais aussi en français à l'intention des soldats venus de toute la France pour protéger l'Alsace : «Le contraste est saisissant entre les belles et chaudes journées d'un été finissant et la tâche imposée à tous les hommes valides de notre pays par l'inconciente folie de mégalomanes auxquels la fatalité a remis les destins d'un peuple resté – quoi qu'on ait dit – un peuple de proie. Sous le ciel si doux retentit le cliquetis des armes, gronde le canon. Entre les petits nuages blancs qui parsèment le ciel, à travers la brume argentée qui, annonçant l'automne proche, le voile parfois, se faufilent les oiseaux de mort. Il faut que cela cesse. Le monde, la France, l'Alsace, marche de la France, ne peuvent plus supporter, ne veulent plus cette pression continuelle ; ce chantage éhonté à la force brutale ; cette extravagante politique de barbarie et de répression. Nos soldats savent pourquoi ils ont quitté ce qui leur est cher. Le pays tout entier sait pourquoi ces sacrifices, ces séparations, ces angoisses lui sont imposés. Ils en ont assez ! Pacifiques dans le tréfonds de leur âme, sans aucune envie morbide, sans jalousie, ils se battront tant qu'il le faudra pour délivrer le monde d'un cauchemar tel que l'Histoire moderne n'en a pas connu d'aussi angoissants. La liberté et la dignité humaines sont en jeu. Elles seront sauvées par la France et par ses alliés. »

Mathilde a froid dans le dos quand elle lit le journal, seule le matin à la table de la salle à manger. Elle pense à Joseph qui a déjà fait la guerre, la première, mais sous l'uniforme allemand, et qui risque de devoir se battre à nouveau. *Les Dernières Nouvelles de Colmar* publient un portrait du « Poilu alsacien ». Mathilde n'y reconnaît pas vraiment son mari : « L'homme âgé de plus de 40 ans sait ce que c'est que la guerre qu'il fit naguère – hélas ! – sous un autre uniforme. Il est soldat de la France, comme tous les autres. Il ne veut être que cela. L'Alsacien est né soldat. Il adore l'uniforme. Ne se promène-t-il pas, en temps de paix, avec fierté, en guêtres blanches et en tunique bleu marin avec des galons sur les manches ? L'Alsacien est un soldat. Kléber, Rapp, Lefèvre, Edighoffen, et d'autres innombrables sous le premier Empire l'ont prouvé. Les Alsaciens sont restés ce qu'ils étaient. Ils portent l'uniforme que désirait, que réclamait leur cœur. Ils ont découvert en outre le pinard de France et l'officier de France. Le pinard plus sombre que le vin sur leurs coteaux, mais qui ragaillardit lorsqu'ils reviennent d'une corvée, dans la grange glaciale, et que ceux de l'autre côté du fleuve ne connaissent pas. L'officier français, paternel, ferme et indulgent à la fois, parlant parfois leur dialecte, et si humain ! Quelle différence avec le hobereau ou le freluquet casqués, claquant des talons, traînant le sabre dont le souvenir forme dans l'image qu'ils ont conservée de l'armée allemande ou que leurs pères leur ont transmise, la note odieuse ou comique. Ah ! Poilus d'Alsace, si vous teniez entre vos poings le "gefreiter[1] Hitler", vous lui feriez passer le goût des harangues saugrenues ! Ai-je tort ? »

Même sous les drapeaux français, le brigadier Joseph Klébaur n'a toujours pas l'âme d'un soldat. Il s'ennuie à Chalon-sur-Saône. Il ne se passe rien. Il aimerait regagner sa fabrique, reprendre le travail. Il redoute par-dessus tout que la guerre éclate vraiment. Il n'a aucune envie d'aller se battre. Mathilde et ses filles sont réfugiées dans la vallée de Munster. Joseph est loin d'elles. Mathilde est inquiète et pourtant le danger l'excite. La vie prend enfin un goût d'aventure. Mathilde regarde son « homme » avec d'autres yeux, lui donne rendez-vous juste pour une nuit : « Chéri, j'aimerais bien venir demain. Le soir !

1. Caporal.

Si je trouvais une auto… Mais ne m'attends pas. Je me demande ce qui se passe dans le monde. Ici personne ne sait rien. Les gens sont d'un calme. Embrasse-moi. Tu sais si bien embrasser.» Mathilde a peur. «Oh, chéri», écrit-elle après une visite de Joseph. «Je suis si heureuse que tu sois venu. Je me sens bien plus forte depuis. Je ne savais pas qu'un homme est un tel appui pour une femme. J'étais si sûre de moi, avant! Chéri, ça ne va pas durer longtemps, j'espère.» Joseph répond : «Je suis maintenant plus calme, vous sachant en sécurité. J'aimerais bien que cette guerre soit terminée. Il ne se passe rien d'anormal ici. Tout est calme. Bon courage. Il ne faut pas se laisser aller. Tout s'arrangera. Je vous embrasse de tout cœur, mes chères enfants, courage.»

Cette nouvelle guerre affole ma grand-mère. Elle qui a tant souffert de la précédente. Les Allemands se battent à nouveau contre les Français. Le pays de son père contre le pays de son mari. Mathilde est déchirée. L'arrivée imminente des Allemands la perturbe. Elle est si bien intégrée dans sa petite ville. Elle est en train de reprendre confiance dans la vie. Son père et elle viennent à peine de devenir français. Comme en 1918, les journaux de ce début de guerre sont pleins de diatribes haineuses contre les «Boches». «Depuis 20 siècles», écrivent *Les Dernières Nouvelles de Colmar*, «l'Allemagne n'a rêvé que conquêtes, invasions et pillages, la défaite de 1918 ne l'a pas changée. Planté au centre de l'Europe, le peuple allemand est resté, malgré la débâcle de ses armées, sous les coups de boutoir de Foch, ce qu'il n'a jamais cessé d'être lorsque, au cours de l'Histoire, il s'est trouvé unifié par la contrainte ou par le consentement du plus grand nombre : il est demeuré – terrible fatalité pour ses voisins – la menace éternelle».

Mathilde a si peur que tout recommence. Elle se sent fragile, avec ses deux filles, seule à Munster. On distribue des masques à gaz. En prévision d'une guerre de tranchées, la population de Strasbourg et des villes et villages longeant la ligne Maginot est évacuée vers le Sud-Ouest de la France. Colmar, ville de garnison militaire, est épargnée par cette mesure. Mais tous les villages le long du Rhin sont évacués vers le Lot-et-Garonne, la Haute-Vienne, la Dordogne, le Gers et les Landes. Mathilde se souvient des chats affamés dans les rues désertées de Strasbourg, « ville endormie ». Les portes et les fenêtres sont verrouillées, mais les géraniums continuent de fleurir sur les balcons. La cathédrale est à demi ensevelie sous des sacs de sable. « Nombreux sont ceux », écrit le journal en allemand, « qui connaissent le sort des réfugiés, qui savent combien il est dur de quitter son foyer. Nombreux sont ceux qui ont éprouvé la douleur qui vous déchire le cœur quand il faut se séparer de tout ce qui vous était cher ». Mathilde connaît très bien ces sentiments. Elle a vécu ces angoisses en 1918. À l'appel du maire et du préfet, les Colmariens se mobilisent. Alice s'engage au sein du comité de secours aux évacués du Haut-Rhin. Elle rassemble des vêtements d'hiver, des couvertures et des bouteilles de lait condensé pour les évacués. Au cinéma Luxhof, Raimu, Pierre Blanchar, Madeleine Renaud et Viviane Romance sont à l'affiche dans *L'Étrange Monsieur Victor*. Le film est sous-titré en allemand. L'affiche en allemand promet un *Meisterwerk*, un chef-d'œuvre de culture française. Les paroissiens de la Collégiale Saint-Martin se recueillent « pour que le bien l'emporte sur le mal et la barbarie destructrice ». À la synagogue, on prie « pour la victoire de la France ».

Le 15 juin 1940, après des mois de drôle de guerre, les Allemands passent à l'attaque et franchissent le Rhin à Marckolsheim et à Neuf-Brisach. Dans la soirée du 17 juin, la Wehrmacht entre dans Colmar. Joseph est démobilisé. Il retire son uniforme français et reprend son travail. Mathilde et ses filles rentrent à Colmar. La vie de Mathilde et Joseph retrouve son cadre ordinaire.

18

Repas de famille

Le dimanche pour le déjeuner, la famille se réunissait chez Marthe, avenue de la Liberté. Mathilde présidait la table. Marthe était assise, toute petite entre ses deux grands fils, le plus près possible de la cuisine. Parfois elle se levait avec la brusquerie d'un lapin effarouché qui détale vers son terrier. « Vous ne trouvez pas que ça sent le brûlé ? » Elle fonçait à la cuisine pour sauver son gigot déjà roussi. Au dessert, nous demandions à Marthe et à sa sœur Alice de nous raconter la guerre, la vraie, la seconde. Mathilde se taisait. Elle laissait parler les deux sœurs. Elle enviait l'Histoire de France en ligne droite, sans cassures et, jugeait-elle, presque sans honte.

Alice arrivait droit de la messe de 11 heures et allait repartir après la vaisselle pour les vêpres. Son chapeau l'attendait sur la commode de l'entrée. C'était dimanche. Elle avait mis ses boucles d'oreilles de nacre et son chemisier à jabot. Elle écoutait la conversation, les bras croisés sur sa poitrine. Elle ressemblait à une écolière obéissante. « Mais où est donc passée Alice ? » s'écriait tout à coup Marthe. Alice était déjà partie depuis une demi-heure. Et personne n'avait remarqué son absence. Cette faculté à faire oublier sa présence lui avait été très utile.

Alice était la mémoire de la famille. Pendant que Marthe et Mathilde étaient occupées à choisir leur futur mari au club de tennis, Alice passait ses après-midi à broder son trousseau en épiant la conversation de sa mère et de Madame Goerke dans le salon de ses parents au rez-de-chaussée. Plus Augustine et Adèle s'aventuraient dans des confidences hardies, plus Alice se tapissait dans le coin de la pièce, les oreilles dressées, à la façon d'une renarde guettant sa proie. Elle osait à peine respirer, elle étouffait une quinte de toux, elle rasait les murs pour chercher une bobine de fil dans la boîte à ouvrages. Mais rien ne lui échappait. Pas une maladie, pas une rumeur de voisinage et surtout pas un épisode de la vie des deux familles. Les Goerke et les Réling n'avaient pas de secret pour elle. Alice avait ourlé des kilomètres de draps et brodé des dizaines de serviettes de table. Elle n'avait jamais trouvé de mari, mais elle avait collectionné tous les secrets de l'avenue de la Liberté. Être aux aguets, silencieuse, le souffle court, pendant que les autres parlaient était devenu pour elle une seconde nature. Alice avait accumulé un immense savoir.

Marthe aurait bien aimé avoir une sœur aussi flamboyante que la Georgette de Mathilde. Elle aurait aimé, comme Mathilde, donner à l'admiration de notre tablée une aventurière, une voyageuse, un esprit libre et grand. Elle aussi aurait aimé nous impressionner. Mais Alice ne faisait pas le poids. Cette sœur craintive avait peur de tout : de l'orage, des voleurs, des dépenses inutiles, des courants d'air, des chiens, de l'imprévu, de la vie tout entière. Elle avait toujours habité au rez-de-chaussée de l'immeuble de l'avenue de la Liberté, dans l'appartement de ses parents. À leur mort, elle avait simplement quitté sa chambre de jeune fille au bout du couloir pour occuper la chambre conjugale, plus spacieuse, sur le devant.

Alice couchait dans l'ancien lit de ses parents. La nuit, elle était encerclée par trois armoires à glace remplies des draps toujours vierges dont elle ne se servirait jamais. Le voile de sa robe de première communiante était posé comme napperon sur sa table de chevet. Sa première communion avait été, disait-elle, le plus beau jour de sa vie. « Ô Jésus, hôte de mon âme, établissez aujourd'hui et à jamais votre demeure en moi », dit l'image souvenir de ce 30 mars 1913. Sur la photo officielle de l'atelier Severin Schoy, photographe à la cour de Sa Majesté le grand-duc de Mecklembourg-Schwerin à Colmar, Alice ressemble à une petite mariée. Elle porte un long voile et une couronne de roses blanches.

Alice était une vieille fille sacrifiée au bien-être de la famille. Une de ces âmes dévouées qui n'existent plus aujourd'hui. Elle s'occupait des vieux, des malades, des tombes, des déclarations d'impôts de toute la famille, de la gestion et de la réparation des immeubles dont les deux sœurs avaient hérité de leur père. Elle n'avait pas de vrai statut. Marthe et Mathilde étaient les grands-mères toutes-puissantes. Elles se partageaient les premiers rôles. Tante Alice était une figurante dont le scénario familial aurait aisément pu se passer.

Le couple Marthe/Alice fonctionnait parfaitement. Alice s'occupait des questions financières. Marthe prêtait à sa sœur les petits-enfants qu'elle n'avait jamais eus.

Alice économisait. Marthe dépensait. Alice exécutait. Marthe donnait les ordres. Quand elle voulait qu'Alice monte la voir au premier étage, Marthe saisissait un balai et frappait trois coups sur le plancher, comme au théâtre. Quelques minutes plus tard, les petits pas feutrés d'Alice frôlaient les marches dans la cage d'escalier. On l'entendait à peine pousser la porte d'entrée. Et soudain elle était là, debout, au milieu de la cuisine. Marthe sursautait : « Oh, mais tu m'as fait peur! Tu ne peux pas faire un peu de bruit quand tu entres quelque part ! » Alice était si discrète qu'on remarquait à peine sa présence à table. Assise sur un tabouret inconfortable, prête à courir à la cuisine pour chercher une salière oubliée, Alice baissait les yeux et nous écoutait. Elle se réservait d'office les morceaux de viande les plus gras et la première part du diplomate aux marrons, celle qui s'était affaissée sur elle-même, celle qui n'était plus jolie et dont personne ne voulait. Alice avait passé la nuit dans sa cuisine à décoller la petite peau des châtaignes avec la pointe d'un couteau. « Un travail de mule ! Mangez avec respect ! » disait-elle en versant sur son chef-d'œuvre la crème anglaise parfumée au kirsch.

C'est seulement après la mort de sa sœur que Marthe se rendit compte de la tendresse qu'elle lui portait. L'hôpital avait appelé Marthe pour lui demander de passer d'urgence. « C'est bientôt la fin ! » avait dit l'infirmier au téléphone. Pour ne pas violenter les proches, l'hôpital parlait de la mort prochaine comme de la station terminus d'une ligne d'autobus. La vie d'Alice n'était pas allée plus loin que cette journée pluvieuse du 29 mars 1992. Marthe avait sauté dans un taxi. Elle était pétrie de chagrin. Alice gisait toute rabougrie dans son lit à barreaux. Le prêtre venait de passer. « Oh, mais tu ne vas quand même pas me laisser toute seule, Alice ! » avait sangloté Marthe.

Le corps de sa sœur était gris et sec. Seules les plaques rouges marbrées de la couperose sur ses joues donnaient à tante Alice une bonne mine singulière. Et s'il n'y avait pas eu le chapelet entortillé autour de ses doigts déjà rigides, on aurait cru que tante Alice faisait un petit somme après une excursion au grand air dans les vignobles.

Cette nuit-là, Marthe fit un cauchemar : elle vit défiler devant son lit les locataires, les ramoneurs, les vitriers, les plombiers, les assureurs et les percepteurs... Une procession menaçante se dressait devant elle et lui demandait des comptes. Marthe se réveilla en sursaut. Elle s'assit au milieu de son lit et demanda pardon à sa grande sœur pour toutes les fois où elle l'avait brusquée, rembarrée, malmenée.

QUAND, AUTOUR DE LA GRANDE TABLE, la conversation s'engageait dans les allées bien tracées de la Seconde Guerre mondiale, c'est Alice qui monopolisait la parole. Soudain, elle ravissait la vedette à Marthe et à Mathilde. Elle bombait le torse, prenait son élan, flattée de voir la famille entière pendue à ses lèvres. La deuxième guerre, c'était sa guerre à elle ! Elle se souvenait comme si c'était hier de l'entrée des Allemands à Colmar : « Ils étaient impressionnants de puissance quand ils sont arrivés ! Les Allemands défilaient du côté droit et, dans l'autre sens, les prisonniers de guerre français marchaient, la tête baissée. Les pauvres, nous n'avions qu'une seule idée en tête : les aider ! Ils descendaient à pied de la Schlucht et du col du Bonhomme pour être internés à la caserne de Neuf-Brisach. C'est allé très vite. En trois jours, les Allemands étaient là et les Français étaient partis. Les Alsaciens n'ont même pas eu le temps de réaliser ce qu'il leur arrivait. C'est vrai, nous nous sommes sentis abandonnés par la France. Avant de se replier vers les Vosges, les Français ont fait sauter les ponts sur le Rhin et le central téléphonique de Colmar. Le soir avec mes parents nous nous rassemblions autour du poste. “La France est debout ! France vaincra !” promettait Radio-Londres. Mais je dois avouer que nous avions du mal à y croire. » Il n'existe aucune photo du « retour » des Allemands dans les albums de Marthe et d'Alice. La famille Réling n'a eu aucune envie d'immortaliser ce moment tragique de l'Histoire de l'Alsace.

L'ancienne frontière franco-allemande tracée par Bismarck en 1871 est rétablie, le préfet du Haut-Rhin destitué, une nouvelle administration mise en place. Ces mesures sont prises avant même la signature de l'armistice à Rethondes, le 22 juin. En trois mois, Kolmar est une ville allemande et s'écrit avec un « K ». Alice n'en revenait pas que les traces de la France aient été effacées aussi rapidement : « Tout de suite, les Allemands ont voulu montrer qu'ils étaient de retour chez eux ! Les lois du IIIe Reich sont entrées en vigueur. Notre journal s'appelait désormais *Kolmarer Kurier* et portait la croix gammée à la une. »

Alice racontait le drapeau nazi hissé sur la flèche de la cathédrale de Strasbourg lors de la visite de Hitler le 1er juillet 1940, jour anniversaire de la signature du traité de Versailles. Le Führer loue « ce merveilleux bâtiment allemand». «C'était culotté, tout de même!» s'indignait Alice. La Entwelchung, la défrancisation, est radicale. Pour les nazis, les Alsaciens sont une ethnie germanique souillée par des décennies d'occupation française. Il faut laver au plus vite toute trace d'Histoire et de culture françaises. Le port du béret, «ce couvre-chef destiné à faire de l'ombre au cerveau», est prohibé. «Dans les écoles», racontait Alice, «on est passé sans transition après les grandes vacances, de Victor Hugo à Schiller et de La Fontaine à Goethe. L'Histoire de l'Allemagne a remplacé l'Histoire de France. Plus personne n'a eu le droit de traverser la ligne des Vosges, ni de parler français dans la rue. Chez nous, on ne se gênait pas pourtant. Et comme les Allemands n'avaient pas l'air de s'en aller, on a continué à vivre une double vie : française à la maison, allemande au-dehors». Mathilde rappelait alors que ceux qui parlaient français dans la rue risquaient d'être envoyés au camp de rééducation de Schirmeck. Mais elle jurait que jamais, à la maison, elle n'avait parlé allemand à ses filles. Elle était toujours restée fidèle à sa nouvelle nationalité, si longtemps convoitée. Et elle en était fière.

Les nouveaux maîtres de l'Alsace essaient par tous les moyens de neutraliser le passé. La statue de Jeanne d'Arc, celle du général Rapp sont déboulonnées, les monuments commémoratifs de la victoire française de 1918 détruits. L'avenue de la République, où habitent Mathilde et Joseph, devient Adolf Hitler Strasse. L'avenue de la Liberté, où habitent Alice et ses parents, est baptisée avenue du 17-juin, date de l'entrée de la Wehrmacht dans Colmar.

Les nazis décident de germaniser les noms et les prénoms trop français des Alsaciens. Les nazis ne tolèrent pas Yvette, le prénom si français de la seconde fille de Mathilde. Le 23 janvier 1942, un décret de l'Oberstadtkommissar de Colmar frappé de l'aigle et de la croix gammée rebaptise Yvette : « En vertu de la troisième ordonnance datée du 16/8/1940 du chef de l'administration civile en Alsace sur la réintroduction de la langue maternelle (changement des noms et des prénoms français), Yvette Klébaur s'appellera dorénavant : Margarete Marie Magdalena Klebaur. » Mathilde sait bien que ces Allemands qui viennent de forcer la porte avec fracas ne sont pas les mêmes que ceux qui ont été chassés d'Alsace en 1918. « En fait, c'était un peu comme en 1918, mais à l'envers. Les Français maudits ! Les Allemands triomphants ! Mais quels Allemands, mon Dieu… Quels Allemands… » disait-elle, la voix nouée.

Le sort des « Malgré-nous » suscitait immanquablement une vive émotion autour de la table familiale. Après la défaite de 1940, une bonne partie des Alsaciens se replièrent sur eux-mêmes, se bornant à entretenir un minimum de relations avec les nouveaux maîtres des lieux. Le Gauleiter Robert Wagner, redoutable chef de l'administration civile en Alsace, un nazi convaincu, leur reproche cette tiédeur : « Les Alsaciens ne peuvent plus se contenter d'assister en spectateurs passifs à la lutte décisive que mène la nation. Ceci est incompatible avec leur sens de l'honneur. »

Le 25 août 1942, le Gauleiter Wagner décide par décret l'incorporation de force des Alsaciens dans les armées nazies. Le Führer a besoin de troupes fraîches sur le front. Il espère que le service sous l'uniforme allemand fera enfin des Alsaciens de vrais citoyens du IIIe Reich, des nazis convaincus. Ce décret est une violation de la convention d'armistice signée avec la France en juin 1940 et des conventions de La Haye qui interdisent à une puissance occupante de mobiliser la population d'un territoire occupé. L'incorporation de ceux que l'on appelle les « Malgré-nous » est donc un acte illégal. Pour la première fois, les Alsaciens sont directement touchés par la guerre. « C'est le jour le plus noir de l'Histoire de l'Alsace ! décrétait Alice. « Plus moyen de se défiler ou de vivoter en attendant que la guerre se termine d'une façon ou d'une autre. Nous avons eu de la chance, dans notre famille, personne n'a dû partir. Joseph était trop vieux. Mon père aussi, bien sûr. Et Marthe et moi n'avions ni frères, ni cousins. Mais presque chaque famille alsacienne était concernée. »

Pour Joseph et Mathilde, l'année 1942 n'est pas un traumatisme. Mais Louis, l'ouvrier de Joseph, est obligé de partir à la guerre. Louis écrit à son patron de Zinten, en Prusse-Orientale, sur le front Est, tout près de Königsberg où Joseph a passé le début de la première guerre sous l'uniforme allemand : « Cher maître, Nous avons très beau temps ici à Zinten et le soleil brille toute la journée. J'espère que cette guerre sera bientôt terminée parce que nous sommes mieux à la maison qu'ici. À la revoyure. Louis. »

Les jeunes Alsaciens qui refusent de servir sous l'uniforme allemand sont sévèrement punis. Leurs familles subissent des représailles. Elles sont transplantées dans le Reich. Le 17 février 1943, dix-huit jeunes Alsaciens venant du village de Ballersdorf sont exécutés pour traîtrise. Alice tremblait quand elle repensait à la punition exemplaire ordonnée par les Allemands : « Ces jeunes avaient été surpris en train d'essayer de passer la frontière suisse. La patience du Gauleiter Wagner était à bout. » Elle se souvenait de la brutalité des représailles et de la violence des mots. Le Gauleiter condamne cette « petite minorité d'éléments bolchevistes incorrigibles », « ces déserteurs qui ont souillé leur Heimat et l'honneur de l'Alsace. »

Dans un grand discours prononcé le 25 février 1943 lors du congrès du NSDAP dans la salle des Catherinettes, juste à côté de l'atelier de Joseph, le Gauleiter Wagner met les Alsaciens en garde : « Il y a ici des gens qui ne se sentent pas concernés par la guerre ! Et je peux leur assurer aujourd'hui : l'Alsace n'a plus le choix. Ou bien y a-t-il ici quelqu'un qui croit sérieusement que la France est encore capable de sauver l'Alsace du bolchevisme ? Il n'y a que les imbéciles qui croient à des choses pareilles ! L'Alsace ne doit pas donner l'impression qu'elle n'est pas fiable. »

Mathilde parlait peu de ces longues années d'annexion. La Seconde Guerre mondiale semblait se résumer pour elle à une poignée d'anecdotes. Je ne connaissais que quelques images floues : Yvette distribuant en cachette des petits pains aux prisonniers français. Joseph rapportant un jambon « long comme une cuisse de girafe » d'une ferme où il avait monté un poêle. L'avion abattu dans les prés d'Herrlisheim. Mathilde et Joseph enfourchant leurs vélos pour aller inspecter l'épave. L'obus tombé un soir en plein milieu de la table de la salle à manger. Georgette, la fille aînée de Mathilde, défilant toute fière dans son uniforme BDM, le Bund Deutscher Mädel, la Ligue des jeunes filles allemandes, organisation de masse nazie pour les filles. La jupe cloche, la veste courte, les chants si entraînants, les jeux de piste et les feux de camp… tout cela était bien plus excitant pour une adolescente que les après-midi de couture et de chorale proposés par la paroisse. Aucune photo de ma tante en uniforme BDM n'a été collée dans les albums. On la voit pourtant en première communiante, en demoiselle d'honneur, en Alsacienne. Yvette n'était pas enthousiaste. Elle traînait le pied et refusait de faire le salut nazi.

Tante Madeleine – c'était l'épisode préféré de Mathilde – avait logé le général Rommel dans sa propriété d'Avranches. La sœur de Joseph avait épousé un noble français. Cet avènement dans la hiérarchie sociale plaisait beaucoup à Mathilde. Elle était fière de l'illustre visiteur de sa belle-sœur. Bien sûr, elle aurait préféré Madeleine dressant un grand lit blanc au général De Gaulle. Mais peu importe, Rommel, c'était toujours mieux que rien.

À NOUVEAU, L'ALSACE VÉCUT des va-et-vient de population. Les réfugiés du Sud-Ouest rentrent chez eux. Alice racontait l'accueil en grande pompe qui leur est fait. Les drapeaux nazis flottant au vent dans les gares d'Alsace qui portent des noms allemands, les banderolles « Bienvenue dans l'Alsace allemande », la fanfare, les discours. Rares sont ceux qui restent dans le Sud-Ouest.

Le 20 octobre 1940, la presse alsacienne annonce que trois cent mille évacués sont de retour. Parallèlement, et dès les premiers jours de l'annexion allemande, les expulsions commencent. Comme en 1918, Alice et ses parents regardent le boulevard se vider de ses habitants. Cette fois-ci, ce sont les Français qui sont chassés. La nouvelle administration expulse les « indésirables ». Les engagés volontaires de 1914-1918 dans l'armée française, les Juifs, les communistes, les francs-maçons, les opposants politiques, les familles francophiles sont forcés de quitter l'Alsace sans délai. Ils ont droit à trente kilos de bagage et à une somme d'argent dérisoire. Leurs biens sont confisqués au profit du Reich et souvent vendus aux enchères. L'Alsace doit être purifiée ethniquement. Elle doit être « Judenrein », « nettoyée » des Juifs. « L'Histoire se répète, c'est ça qui est étrange en Alsace », commentait Alice. Les encadrés annonçant les horaires des cultes israélites disparaissent d'un seul coup dans les journaux. Alice se souvenait du pillage des appartements juifs : « Certains Colmariens se sont dépêchés d'aller vider la cave à charbon de leurs voisins. D'autres, au contraire, ont mis à l'abri chez eux les meubles et la vaisselle de leurs amis partis dans la précipitation. » En août et en septembre ont lieu de nombreux départs clandestins de fonctionnaires annexés qui ne veulent pas signer le serment de fidélité au Führer.

Une fois de plus, l'Histoire de l'Alsace chavire. « Et Marthe n'a plus eu le droit de rentrer en Alsace ! » disait Mathilde, la voix chargée de drame. Marthe et Mathilde inversent leurs rôles. Cette fois-ci, c'est Marthe qui est « indésirable ». La jeune femme est obligée de quitter l'Alsace et la maison familiale avec ses deux fils. Marthe, veuve d'un capitaine de l'armée française, n'a aucune chance. Quand on a épousé un officier de l'armée française, on est considérée comme une traîtresse. Elle est forcée de passer la guerre à Tours, en zone occupée. À la tristesse d'avoir perdu son mari s'ajoute cet exil forcé loin de chez elle.

Avant de s'installer à Tours, Marthe et ses fils passent quelques mois dans la famille d'Yvonne, la sœur de Gaston, à Sainte-Maure-de-Touraine. Des mois lourds et tristes. L'oncle, un percepteur sévère, déteste les enfants de Marthe. À chaque repas, il s'acharne contre Pierre, enfant timide aux yeux de myope. Il a dix ans et ne comprend pas tous ces bouleversements dans sa vie de petit garçon : la mort de son père dont on ne parle plus pour ne pas réveiller le chagrin; Marthe en train d'empaqueter son ménage dans la précipitation; Alice et les grands-parents Réling en larmes faisant leurs adieux sur le trottoir de l'avenue de la Liberté. Pourquoi la tante Yvonne est-elle venue chercher Marthe et ses fils qui ne demandaient qu'à rester en Alsace? Pourquoi sont-ils obligés de loger chez cet oncle terrifiant? Pierre n'ose pas poser de questions et Marthe n'ose pas tenir tête à l'oncle quand il rabroue son fils. Elle se sent trop redevable à ces parents «français de l'intérieur» qui ont eu la générosité de l'accueillir. Que serait-elle devenue sans eux ? Toute seule avec ses deux fils, si loin de son Alsace, Marthe pense au bel appartement vide de l'avenue de la Liberté, à ses meubles, à sa vaisselle. Elle pense à ses parents et à sa sœur qui ne demandent qu'à l'aider.

Pendant les cinq années de guerre, Marthe ne peut rendre visite à sa famille en Alsace. Alice envoie des pull-overs qu'elle tricote elle-même et des vivres à sa sœur. «C'est la seule chose que nous pouvions faire pour Marthe. La frontière était hermétiquement fermée», regrettait Alice.

Mathilde, impuissante, ne peut voler au secours de son amie. Son sang se glace quand elle voit partir les expulsés. Elle a l'impression de revivre soudain ce chapitre terrible de sa vie qu'elle avait mis tant de soin à oublier. Tout revient : la peur de devoir partir. Les Alllemands avec leurs valises et leurs chapeaux haut de forme en 1918.

Ce sont les mêmes scènes, les mêmes adieux déchirants, mais à l'envers. Cette fois-ci, ce sont les Français qui quittent l'Alsace. Mathilde, l'Allemande, reste à Colmar et regarde Marthe, la Française, partir. Pour la seule fois de leur longue vie commune, mes grands-mères sont séparées. Pendant cinq ans, le lien est rompu. Seule Alice maintient le contact. Quand elle rencontre Mathilde en ville, elle lui donne des nouvelles de son amie en exil. Marthe reste française, Mathilde redevient allemande. Les fils de Marthe sont Scouts de France, la fille aînée de Mathilde entre au Bund Deutscher Mädel. Les fils de Marthe vont au lycée Descartes. Ils ne parlent ni l'allemand, ni l'alsacien. Les filles de Mathilde vont à la Herrade von Landsberg Höhere Schule, nouveau nom du lycée Camille Sée. Elles parlent allemand dans la rue, français et alsacien à la maison.

Quand Marthe emménage enfin dans l'appartement du 40 rue Michelet à Tours, c'est un soulagement. Elle se retrouve pourtant seule dans une ville étrangère, dans cette France qu'elle ne connaît pas. Elle a peur de se faire remarquer avec son gros accent alsacien et redoute par-dessus tout d'être prise pour une Allemande. Insouciante et couvée par ses parents et sa grande sœur, elle est jetée brutalement dans la vie. Elle a trente ans. Les rares photos de ces années de guerre montrent Marthe maigre dans sa robe de deuil et flanquée de ses deux fils pâles. Mais Marthe ne se laisse pas abattre par l'adversité. « Quand on a des enfants », expliquait-elle, « on ne peut pas se laisser aller». De toute façon, s'enliser dans le chagrin, ce n'était pas dans sa nature.

À Tours, Marthe se fait vite des amis, inscrit ses fils aux Scouts de France «pour qu'ils ne passent pas leur temps collés dans les jupes de leur mère dans un univers de femmes». Elle disait parfois avec nostalgie que ces années de guerre avec les enfants étaient les plus belles de sa vie. L'exil tourangeau était pour Marthe une source inépuisable de récits qui tenaient la famille en haleine autour de la grande table de la salle à manger de l'avenue de la Liberté.

Marthe se souvenait du jour où les bombes étaient tombées sur la gare de Saint-Pierre-des-Corps, au bout de sa rue. Les garçons s'étaient mis à l'abri sous un arbre comme s'ils avaient été surpris par une averse de printemps. Marthe attendait, tremblante, dans la cave de son immeuble. Elle parlait des vociférations de la Gestapo et de ce «salopard de Hitler» qui avait fini par «crever» à Berlin. Elle racontait Alice Lévy, son amie de classe juive expulsée d'Alsace à Tours en même temps qu'elle, qui s'était suicidée au fond d'un bois. On avait retrouvé son corps uniquement vêtu d'un manteau de fourrure et de diamants. «Schoi, Marthala, do havi!» (Regarde ma petite Marthe, c'est là que je le cache) chuchotait Alice Lévy en ouvrant les pans de son renard bleu devant Marthe. «Elle me montrait un cachet que l'on prend et puis on est tout de suite mort! J'y pense tous les jours à cette pauvre fille.»

Marthe décrivait le quart de beurre qu'elle avait obtenu grâce aux cartes d'alimentation que lui envoyait sa sœur de Colmar. Elle étalait une couche épaisse sur les longues tartines de ses fils, parce qu'« il valait mieux bouffer le beurre d'un seul coup pour connaître une fois par mois la sensation d'être rassasié ! » et allumait une cigarette. C'est à cette époque que Marthe s'était mise à fumer pour tromper la faim. Elle regardait ses fils manger. Leur bel appétit lui faisait du bien.

Marthe n'avait jamais pardonné l'injustice dont elle avait été victime. Pendant la guerre, on vivait mieux en Alsace annexée qu'à Tours. Marthe n'avait jamais eu de chance. « Ça, je me suis bien débrouillée, moi. J'ai toujours été du côté où il n'y avait rien à bouffer ! »

Marthe n'avait pas oublié les collabos de la rue Michelet. Ils mangeaient de la viande tous les jours. Ils n'avaient même pas été inquiétés après la guerre. Marthe ne supportait pas l'injustice. Elle parlait de ces femmes rasées qui « étaient allées avec des Allemands au lieu de rester tranquilles ». Marthe l'Alsacienne était chargée de traduire en allemand les lettres d'amour des jeunes femmes du quartier : « Elles venaient me voir, s'asseyaient à la table de la cuisine avec leurs yeux de mourantes et me dictaient leurs épanchements. J'ai fait la traduction de choses… » Marthe laissait fuser un petit rire presque grivois. Elle avait été complice de voluptés qui la laissaient rêveuse. Elle avait entrevu des plaisirs rieurs qu'elle n'avait jamais connus. Jamais elle n'aurait osé se l'avouer, mais ces jeunes officiers blonds et bien élevés la flattaient quand ils l'appelaient « Gnädige Frau ».

À la libération, Marthe avait eu plus peur que jamais d'être prise pour une Boche avec son solide accent colmarien et ses mauvaises fréquentations. Elle avait porté sa robe noire de veuve pendant toute la guerre ! Elle n'avait rien à se reprocher ! Mais elle avait été scandalisée quand elle avait vu Paulette et Julienne, ses jolies voisines, le crâne tondu, traînées le long de la rue Michelet, huées par la foule en colère qui les traitait de « mauvaises Françaises ». « Je les avais prévenues, ces pauvres filles ! C'est idiot de la part des Français d'avoir fait ça ! Elles n'avaient rien fait de mal. Elles n'avaient dénoncé personne. Et puis… c'étaient de beaux garçons, les Allemands. » Je détectais une ombre de regret dans la voix de ma grand-mère.

C'EST TOUJOURS À CE MOMENT-LÀ qu'Alice reprenait la parole. Sa voix tremblait, ses yeux jetaient des lances. Elle parlait de matelas souillés à l'arrivée des Américains à Colmar. Elle disait que c'était honteux ! Que les Américains avaient saccagé les villas et fait des choses terribles qu'elle ne souhaitait pas raconter devant les enfants. Mais surtout, et c'est cela qui la scandalisait le plus : les Américains avaient badigeonné les réserves de confiture des ménagères colmariennes sur les murs des cuisines. Un sacrilège pour elle qui, chaque année au mois d'août, partait à la cueillette des mûres. Elle s'en allait à l'aube fouiller les haies de ronces, une cannette à la main, un bob sur la tête, un morceau de pain noir et trois rondelles de saucisson dans la poche de son tablier. Elle rentrait le soir les bras en sang, le dos cassé. Alice passait les grandes chaleurs d'été enfermée dans la fournaise de sa cuisine. Le visage en feu, les yeux fiévreux, elle touillait sa gelée de mûres dans un énorme chaudron. Dès qu'on parlait de la libération de 1945, Alice pensait avec angoisse à ses bocaux de gelée de mûre alignés sur une étagère à la cave : « Ils croyaient que les Alsaciens étaient des Allemands ! »

« Raconte encore ! » Nous ne voulions pas que Marthe se lève de table. Elle ne se faisait pas prier. Elle déclinait, toujours dans le même ordre et sans en oublier aucune, ses illustres aventures tourangelles. Elle était fière que la tablée éclate de rire aux premiers mots d'une anecdote. Nous l'avions tout de suite reconnue comme on identifie dès les premiers accords une chanson à la mode. Elle savait rendre burlesques les pires moments de l'Histoire. « Oh, ça, j'en ai passé, moi ! » soupirait-elle. « Allez, on va prendre le café au salon ! »

Les rues bombardées de Tours étaient évacuées avec la vaisselle vers l'évier de la cuisine. Alice tournait l'interrupteur du plafonnier pour ne pas gaspiller l'électricité. Seule une petite lampe restait allumée sur un guéridon. Mathilde se retrouvait seule dans la pénombre. Elle jouait du bout de ses ongles laqués de rose avec sa serviette. Elle était très loin de sa famille turbulente qui se disputait les fauteuils du salon. Peut-être pensait-elle aux dimanches avec ses parents et sa sœur dans l'appartement de l'étage au-dessus ?

Longtemps j'ai cru qu'elle boudait, fâchée que l'autre grand-mère plus drôle lui ait fait de l'ombre. Sa jalousie m'exaspérait. Je n'avais pas envie de la sortir de ce silence dans lequel elle s'enfermait et je quittais la pièce avec les autres. Longtemps je n'ai pas compris l'infinie tristesse qui remontait alors en elle. Mathilde se sentait exclue. Son histoire n'intéressait personne. Marthe lui volait la vedette.

Nous reprenions la conversation le soir toutes les deux dans sa cuisine. Mathilde se versait un petit café serré dans le fond d'un bol. Elle disait que le café la faisait dormir. Elle allumait une cigarette sur la flamme de la cuisinière à gaz. Les soucis de la journée s'envolaient dans un nuage bleu. « Wer raucht lässt ins Weite blicken, ins Weite denken[1] ». Même dans sa robe de chambre en satinette matelassée achetée aux Villes de France, Mathilde avait l'air d'une reine.

Un jour, elle avait, sans prévenir personne, elle fait couper ses longs cheveux qu'elle remontait dans un ample chignon. « Je n'arrivais plus à me coiffer. Mes bras ne sont plus assez agiles. Et je me serais sentie ridicule dans mon petit Colmar à porter un turban comme Simone de Beauvoir. Alors j'ai préféré tout couper. » Mathilde oubliait la seconde guerre et préférait me parler de Georgette. J'étais assise à ses pieds sur un tabouret vert. « Georgette… j'y pense plus qu'à mon mari, figure-toi. » Elle était tout effrayée par son manque de loyauté conjugale. J'aimais sa voix égratignée par la cigarette quand elle s'exaspérait : « Si seulement j'avais posé des questions à mes parents, moi ! Mais je n'étais qu'une petite oie nigaude. »

1. « Le fumeur porte son regard vers le lointain. Ses pensées s'évadent. »

19

Quand l'Histoire se répète

L'ALSACE EST LIBÉRÉE en novembre 1944. Colmar le 2 février 1945 seulement. « On a fêté avec beaucoup de bruit et de petits chapeaux l'anniversaire de "notre" libération en 1945 », m'écrivit Mathilde dans une lettre ironique bien des années plus tard. « J'ai cherché la photo d'Yvette et de Georgette en Alsaciennes à la veillée de nuit devant le monument Rapp. Tu rirais si on te racontait tout cela ! La populace a immédiatement vidé les dépôts des SS dans la grand-rue et certains sont partis avec un demi-cochon sur le dos. » Mathilde s'amusait de voir ses filles habillées en Alsacienne, elle qui n'avait pas été jugée digne, au même âge, en 1918, de porter le costume traditionnel.

Comme Marthe et Alice à la fin de la Première Guerre mondiale, les filles de Mathilde participent aux vins d'honneur et défilent dans les cortèges sous leurs grandes coiffes. Lors d'un banquet, Georgette est la demoiselle d'honneur d'un officier français qui la remercie en écrivant une dédicace dans son carnet de bal : « À une des charmantes Alsaciennes qui ont tenu compagnie à un officier français qui s'est battu par amour de l'Alsace et de la France. »

Dans son album, Mathilde colle la photo des chars qui passent à l'angle de la rue Stanislas et de l'avenue de la République, juste devant le magasin Klébaur. Les rues sont couvertes de neige et de gadoue. Il fait un froid glacial. Les soldats français enveloppés dans leurs capotes kaki saluent la foule. Alice et ses parents sont réfugiés dans la cave de leur maison quand une Jeep s'arrête sur le trottoir. « Quand nous avons entendu parler français dans la rue au-dessus de nos têtes, nous étions fous de joie », se souvenait-elle. « La guerre était finie ! Nous aurions fait n'importe quoi pour ces Français ! Mais le plus beau, c'est que nous savions que Marthe allait bientôt pouvoir rentrer ! » Les Réling offrent de la soupe brûlante aux soldats. Ils attendent maintenant chaque jour l'arrivée de Marthe et de ses fils. Ils ne les ont pas vus depuis cinq ans.

La Libération de février 1945 ressemble, scène pour scène, à celle de novembre 1918 : les mêmes parades militaires, les mêmes foules en liesse, les mêmes petits drapeaux, *La Marseillaise* entonnée à tue-tête, les jubilations, les messes en l'honneur des vainqueurs, les Alsaciennes hilares pendues aux bras des soldats français et américains. Kolmar redevient Colmar et les rues changent à nouveau de nom. L'avenue du 17-juin, où vivent la sœur et les parents de Marthe, redevient l'avenue de la Liberté. Et l'Adolf-Hitler-Strasse, où habitent Mathilde et Joseph, est rebaptisée avenue de la République. Foch, Joffre et Clemenceau reprennent leurs droits.

De Lattre de Tassigny et Leclerc, les libérateurs de la seconde guerre, viennent se joindre à eux.

Les journaux décrivent les «journées historiques», les «cœurs vibrants», la « mélodie enflammée de *La Marseillaise* sur toutes les lèvres», la «jubilation d'un peuple délivré d'un énorme cauchemar», les «retrouvailles avec la France, notre mère patrie». Ce sont les mêmes discours des généraux français, les mêmes éditoriaux des journaux qui dénoncent «la fureur destructive des Teutons» et «les tortionnaires de nos deux provinces.»

Ce n'est plus le poète Paul Géraldy, mais Jacques Delange qui se lance dans des déclamations lyriques: «Colmar se montre consciente du grand drame qu'elle vient de vivre, consciente de toutes ses rides et de toutes ses blessures, consciente de l'immense abîme auquel elle vient d'échapper. Nos esprits sentent la honte lavée, le déshonneur purifié, nos yeux ne se salissent plus à la vue de l'emblême ennemi. Nos personnes ne souffrent plus à coudoyer l'uniforme si détesté, à voir le couvre-chef si arrogant, à entendre la musique si lourde scandée par un pas de l'oie si automatique, à trembler à tenir des propos jugés imprudents. La vue de nos uniformes variés, rehaussés de décorations, nous fait avoir le cœur haut et fier de notre comportement. Et nos compatriotes en costume régional, une magnifique cocarde cousue sur leurs opulentes robes serrées à la taille. Ce tableau d'une Alsace ressuscitée, d'un Colmar ayant retrouvé sa véritable destinée. Telle une convalescente qui sourit de bon cœur aux premiers indices heureux, notre cité émerge lentement de son fleuve de larmes, de son flot de douleurs, de son cortège de malheurs.» Les mots de 1945 sont les mêmes que ceux de 1918.

Le 10 février, de Gaulle est à Colmar. Les journaux décrivent « l'apothéose de ces jours de fête inoubliables » et saluent « celui qui, le premier, a relevé notre drapeau, qui a su insuffler le courage dans tous les cœurs français, le rebâtisseur de notre Empire. Le général de Gaulle, n'a jamais fait fi de ses frères d'Alsace et de Lorraine. Il ne s'est pas contenté de protestations contre le viol de la conscience nationale, il a forgé l'épée de la revanche, la nouvelle armée française qui a participé avec tant d'héroïsme et d'abnégation à la libération de notre province ».

Un vent glacial souffle sur la place Rapp. « Vive la France ! » – « Vive De Gaulle ! » hurle la foule. Joseph est venu acclamer le « sauveur de la France ». Mon grand-père, ancien soldat de l'empereur Guillaume, se met au garde à vous quand la foule entonne *La Marseillaise*. « Pas de France sans l'Alsace ! Pas d'Alsace sans la France ! » s'exclame le général. Ce soir-là, Joseph pose une photo du général de Gaulle sur l'étagère du salon. Elle y resta jusqu'à la mort de mon grand-père. Mathilde, grande admiratrice de Napoléon qui avait amarré l'Alsace à la France, ajouta un petit buste de l'empereur à l'autre bout de l'étagère. L'empereur et le général se dévisageaient, face à face, dans la bibliothèque de mes grands-parents.

Joseph attend avec impatience le retour de son ouvrier Louis. Seule ombre à tant de joie, les « Malgré-nous » ne sont pas encore rentrés en Alsace. *Les Dernières Nouvelles du Haut-Rhin* demandent que l'on se souvienne de ces grands absents : « Pendant que nous vivons ici les heures émouvantes de la libération et que la joie chante en nous, là-bas, sur le front de l'Est, et près de nous, sur les champs de bataille de l'Ouest, des milliers des nôtres souffrent encore et subissent dans leur chair et dans leur âme la plus monstrueuse atteinte à leurs sentiments. Nous nous devons de songer constamment à eux. Dès maintenant, préparons leur retour. Ce sont des Français qui traverseront le Rhin pour retrouver, après tant de mois d'exil, la maison natale, le terroir, tout ce qui constitue notre belle plaine, dans nos vallées et sur nos monts, des raisons de croire et d'espérer. Ce sont des Français qui rentrent au bercail, des Français qui auront souffert plus que n'importe qui et vers lesquels nous tendrons nos mains. » Les Alsaciens ne pardonnent pas « l'envoi de nos fils dans la meule à cadavres du front de l'Est » et condamnent le gouvernement de Vichy qui, en autorisant « ce viol monstrueux des consciences alsaciennes et lorraines, ajoutait à leur titre de chasseurs de gloires allemandes, celui de trafiquants de sang français ».

TOURS EST LIBÉRÉE le 1er septembre 1944. Colmar début février 1945. Marthe doit attendre l'été pour rentrer en Alsace. Quand la Citroën noire glisse le long du trottoir et s'arrête devant la maison familiale, tous les voisins descendent sur le boulevard. Les garçons sortent les premiers. Ils portent des pèlerines grises et des chaussettes tirées jusqu'aux genoux. Ils ont seize et quatorze ans. Augustine et Henri Réling se précipitent pour les embrasser. Ils n'ont pas vu leurs petits-fils depuis cinq ans.

Les garçons sont intimidés. Ils reconnaissent à peine ces grands-parents dont leur mère leur a tant parlé. Les garçons se précipitent sur la place Rapp pour aller assister à la levée des couleurs de l'armée française. La nouvelle du retour de Marthe s'est vite propagée en ville. Mathilde attend les « revenants » depuis longtemps. Elle traverse la ville en courant pour aller saluer son amie.

Marthe et Mathilde se dévisagent un long moment et se jettent dans les bras l'une de l'autre. Elles ont tant de choses à se dire. Les Kamaradle recommencent à se voir tous les jours. Elles passent des heures à se raconter leur guerre, leurs enfants, leurs maris, tout ce temps passé l'une sans l'autre. Elles se jurent de ne plus jamais se perdre de vue.

Les excursions en montagne reprennent le dimanche. Une photo montre Marthe, Mathilde et leurs quatre enfants allongés sur une couverture en forêt. C'est leur premier pique-nique après la guerre. Marthe a perdu ses rondeurs de jeune femme. Pour la première fois elle ose un foulard à pois sur sa robe de deuil. Son mari est mort il y a sept ans. À l'ombre de leurs mères, les deux fils de Marthe et les deux filles de Mathilde s'observent. Une autre photo montre quatre adolescents adossés à un camion.

En 1945, une épuration violente a lieu dans l'Alsace libérée. Il suffit d'être allemand pour être suspect. Des tribunaux jugent les Alsaciens compromis. Les journaux publient les condamnations pour « indignité nationale ». L'Alsace doit être dénazifiée. Le Gauleiter Robert Wagner est arrêté, jugé et condamné à mort. Sa femme se suicide à Paris. Mathilde ne parlait jamais de cet immédiat après-guerre. Mais elle n'oubliait pas les pillages, les dénonciations, les règlements de compte, les femmes au crâne tondu, les représailles populaires, les vilaines compromissions des lendemains de guerre. Depuis

1918, elle connaissait bien la face laide des grands jours. Celle que l'on ne mentionne guère dans les livres d'Histoire. Mathilde est protégée par son passeport français et par son Joseph. Personne ne l'embête. Pourtant elle a dû sentir la panique remonter en elle. Lui a-t-on fait le reproche d'être allemande ? L'a-t-on montrée du doigt dans la rue ? Ou chuchoté sur son passage des remarques déplaisantes ? Risquait-elle à nouveau, malgré son mari et sa nationalité française, d'être prise à partie par la foule en colère ? Elle qui fut si longtemps traitée de « Boche » a-t-elle, trente ans plus tard, été traitée de « sale nazie » ? Mathilde se fait à nouveau toute petite. La haine du Boche en 1918 avec son casque à pointe et sa raideur prussienne s'est muée en vomissement du nazi barbare.

Mathilde est pétrifiée quand, la veille de la visite de De Gaulle, *Le Rhin français* publie un avis du général Bapst, commandant de la subdivision militaire du Haut-Rhin, destiné aux ressortissants allemands en Alsace : « Les ressortissants allemands des deux sexes résidant à Colmar sont tenus de se présenter le 23 février 1945 à partir de 9 heures au commissariat central de Colmar, bureau de recensement pour y être recensés. Les personnes ne donnant pas suite à cet avis seront passibles de sanctions très graves. »

Au mois de mai 1945, *Les Dernières Nouvelles du Haut-Rhin* publient une série de reportages sur les villes de l'Allemagne en ruine. Kehl : « Une ville ensorcelée. On n'y voit aucun civil. Pas d'autre animation dans les rues que les véhicules militaires. » Karlsruhe : « Le centre-ville est un monceau de ruine. Vues de loin, les rues semblent intactes. Cependant, derrière les hautes façades, c'est le vide et le noir. Tout a brûlé. » Pforzheim : « Une ville tel un château de cartes abattu par un seul coup de vent. » Stuttgart : « Seuls quelques vestiges de façades témoignent de l'ancienne magnificence des édifices. » Ulm : « Une cathédrale intacte au milieu des ruines. » Dans un article intitulé : « Le Grand Reich d'hier et les petits Allemands d'aujourd'hui », le reporter décrit les « petits, les tout petits Allemands » qu'il a rencontrés lors de son périple : « Tout au long de ce voyage de dix jours à travers le Sud de l'Allemagne, nous n'avons rencontré aucun homme, aucune femme (et pourtant la majorité des femmes avaient été fascinées par Hitler) qui ne l'aient pas renié. Tous les Allemands que nous avons rencontrés nous ont juré, main sur le cœur, qu'ils n'avaient jamais été membres du parti. Il n'y a jamais eu de nazis en Allemagne ! Il n'y avait pas non plus de tortionnaires. Quand on emmène un Allemand dans un des camps de concentration les plus atroces, quand on lui montre des tas de corps affamés, torturés, exécutés au pistolet et en train de pourir, ils lèvent les yeux au ciel et jurent : "Nous n'étions au courant de rien ! Nous avons été bernés et trompés !" En réalité, le peuple allemand est un peuple faible qui a besoin de se laisser guider par une main ferme et une grande gueule. »

En avril, un article intitulé « La vérité sur le Struthof », le camp de concentration alsacien, fait la une. Chaque jour, pendant des semaines, des comptes-rendus accompagnés de photos racontent le camp de Dachau. Après la Seconde Guerre mondiale, Mathilde a honte, terriblement honte, d'avoir été allemande.

20
Réconciliation

En janvier 1949, Joseph achète la Villa Primerose dans le quartier Sud de Colmar. S'Miliona Viertel est le quartier le plus chic de la ville. C'est dans ces grandes maisons que vivaient sous le Reichsland les fonctionnaires, les avocats, la grande bourgeoisie allemande. Ceux qui avaient été expulsés pendant l'hiver 1918-1919. Le Cercle Saint-Martin est au bout de la rue. La Villa Primerose se trouve rue de Castelnau, du nom du général libérateur de 1918.

La joie d'être une maîtresse de maison enviée, la fierté d'avoir grimpé quatre à quatre les marches dans la hiérarchie de la ville est plus forte que les mauvais souvenirs. Mathilde est comblée. Joseph respire. Construite en 1912, la Villa Primerose a appartenu tour à tour à un riche boulanger, à un colonel, puis à un capitaine de l'armée française et à Monsieur Fausto Funès, consul de San Salvador. Mathilde se sent parmi les siens. Les affaires marchent bien. Mathilde et Joseph voyagent à travers l'Europe.

Dans leur album de photos, l'horizon s'élargit. Il y a des plages et des parasols, des robes d'été fleuries. La tour de Pise et les châteaux de la Loire, le pont de Lucerne et le col du Saint-Gothard, la Villa Carlotta et des allées de cyprès, une barque sur le lac de Garde, des restaurants chics et des bateaux de plaisance.

Pour la première fois Mathilde et Joseph vont à Paris. Mathilde s'est habillée en dame. Elle porte un tailleur noir et des bas foncés. Au-dessus de chaque tempe, ses cheveux enroulés forment deux bananes symétriques. Mathilde a l'air sévère. Armée de son guide Baedeker, elle ressemble davantage aux Allemandes des *Vogesenbilder* du dessinateur alsacien Hansi qui s'est tant moqué de ces grandes perches sans seins ni fesses, cambrées comme des juments dans des tailleurs de toile rêche. Joseph se tient aux côtés de sa femme.

C'est Mathilde qui a habillé son mari pour aller à Paris. Il est mal à l'aise avec sa cravate à gros carreaux et ses petites lunettes de soleil. On voit qu'il est allé chez le coiffeur avant de partir. Mathilde le conduit au Louvre, sur les Grands Boulevards et à Versailles. Joseph photographie sa femme assise sur le parapet d'un pont de la Seine, droite comme une flèche devant l'Arc de Triomphe, chez les bouquinistes et en train d'écrire une carte postale sur la nappe à petits carreaux d'un restaurant. Mathilde a traîné son mari d'un bout à l'autre de Paris. Joseph est une escorte docile. L'exaltation de sa femme le dépasse. Il est tellement content qu'elle se plaise ici.

Depuis longtemps, Marthe et Mathilde ont un grand rêve. Elles voudraient tant marier leurs enfants. Avec deux filles l'une et deux fils l'autre, elles vont bien réussir à faire une paire. Leur vœu est exaucé : à la sortie des épreuves du bac, Pierre, le fils aîné de Marthe, invite Yvette, la fille cadette de Mathilde, à prendre une limonade en ville. Le mariage de mes parents, le 29 décembre 1956, est pour Marthe et Mathilde la consécration de leur longue amitié. Elles sont assises côte à côte, ce jour-là, sur le banc du premier rang à l'église des dominicains et regardent leurs enfants se passer l'anneau au doigt. Le repas de noce a lieu dans la grande salle à manger de la Villa Primerose, sous l'œil majestueux de *Malvina*. Yvette ressemble à Jean Seberg avec ses cheveux coupés très courts et son visage délicat. Elle porte une robe de soie grise qui lui arrive aux genoux. Pierre est un peu mal à l'aise. Marthe et Mathilde triomphent.

Maintenant que leurs deux filles ont quitté la maison, l'arrivée de la télévision délivre une fois pour toutes Mathilde et Joseph de leurs longues soirées communes. Joseph pose le poste sur une table basse au milieu du salon. Il traite la télévision comme une invitée de marque à laquelle on cède le meilleur fauteuil. Mathilde insiste pour que les speakerines du gros appareil Loewe ne partagent pas le repas du soir. Sur ce principe-là, Mathilde ne transige pas.

Parfois de gros flocons gris tombent sur l'écran. Les speakerines sont striées comme des zèbres. Joseph se lève d'un bond et se précipite à la fenêtre. Il est rouge de rage. Les jeunes du quartier passent et repassent dans la rue sur leurs mobylettes. « Arrêtez tout de suite, espèces de wackes ! Vous faites des parasites ! » leur crie Joseph. Les wackes, les voyous, filent doux et s'en vont.

Joseph reprend son guet dans le fortin de son fauteuil. Quand la speakerine donne des nouvelles de l'Allemagne, Mathilde vient le rejoindre. Lorsqu'un président français serre vigoureusement la main d'un chancelier allemand devant une gerbe de drapeaux, Mathilde a la gorge nouée. Elle n'arrive pas à croire à cette grande réconciliation entre la France et l'Allemagne. Soudain on passe la frontière facilement. Des cars d'écoliers allemands débarquent à Colmar. Le « Boche » est le premier partenaire économique de la France. On parle de « locomotive », de « couple » franco-allemand au sein de l'Europe. Les deux guerres semblent oubliées. Tout est pardonné. Un vrai miracle. Mathilde reste prudente. Trois fois de suite, les Allemands et les Français se sont entretués. Cette paix ostentatoire doit cacher quelque chose. Jusqu'à la fin de sa vie Mathilde redouta une nouvelle guerre. C'était plus fort qu'elle.

PLUS IL VIEILLIT, plus Joseph se tait. Le dimanche, il est le chauffeur de Marthe et de Mathilde. Ils partent tous les trois en excursion dans les Vosges. Marthe à l'avant. Elle n'a peur de rien. Mathilde à l'arrière, tremblante. Joseph emprunte les sens interdits, brûle régulièrement les feux rouges. Un dimanche soir, en rentrant d'une promenade au couvent Saint-Marc, il s'engage sur la voie ferrée. La barrière du passage à niveau est en train de s'abaisser. La Micheline Turckheim-Colmar s'approche à toute allure. Joseph réussit de justesse à mettre son équipage à l'abri.

La famille décide alors de confisquer la voiture. Joseph est privé du reste de sa virilité déclinante. Dans les dernières années de sa vie, une anémie cérébrale apporte un alibi à son mutisme. Joseph, un gentil sourire accroché sur les lèvres, est chargé de porter les paniers et de retourner les petites saucisses sur le feu de bois de nos pique-niques familiaux. Assis sur une couverture écossaise au milieu des prés, il lit l'édition allemande de *L'Alsace*. Ses petits-enfants virevoltent autour de lui.

Mathilde se transforme en servante dévouée, en garde-malade irréprochable. Elle porte le café, tasse les coussins, synchronise les visites des médecins et des sœurs chargées des soins. « Cinquante ans de bons et loyaux services à la cuisine, à l'affaire et au lit ! » constatait Mathilde en faisant crépiter ses ongles sur le cadran de la petite montre en or que Joseph lui avait offerte pour un anniversaire de mariage.

La mort de Joseph, le 5 juin 1972, la même année que Maurice Chevalier et deux ans après le général de Gaulle, est un soulagement inavouable. Mathilde renoue avec la liberté.

Pressée de trouver un moyen pour honorer la mémoire de son mari, Mathilde fait couler un buste de plâtre de Joseph. Elle pose la tête et le tronc de cet éternel jeune homme à côté du téléphone sur la commode de l'entrée.

Sans demander l'avis de personne, Mathilde fait dorer le buste. Une poudre verte phosphorescente couvre les paupières, les ailes du nez et le front à la racine des cheveux. La nuit, mon grand-père ressemble à un gros ver luisant. Mathilde n'a pas la conscience tranquille. Elle s'en veut d'avoir chicané et embêté son brave mari. Elle fait l'inventaire tardif des qualités de Joseph : bel homme, grand sportif, travailleur, gentil avec ses filles, pas mesquin pour un sou.

Elle regrette un peu de ne pas l'avoir pris comme il était. La vie aurait été plus facile. Mais il est trop tard. Mathilde s'amuse parfois à coiffer le buste d'un panama. Elle accroche son collier de perles ou une guirlande de fleurs des champs autour du cou musclé de Joseph. Un jour, elle dépose un petit bibi rose fleuri de myosotis sur son crâne. Notre grand-père ressemble à une grande folle.

21
La gardienne

DANS LES DERNIÈRES ANNÉES de sa vie, Marthe eut la nostalgie du pays lointain de son mari. Elle se sentait à l'étroit dans sa petite Alsace. La Provence de mon grand-père Gaston était sa fenêtre sur le grand monde. Chaque année au mois de septembre, elle partait passer l'automne à Ventavon, le village de Gaston dans les Alpes-de-Haute-Provence, à l'autre bout de la France. Mon père la conduisait en voiture. « Cette année, j'emporte seulement quatre valises, douze petits sacs et un panier ! » jubilait Marthe en regardant son fils descendre et remonter les escaliers, le dos plié comme un forçat. Elle se vantait de pouvoir faire face à n'importe quel imprévu météorologique.

Marthe emportait pour ses belles-sœurs Mireille et Germaine un fromage de Munster emmailloté comme un nouveau-né dans une couverture de laine. Mon père la grondait chaque année : « Ça va encore puer l'Alsace pendant sept cent cinquante kilomètres ! Tu pourrais leur apporter des Bretzels, des Spätzele aux œufs ou un Kugelhopf ! Notre voyage serait plus agréable ! »

Mais Marthe jugeait que seul le munster était le digne ambassadeur de l'Alsace. Et chaque année elle sortait de son sac à main son flacon d'Heure Bleue. « Quelques petites gouttes de parfum sur la banquette arrière et le fromage on l'aura neutralisé ! » jurait-elle. Pour oublier pendant quelque temps leur passager envahissant et échapper à la violente composition olfactive née du mariage entre Guerlain et le munster, Marthe et son fils faisaient escale dans un bon restaurant français près de Lyon. Un boudin aux pommes, des andouillettes et déjà le munster qui transpirait dans la voiture garée en plein soleil n'était plus qu'un mauvais souvenir. Ils arrivaient à Ventavon à la tombée de la nuit.

Tous ces cols traversés, ces routes en serpentin avaient donné le vertige à Marthe. Les petites mains couvertes de bagues de Mireille déshabillaient le munster de ses couches de papier journal et de ses lainages. « Oh, regardez comme il s'abandonne ! » s'attendrissait-elle quand le munster nu et tout en sueur apparaissait enfin.

Une odeur d'aïoli flottait dans toute la maison. Mireille et Germaine avaient préparé du pâté de grive et des pigeons farcis pour l'arrivée des Alsaciens. Leurs maris Louis et Julien rentraient de leur partie de pétanque. Julien, mari de Mireille et maire du village, avait une voix de sergent-chef qui faisait tressaillir Marthe.

Louis, mari de Germaine et ancien imprimeur chez *Paris-Match*, était un petit homme maigre et timide, un de ces êtres qui semblent à chaque instant demander pardon d'exister. « La bonté même », disait Marthe. Quand on servait le pastis sur la terrasse, Marthe avait l'impression d'être arrivée sur une autre planète. La France lui était étrangère.

Marthe emménageait avec sa cargaison de bagages dans une maison trop grande pour elle. Ses fenêtres surplombaient les remparts du village. Elle voyait au loin la vallée de la Durance et la montagne de Faye. Elle faisait chaque jour d'immenses promenades et n'oubliait jamais, en rentrant à la tombée de la nuit, de faire un crochet par le cimetière pour passer un moment près de la tombe de Gaston.

Depuis la mort de son mari le 13 septembre 1939, Marthe refusait de fêter son anniversaire le 20 septembre. « Septembre, c'est pourtant un joli mois, je trouve. Ma mère a bien fait les choses. Ce serait la plus jolie saison de l'année si le Bon Dieu n'avait pas choisi de me prendre mon mari à ce moment-là », se plaignait-elle. Elle refusait les fleurs et les bons vœux ce jour-là. Elle était loin de se douter qu'elle mourrait, elle aussi, au mois de septembre.

Le soir, elle jouait au tarot avec ses belles-sœurs qui longtemps l'avaient appelée « la Boche ». C'était un vieux réflexe plus qu'une marque d'antipathie. Marthe ne s'en était d'ailleurs jamais offusquée. Depuis son voyage de noces dans sa belle-famille, elle s'était toujours sentie supérieure à ses belles-sœurs. Elle n'avait pas oublié qu'en 1928 les Ventavonais sortaient de chez eux le matin avec une tinette. Ils allaient en vider le contenu dans le petit bois près du cimetière. Comme beaucoup de villages de France, Ventavon ne connaissait pas le système de la chasse d'eau. Marthe était fière d'habiter l'Alsace. Les Allemands l'avaient modernisée. Colmar possédait une canalisation d'eau potable depuis 1894 et l'électricité depuis 1895. Ventavon ne pouvait pas en dire autant ! Et le potiron dont ses belles-sœurs faisaient des soupes, on le donnait au bétail en Alsace ! La France était pour Marthe un pays arriéré aux mœurs hygiéniques barbares. Germaine et Mireille aimaient leur Alsacienne toujours gaie. Elles se moquaient juste de son accent rugueux. Elles riaient quand Marthe malmenait la grammaire, quand elle brutalisait la juste ordonnance des mots. Marthe était vexée : « Je ne comprends pas, moi ! Est-ce qu'elles le trouvent plus élégant leur accent du Midi ! Moi je ne trouve pas ça beau. C'est ridicule ces "r" qui roulent. On a du mal à les prendre au sérieux. On a l'impression qu'elles chantent du matin au soir ! Et quand elles ne causent pas, elles bouffent. »

L'appétit de ses belles-sœurs impressionnait Marthe. Elle qui dînait à l'allemande d'une tartine et d'un grand bol de café au lait n'arrivait pas à croire que l'on puisse manger, deux fois par jour, un repas complet avec entrée, plat de résistance et dessert. Mireille plumait ses pigeons à la table du petit déjeuner. Elle laissait mariner ses poivrons sous la tonnelle pendant la sieste et roulait sa pâte brisée à la fraîche. Avant d'aller se coucher, elle posait un dernier regard maternel sur les petits pots d'entremets à la brousse dans le réfrigérateur.

Parfois Marthe inspectait le fossé au milieu du lit de Mireille et Julien. Leurs corps roulaient l'un vers l'autre durant la nuit. Ils s'entrechoquaient et avaient fini par creuser une faille profonde dans le matelas épuisé. La France était pour Marthe le pays où on ne pensait qu'à manger du matin au soir.

L'ABSENCE DE MARTHE semblait interminable à Mathilde. Sans son amie, elle était perdue. « Marthe s'en va bientôt. J'appréhende, ma chérie, j'appréhende », me confiait Mathilde à la fin de l'été quand le départ de Marthe s'annonçait. Parfois Mathilde glissait un petit mot dans la valise de Marthe : « Auf Wiedersehen. Bleib nicht so lange fort. À bientôt. Dina alt Kamaradla. » (Au revoir. Ne reste pas loin trop longtemps. À bientôt. Ta vieille Kamaradla.)

L'expédition annuelle à Ventavon était l'unique luxe dans la vie de Marthe. Et elle tenait à ces deux mois de soleil dans le pays de son mari. Mathilde, elle, partait au printemps en avion avec deux valises de cuir chez sa fille aînée à Marseille. Une carte postale de la plage du Prado annonçait son retour au début de l'été : « Marthala. Du besch mi noch net los !! Je reviens ! » (Marthala, tu ne t'es pas encore débarrassée de moi. Je reviens !) Mathilde rentrait toute bronzée, habillée de neuf dans les plus belles boutiques de la Côte d'Azur.

Marthe guettait l'arrivée du taxi devant la maison de Mathilde. Elle avait arrosé les fleurs, fait un peu de ménage, rempli le réfrigérateur et préparé un petit souper pour le premier soir. « Salut, toi ! » lançait-elle à son amie en s'emparant de sa valise. Mathilde était si heureuse de retrouver Marthe qu'elle en oubliait de jouer les grandes voyageuses désabusées. Elle était soulagée d'être de retour. Marthe était là. Tout allait bien.

Mathilde avait adopté la langue de Marthe. Entre elles, les Kamaradle parlaient alsacien. Pour Mathilde, l'alsacien était une petite langue insouciante entre les deux grandes. Une langue un peu méprisée dont les Alsaciens n'avaient jamais été gavés de force comme – tour à tour – l'allemand et le français. Une langue alémanique qui permettait à Mathilde d'être toute proche de l'Allemagne sans se faire remarquer.

L'alsacien ne faisait peur à personne. Mathilde s'y sentait bien. Mes grands-mères sautaient d'une langue à l'autre sans transition, comme les mots leur venaient. Un début de phrase en français, la suite en alsacien et un « Allez, salut Du ! » mixte pour conclure. La phrase commencée en français bifurquait subitement vers l'alsacien. J'aimais les écouter parler cette langue qui m'avait été interdite. Jamais Marthe et Mathilde ne m'avaient parlé alsacien. « Oh, disait Marthe, c'est vilain l'alsacien, mon Schatzele. Et une fois que tu l'as appris, tu ne te débarrasses plus jamais de cet horrible accent ! » Marthe était persuadée que l'alsacien de Mulhouse était bien plus grossier que celui de Colmar et que le strasbourgeois était le plus mélodieux des trois.

DANS LES ALBUMS DE PHOTOS, Marthe est toujours là comme une sœur siamoise collée à Mathilde. Sa silhouette est tout de suite identifiable sous le voile de papier de soie qui sépare les pages. 1908 : Marthe et Mathilde enlacées devant la balustrade du jardin. 1911 : Marthe et Mathilde perchées sur une charrette en bois. 1915 : Marthe et Mathilde, rieuses, prennent le goûter sur la table de la salle à manger des Goerke. 1920 : Marthe et Mathilde assises sur un lit de fer forgé, les yeux plongés dans de grands livres. Mathilde a tressé ses cheveux. Deux macarons entourent son visage. Le front de Marthe est barré par un bandeau de soie. 1921 : Marthe et Mathilde, coiffées de chapeaux aux larges bords posent aux pieds de l'escalier de leur maison au bras de deux jeunes hommes. Et les photos en tandem reprennent de plus belle après la Seconde Guerre. 1946 : Marthe et Mathilde en excursion dans les Vosges avec leurs enfants adolescents. 1950 : Marthe et Mathilde poussent leurs vélos rue des Têtes. Elles se sont retrouvées pour prendre un café après le marché. 1959 : Marthe et Mathilde penchées sur mon berceau. 1968 : Marthe et Mathilde jouent aux boules avec leurs petits-enfants. Marthe et Mathilde sous les sapins de Noël, devant Big Ben à Londres, au bord du lac de Côme, serrant leurs arrière-petits-enfants dans le creux de leurs bras flétris. Marthe et Mathilde de plus en plus voûtées, de plus en plus fripées, de plus en plus chétives. 1999 : Marthe et Mathilde, très très vieilles, sont assises côte à côte à une grande table de fête. C'est la dernière photo commune. Marthe a l'air toute perdue. Son chemisier est boutonné de travers. Des touffes de cheveux jaunes jaillissent sur le haut de son crâne. Elle a un drôle de sourire de bienheureuse. Mathilde est parfaitement maîtresse d'elle-même dans un chemisier rose, le dos rond et l'air pincé.

Sur toutes ces photos, Marthe semble être un accessoire. On dirait qu'elle occupe un second rôle dont la seule fonction dramatique est de mettre en valeur le personnage principal. C'est toujours Marthe qui regarde Mathilde. La tête légèrement inclinée, le buste renversé vers l'arrière. Parfois on n'aperçoit même pas son visage. Marthe admire Mathilde qui parle ou sourit, les yeux droit dans l'objectif.

Mathilde prenait toute la place. Mais Marthe ne lui en voulait pas. Le rôle de maîtresse de maison affairée qui lui était réservé dans la distribution familiale lui convenait. Elle ne rêvait pas, comme Mathilde, d'une autre vie plus noble et détachée de toutes contingences. Elle ne lisait pas comme son amie de gros romans la nuit dans son lit. Ces héroïnes transies d'amour qui rompaient les bans de leur vie bourgeoise lui étaient étrangères. Elle avait tout de suite reconnu son rôle dans la parabole de Marthe et Marie. « Tiens, Marthe s'agite du matin au soir pour servir tout le monde ! Comme moi ! Mes parents ont bien choisi mon prénom », disait-elle en partant à la cuisine pendant que Mathilde se laissait glisser dans un fauteuil. « Ce que Marthe abat comme besogne avec toutes ces visites, c'est presque héroïque. Mais elle aime faire plaisir », commentait Mathilde en fermant les yeux pour sa sieste. Marthe revenait au bout d'un moment, se penchait sur Mathilde et murmurait : « Madame est servie ! » d'une voix à la fois tendre et malicieuse. Assises côte à côte sur le canapé de velours violet, les deux vieilles dames trinquaient entre elles. « À ta santé, Marthe ! » « Zum Wohl, Mathilde ! » Elles buvaient sec un grand verre de Suze avant de passer à table.

Marthe habita la même maison toute sa vie. Une fois rentrée de Tours, elle grimpa simplement d'un étage. Elle était la gardienne du décor de l'enfance heureuse de Mathilde. Mathilde fut toujours jalouse de cette maison dont avait hérité Marthe. Elle fut construite en 1906 par Théodore Surkopf, le grand-père maternel de Marthe, un riche maraîcher devenu président de la société d'horticulture de Colmar.

Mon arrière-arrière-grand-père fit construire dans le nouveau quartier Saint-Joseph, derrière la gare, cet immeuble de trois étages pour y loger sa fille Augustine et son gendre Henri Réling. En 1910, il compléta sa rente en bâtissant un immeuble de rapport quelques rues plus loin dans la rue de Soultz. Cet horticulteur passionné passa les dernières années de sa vie à inventer des croisements étranges dans le jardinet de ses maisons.

Le faire-part de décès dans le journal rend hommage à ce vieux Colmarien mort à 83 ans : « Une personnalité de notre ville s'est éteinte. Monsieur Surkopf jouissait de la meilleure renommée. H. Surkopf a grandement contribué au développement de la culture des jardins et des arbres fruitiers en donnant des cours et des conférences pendant de nombreuses années. Les propriétaires, qui assistaient avec grand intérêt à ces manifestations, se souviennent encore du savoir clair et très précis du Papa Surkopf, ainsi que de ses démonstrations pratiques. »

« C'est un palais, cette maison ! » s'extasiait encore Mathilde quand la façade finit par ressembler aux immeubles mités de Leipzig avant l'unification. « Arrêtez-vous devant cette maison blanche au coin de la rue ! » ordonnait-elle aux chauffeurs de taxi qui ne voyaient qu'une façade jaune comme une vieille dent. La maison de Marthe symbolisait pour Mathilde tout ce dont la vie l'avait privée : un grand-père prévoyant qui avait su mettre ses descendants à l'abri du besoin en investissant dans la pierre. Un statut social inaltérable et des racines profondes qu'aucun traité de paix n'aurait été capable de couper à la hache. Cette maison était surtout le souvenir des temps heureux d'avant 1918, quand la famille Goerke vivait encore au complet au second étage. « Demande à Marthe, elle t'en parlera ! » m'ordonnait souvent Mathilde quand je la questionnais sur ses parents.

Marthe n'était pas jalouse de vivre ainsi dans l'ombre de son amie. Les sautes d'humeur de Mathilde, ses idées farfelues, sa « forte personnalité » ne l'écrasaient pas. Je ne crois pas que Marthe ait jamais réalisé le rôle essentiel qu'elle jouait dans leur couple à première vue si déséquilibré. J'ai compris, en découvrant l'histoire cachée de Mathilde, que Marthe avait été l'unique point stable dans sa vie coupée en deux, la passerelle qui en reliait les deux morceaux, l'avant et l'après 1918. « Oh, mais ça va s'arranger, Mathilde. Tu te fais trop de soucis pour un rien ! Viens, on sort se promener et tu n'y penseras plus », ordonnait Marthe à son amie quand celle-ci s'enlisait dans un marécage de pensées sombres. Marthe était sûre de son identité. « Moi je suis alsacienne et qu'on me foute la paix avec toutes ces histoires de frontières ! » décida-t-elle un jour que j'essayais de savoir si elle se sentait plutôt allemande ou plutôt française. Marthe ne se posait pas de questions inutiles. Quand elle était triste, elle écoutait tour à tour, sur son énorme tourne-disque Pathé Marconi, Maurice Chevalier et des jodels tyroliens.

22
Ariane, la fille française de Mathilde

MATHILDE APPELA sa fille aînée Georgette, en hommage à sa sœur berlinoise, morte trois ans plus tôt. À l'époque, Mathilde était encore lourde de ce chagrin. « Ma petite fille adorée », avait-elle écrit dans le journal qu'elle tenait pour son enfant, « puisses-tu être heureuse ! Tous les gens t'aiment, personne n'a une mauvaise pensée pour toi. Puisses-tu ne pas souffrir de cette horrible injustice humaine ».

À peine majeure, Georgette fuit l'Alsace, « si provinciale ». Elle fait ses valises en cachette et, sans l'accord de son père, prend le train pour Paris. Installée dans une chambre de bonne, pressée de partir à la conquête de la capitale de la France, elle se débarrasse vite de ce prénom qu'elle juge « plouc ». Quand elle laisse tomber cet adjectif tranchant comme une guillotine, tout le monde sait qu'il est inutile de chercher à la faire changer d'avis.

Le jour de son 21e anniversaire, Georgette exige qu'on

l'appelle Ariane. Un prénom affecté qui va bien à ses nouveaux airs de Françoise Sagan. Ariane a un teint de porcelaine, des cheveux blond platine coupés très courts et une cigarette posée au coin de ses lèvres rouge carmin. Ses sourcils épilés dessinent deux ailes précises au-dessus de ses yeux. Elle porte des jupes larges serrées à la taille, des corsages étroits retenus par de minces bretelles et des talons aiguilles. Les hanches, la taille, les seins d'Ariane respectent au millimètre près les contours féminins formatés par les starlettes de Hollywood. Les tantes Klébaur observent avec effroi ses allures de fille perdue. Tante Maria renifle le péché de chair dans le sillage de sa nièce parisienne.

Au bout de quelques années de petits boulots ingrats, Ariane fonde une petite maison de couture rue Dauphine. Elle livre aux clientes fortunées des beaux quartiers des jupes de popeline à pois irréguliers et des chemisiers à col Claudine boutonnés sur le devant. Ariane a du goût. Ses ouvrières travaillent bien.

Les affaires marchent. Ma tante mène une vie libertine. Elle danse sur des airs de jazz dans les caveaux de Saint-Germain-des-Prés, sifflote les chansons de Juliette Gréco et collectionne les amoureux. Ariane est belle et très courtisée. Elle fume, ne boit que du thé, lit *L'Humanité*, reçoit sa bande d'amis sur son balcon. Cella, Jeannine et son chien, deux Américains de passage, Arlette, Fred, Michelle, Gilbert, Kriss, Teddy et Eddy… amis et amants peuplent les lettres qu'elle écrit le soir à Mathilde.

Ariane tient à son indépendance. Elle se fiche des tantes qui secouent la tête sur son passage. « C'est une fille légère ! » soupire tante Maria. « Min's Mamele », écrit Ariane à Mathilde. « Pas de mari à l'horizon (à part

Sidney qui est toujours fidèle au poste ! Et Jean-Louis qui est toujours très amoureux. C'est tellement dommage que vraiment rien que l'idée d'un baiser me fait frémir ! Il est assez tenace, m'a offert un beau livre de poèmes de Gérard de Nerval avec une dédicace élogieuse. Pour la première fois je me suis disputée avec Eddy. Aujourd'hui j'étais tellement triste. Je voudrais arriver à un mariage et je m'y prends fort mal. Est-ce que la première dispute laisse des traces ? J'ai pleuré toute la nuit, c'est horrible.) mais ça peut venir. Je te répète que je préférerais une situation convenable et une jolie pièce à moi. Je lutterai autant que je pourrai pour avoir les deux et je ne me marierai que si vraiment je dois m'avouer vaincue. Paris, Paris seul me tient, plus que n'importe qui et moi aussi je lui rends la pareille… Tu le sais bien. »

Ariane est la fille française de Mathilde. À Paris, Ariane oublie l'allemand appris de force sous le IIIe Reich. Elle ne dit pas à Eddy et à Cella que, comme toutes les adolescentes alsaciennes de son âge, elle a été enrôlée dans le BDM, l'organisation nazie pour les filles. Ses amis ne savent rien du passé de sa mère.

Au début des années 1950, la guerre est encore trop proche. Les Alsaciens ne sont-ils pas encore liés à leurs anciens maîtres nazis ? se demandent les amis d'Ariane. Quelle a été l'ampleur de leurs compromissions ? À Paris, Ariane a changé de vie et de prénom. Elle se met dans une rage folle quand Joseph, qui ne comprend rien à ce « caprice », s'entête à appeler sa fille Georgette.

« Ariane » ne laisse rien présager de bon. Ce prénom sent la petite vertu. Il n'est pas celui d'une fille à marier dans une honnête famille colmarienne. « Ariane… un prénom de bordel ! » rugit-il. Et les fantasmes de troupier défilent dans sa tête : les petites femmes de Paris, le french cancan, les cocottes à jupons du Moulin-Rouge. « Mais laisse-la donc ! » implore Mathilde. Elle comprend si bien les rêves d'évasion de sa fille.

Ma grand-mère est pourtant triste que son aînée se débarrasse à la première occasion d'un prénom qui lui est si cher. Au bout de plusieurs mois de querelle, on se met d'accord sur « Poupette ». Un compromis qui ridiculise Ariane, mais qui a l'avantage de rassurer Joseph. Grâce à ce sobriquet, la fugueuse reste à jamais une petite fille innocente. Les apparences sont sauves.

Il est vrai que le prénom Georgette n'allait pas du tout à ma tante Ariane. La diva aux yeux mauves de mon enfance venait me chercher à la sortie de l'école en Jaguar accompagnée d'un « oncle », rarement le même. Ariane débarquait en Alsace et un vent d'hystérie balayait la maison. Ariane insistait pour que son caniche noir prénommé Kookie partageât le repas familial. La chaise de Kookie était avancée aux côtés de la mienne. Nous nous dévisagions d'un œil hostile. Ariane apportait sa théière en argent et son thé de Chine.

Elle trouvait les poteries alsaciennes de sa sœur grossières. Du sucre de canne en morceaux remplaçait le sucre de betterave en poudre. On se nourrissait soudain de courgettes, de safran. On buvait de la tisane au thym. La conversation était un exercice de haute voltige périlleux car il ne fallait surtout pas trébucher entre Malraux, Paul Morand et Vasarely.

L'oncle faisait des baisemains aériens à ma mère, toute gênée que ses doigts sentent encore les oignons qu'elle venait d'émincer pour le déjeuner. Puis, Ariane remballait sa théière, son amant et sa conversation fine. Elle remontait dans la Jaguar et repartait en flèche vers Paris. Nous respirions à nouveau dans notre province. Ariane «la Parisienne» avait rejeté son identité alsacienne. Elle détestait ce reste d'accent qui, quand elle s'emportait, lui chargeait la langue. L'Alsace était «plouc». Aux yeux des Français «de l'intérieur», les Alsaciens furent longtemps des gens un peu louches, presque des Boches. En tous cas des provinciaux grossiers vivant de choucroute et de bière au pays des cigognes.

Ariane détestait cette représentation pittoresque. Pour les oncles parisiens, l'Alsace était une pièce dépareillée cousue à l'étoffe unie de la France. «Les Alsaciens sont des Allemands déguisés en Français!» dit un bon mot qu'Ariane détestait. L'Alsace n'avait rien à voir avec le chic parisien auquel elle aspirait tant. Ce n'est que bien plus tard que ma tante réhabilita le pays de sa mère et son enfance alsacienne. Ariane devint une habituée de l'Institut Goethe. Elle ne manqua aucune conférence, passa des heures à la bibliothèque, truffa ses lettres de citations de Kleist et de Goethe. «L'allemand me remonte», disait-elle. Elle en était bouleversée.

Il y avait cependant un air de famille entre les deux Georgette. Ariane partageait avec la sœur berlinoise de Mathilde un désir puissant de changer le monde. Mais ce n'étaient ni l'école laïque, ni l'avènement du prolétariat qu'elle défendait. La mission d'Ariane, c'était l'émancipation du corps : elle se battait pour les seins nus sur les plages de Saint-Tropez et pour le droit à l'avortement.

Quand elle parlait des «faiseuses d'anges», je croyais qu'elle allait raconter un conte de fées. Mais mes grands-mères me regardaient de biais. Elles m'expédiaient au jardin pour jouer. Je comprenais alors que la conversation allait s'engouffrer sur un sentier périlleux.

En été j'allais passer les vacances avec Ariane à Saint-Tropez. J'ai vu défiler toutes les modes sur le corps menu de ma tante : les bikinis en liberty, le petit sac en tissu bleu de la boutique Chose, le bermuda rose, le paréo, la chaînette autour de la taille, la compression de César en pendentif, le soutien-gorge triangle, le soutien-gorge avec bretelle autour du cou, le soutien-gorge dont les bonnets étaient reliés par un gros anneau en plastique et enfin, à mort le soutien-gorge : le monokini. Ariane couchait ses seins dorés comme des melons sur son matelas de plage à côté de mon corps plat de petite fille.

Quand nous allions déjeuner sous la paillote du bar de la plage, j'observais la ligne de seins pendus au-dessus des assiettes. Pendant que Gérard, le serveur de la Voile rouge, gourmette au poignet et cheveux dans la nuque, flirtait avec Ariane, je notais que les tétons de ces dames avaient le même coloris que la bolognaise de mes spaghettis.

C'est pourtant Ariane, cette prêtresse des seins flottant en toute liberté dans l'air chaud de la Méditerranée, qui avait saisi le téléphone et semoncé sa sœur lorsque j'arrivai un été avec mon premier soutien-gorge, un engin blanc à armatures et grosses bretelles que ma mère avait acheté chez une corsetière sévère de la rue de la Première-Armée à Strasbourg pour embrigader mes rondeurs naissantes. « Comment peux-tu mettre une muselière pareille à cette toute petite jeune fille, Yvette ! » avait-elle grondé.

Nous avions sauté dans sa Fiat 500. Couché à mes pieds, Kookie avait posé sa tête sur mes genoux. Je sentais son haleine tiède sur mes jambes. Ariane m'avait conduite dans une boutique de lingerie féminine, la plus chic de la ville. J'étais rentrée en Alsace avec un petit soutien-gorge de dentelle violette piqué d'une pâquerette de soie.

Un matin, quelque temps après la mort de Mathilde, la gérance de la luxueuse résidence dans laquelle vivait Ariane m'avait appelée à Berlin. On voulait m'alerter. Ma tante se promenait en chemise de nuit dans les allées du parc. Elle flottait, « fille légère », tel un sylphe entre les bosquets de lauriers et les plates-bandes de lavande. Elle ne retrouvait pas son chemin et laissait la porte de son appartement grande ouverte.

Ariane avait pour seule compagnie les chats sauvages qu'elle nourrissait au pied de son immeuble. La nuit, ils renversaient les poubelles dans un fracas terrible et rôdaient sur les balcons. On disait qu'Ariane mangeait des raviolis crus. On l'avait même surprise en train de piocher dans son vide-ordures. Et personne n'avait jamais su si elle destinait les épluchures qu'elle en avait extirpées à son repas de midi ou aux chats qui gémissaient sous ses fenêtres.

Ariane ne se souvenait plus de rien. « Maman est partie », disait-elle d'une petite voix perçante telle une petite fille affolée qui n'en revenait pas que sa mère ait entrepris sans elle un si long voyage. En quelques semaines, elle s'était enlisée dans la maladie d'Alzheimer. Les brefs éclairs de lucidité s'étaient éteints, l'un après l'autre.

Ma tante avait choisi de vivre dans un éternel présent. Elle s'était réfugiée dans un monde opaque où sa vie éblouissante n'avait laissé aucune trace. Le courrier administratif que je recevais de la maison de retraite était formulé au prénom de Georgette. Ariane n'existait plus.

23

Yvette, la fille allemande de Mathilde

C'EST EN HOMMAGE à la France que Mathilde appela sa seconde fille Yvette. Yvette, ça rimait avec musette. Ça évoquait les bords de la Marne, l'accordéon et la douceur de vivre. Mathilde adorait Yvette Guilbert, la diseuse fin de siècle peinte par Toulouse-Lautrec. Quand elle poussait le landau de sa fille, Mathilde fredonnait d'une voix flûtée :

« Madame Arthur est une femme
Qui fit parler
Parler, parler, parler
D'elle longtemps,
Sans journaux, sans rien, sans réclame
Elle eut une foule d'amants,
Chacun voulait être aimé d'elle,
Chacun la courtisait,
Pourquoi ?
C'est que sans être vraiment belle,
Elle avait un je-ne-sais-quoi ! »

Mathilde était convaincue que les Français possédaient un talent particulier à être heureux. Yvette était un prénom si frivole. Un prénom qui ferait de sa fille une vraie Française. Mathilde en était sûre. Et son bébé semblait lui donner raison. « Yvette, notre gaie petite Yvette ! » nota-t-elle dans son journal. « C'est une charmante petite personne ! Elle rit dès qu'on s'approche du berceau, et de quel délicieux sourire ! On voudrait la manger ! Elle est saine comme une pomme, hâlée par l'air et le soleil. Elle est toute la journée au jardin où elle fait le plaisir de tout le monde. Ses langes, ses draps sont exposés au soleil, c'est superbe. Quel bonheur, cet enfant. »

« C'est chic de parler français ! » disaient les affichettes placardées dans les rues de Colmar après la guerre. « Parlez français, c'est la clef du succès », ordonnait une banderole dans le réfectoire du lycée Bartholdi, le lycée pour garçons de Colmar où les fils de Marthe passèrent leur baccalauréat. L'allemand et le dialecte alsacien étaient mal vus.

Redevenus français, les Alsaciens voulaient oublier au plus vite ces années partagées avec l'Allemagne nazie. Mais Yvette tenait à ses deux langues. Elle se moquait de ces Alsaciens maniérés qui francisaient leur patronyme et reniaient leurs racines.

Quand elle rencontrait le promoteur, le dentiste et le notaire que fréquentait son mari au Lions Club, elle prononçait systématiquement à l'allemande le nom des Pfeiffer, Reuligen et autres Chahinger. Elle arrachait aux Gébauer leur accent aigu imposteur et rendait aux Weigel leur diphtongue et leur « g » dur. Cette provocation jetait un froid dès le Martini orange. La soirée commençait mal.

Mon père exécutait sa femme du regard. Il était furieux qu'elle ne puisse pas, pour une fois, fermer les yeux sur une petite coquetterie phonétique sans importance.

Yvette passa les années de la Seconde Guerre mondiale à l'école allemande, mais elle obtint son baccalauréat après la guerre. Sa mère et son grand-père furent allemands. Son père parla allemand avant d'apprendre le français. Yvette n'était pas prête à trahir son identité composite : « Et de toute façon », disait-elle, « nous, les Alsaciens, nous sommes un peu allemands dans l'âme ! » Yvette était la fille allemande de Mathilde.

Yvette, ma mère, aimait ses deux cultures. « Renoncer à l'une des deux serait une bêtise », disait-elle. Ça lui plaisait bien de vivre balancée entre l'une et l'autre, de tanguer entre la France et l'Allemagne. C'était difficile à vivre parfois. Mais malgré les guerres, malgré les allées et venues, malgré tant de déchirements et de dressage idéologique, il ne fallait surtout pas gâcher cette chance en se coupant de l'Allemagne.

Elle était scandalisée que la rue des Veaux où se trouvait mon école maternelle porte le nom d'un troupeau de bovins alors que les von Kalb avaient été une famille noble strasbourgeoise. Quand elle allait chez le boulanger, elle se moquait de ces linguistes bornés qui avaient traduit la Knoblochstrasse, du nom d'une grande famille d'imprimeurs, par un vulgaire rue de l'Ail : « Nom d'un chien », s'offusquait-elle. « l'Alsace fut allemande deux fois de suite que nous le voulions ou non et c'est falsifier l'Histoire que de traduire d'une façon aussi ridicule le nom des rues de Strasbourg ! »

Tant d'absurdité l'indignait. Elle en voulait aux Alsaciens d'essayer par tous les moyens de refouler la part allemande d'eux-mêmes. Elle fut ravie quand un recteur, venu de Lille, reconnut en 1985 l'allemand comme expression écrite de l'alsacien. Elle avait admiré le courage de celui qui avait osé dire : « L'allemand est donc une des langues régionales de la France. »

Ma mère était la seule dans la famille à afficher sans gêne son attirance pour l'Allemagne. L'Allemagne était si proche de nous, et tout le monde faisait semblant de ne pas la voir. Cela n'avait aucun sens. Elle m'avait obligée à choisir l'allemand comme première langue au lycée. Elle qui ne m'imposa jamais rien avait ordonné : « C'est la langue de nos voisins. Il faut commencer par là. Ce serait absurde de préférer l'anglais ! »

J'enviais ma cousine qui avait eu le droit de choisir l'espagnol et qui partait passer le mois de juillet à Madrid. L'allemand première langue et le veto à la poupée Barbie qu'elle jugeait trop pétasse furent les seules mesures disciplinaires imposées par ma mère.

Le lundi, elle lisait le *Spiegel* sur le balcon en buvant une petite tasse de café. C'était son moment à elle. Personne n'avait le droit de la déranger. Elle s'enveloppait d'un grand châle noir et d'un air pensif. « Der internationale Frühchoppen[1] ! » lançait-elle d'un bout à l'autre de l'appartement d'une voix lourde de respect les dimanches de pluie quand nous ne partions pas en excursion dans les Vosges. Et « Der internationale Früschoppen » voulait dire : Silence ! Retirez-vous dans votre chambre ! Personne au salon ! On déjeunera plus tard !

Elle s'asseyait sur le parquet devant le téléviseur, les jambes repliées, les genoux sous le menton. Elle ne

1. Émission diffusée le dimanche en fin de matinée et au cours de laquelle des journalistes allemands et des correspondants étrangers en Allemagne sont invités à discuter des grands débats politiques du jour.

bougeait plus. J'avais faim. Je me demandais comment une jeune femme si vive pouvait être à ce point fascinée par un cénacle de vieux messieurs pontifiants en train de composer des théories géopolitiques aussi nébuleuses que les ronds de fumée qui montaient de leur cigarette.

Ce qui se passait de l'autre côté du Rhin intéressait Yvette. Elle suivait les grands événements allemands : le réarmement, la Fraction Armée Rouge, le travail sur le passé, la génuflexion devant le monument du ghetto de Varsovie. Elle trouvait Willy Brandt si séduisant qu'elle jurait être capable de faire la queue en compagnie de toutes ses admiratrices devant la chambre à coucher du Bundeskanzler. Elle admirait Petra Kelly, l'égérie des Verts. Elle trouvait que la gifle administrée par Beate Klarsfeld[1] au chancelier Kiesinger avait été bien méritée.

Yvette aimait Gisela May[2] et le Pumpernickel[3], Bertolt Brecht et les Loden, le Bienenstich[4] et les lieder de Schubert. Elle osait même dire au cours des réunions de parents d'élèves qu'elle jugeait le système scolaire allemand mieux adapté à la personnalité des adolescents que ce bachotage abrutissant que nous imposait le programme de l'Éducation nationale. « Moins d'heures

1. En novembre 1968, Beate Klarsfeld, la femme de Serge Klarsfeld, gifle en public Kurt Georg Kiesinger, chancelier de la RFA et ancien propagandiste de Hitler en le traitant de « nazi ». Beate Klarsfeld a toujours milité pour que les anciens nazis ne restent pas au pouvoir en Allemagne après la guerre.

2. Comédienne et chanteuse est-allemande, Gisela May est l'une des grandes interprètes des chansons de Bertolt Brecht, Kurt Weill et Paul Dessau.

3. Sorte très connue de pain noir.

4. Gâteau tapissé d'amandes.

de cours, moins de devoirs, des cartables plus légers et davantage de sport et d'activités d'éveil artistique ! » réclamait-elle.

Le proviseur la regardait, médusé. Les autres parents voulaient plus de discipline et davantage d'interrogations écrites de latin et de grec ancien.

MON PÈRE OBSERVAIT AVEC ANXIÉTÉ la germanophilie de sa femme. Il avait passé son bac au lycée Descartes à Tours et appris l'allemand comme une langue étrangère pendant la guerre en somnolant sur *La Pucelle d'Orléans* de Schiller. Il préférait l'Amérique. Il ne disait jamais les États-Unis, mais l'Amérique, d'une voix extatique. Cette fascination remontait à un après-midi à la libération de Tours. Une Jeep américaine était passée en trombe dans la rue Michelet. Un GI, noir comme le monticule de charbon dans la cave de tante Alice, avait lancé des projectiles sur mon père qui observait le passage des libérateurs sur le trottoir. « Le salaud, il me crache dessus ! » avait hurlé mon père. Mais ce qu'il avait pris pour des mollards huileux étaient des bonbons à la menthe enveloppés dans du papier argenté. Prosterné à quatre pattes au milieu de la route, mon père avait fourré les bonbons du GI dans les poches de son short. Ce fut un coup de foudre. Un amour pour la vie.

« L'Amérique, l'Amérique, je veux l'avoir et je l'aurai. L'Amérique, l'Amérique, si c'est un rêve je le saurai », swinguait Joe Dassin dans le transistor, le matin, sur l'étagère de la cuisine. Mon père avalait son petit café noir en rêvant aux « grands espaces ».

Il sentait monter en lui une joie adolescente. Une envie de rompre les amarres, un désir de prendre la route, toujours plus loin. Dans le Nouveau Monde, tout était possible. John Wayne côtoyait Joan Baez, John Kennedy était fait de la même étoffe qu'Humphrey Bogart. *Le Défi américain* de Jean-Jacques Servan-Schreiber, surnommé le « Kenedillon » de la politique française, était la lecture de chevet de mon père. Le management, la technologie, l'informatique, tous ces mots venus de l'autre côté de l'Atlantique le fascinaient… La France lui paraissait ankylosée. Quand le premier restaurant McDonald de France ouvrit ses portes à Strasbourg, place des Halles, en 1979, mon père en fut l'un des premiers clients.

Chaque été, mon père faisait un grand voyage en Amérique. Il louait une immense voiture rose framboise automatique. Un engin indécent qui ressemblait à un chausse-pied géant. Il abattait des kilomètres sur les highways. Il regardait défiler les paysages par la fenêtre. Il portait un jeans Wrangler et les cheveux dans la nuque. Il se nourrissait exclusivement de Big Macs et de Coca-Cola qu'il achetait dans les drive-in. Un vendeur coiffé d'un bonnet de papier passait la main par l'étroite fenêtre de son échoppe et tendait le sachet du déjeuner. « Thank you ! » disait mon père en appuyant sur l'accélérateur.

C'était son unique contact de la journée avec un être humain. Il ne quittait sa voiture que pour faire les trois pas qui l'en séparaient de son lit de motel. Et comme *Macbeth* avait laissé des traces plus ténues encore que *La Pucelle d'Orléans*, il passait un mois sans parler à personne.

Sa femme l'avait accompagné une seule fois dans ce road movie frénétique. Elle n'avait aimé ni les États-

Unis, ni cette façon gloutonne d'avaler les kilomètres et les litres de Coca-Cola. Mais le pire pour elle, qui avait le contact facile et adorait bavarder, cela avait été cette quarantaine, enfermés à deux dans un gros jouet climatisé.

Yvette savait ce qu'elle voulait. Chaque été, elle laissait son époux aventurier partir à la conquête des autoroutes. Elle passait les vacances avec ses enfants et Thomas Mann dans les Vosges. Elle louait un poulailler désaffecté qui avait obtenu par Dieu sait quel miracle un label de l'office du tourisme. C'était une baraque en contreplaqué accrochée à flanc de montagne. Dans l'unique chambre à coucher, un rideau séparait le lit de ma mère de notre coin enfants.

La lumière brûlait toute la nuit de l'autre côté de la membrane à fleurettes. L'ombre de ma mère se dessinait toute droite dans son lit. Elle ne bougeait que pour tourner une page ou pour rajuster un coussin derrière son dos. La nuit était à elle. Ma mère dévorait *La Montagne magique* de Thomas Mann. Elle se perdait dans l'immensité des pages.

Le matin, au petit déjeuner, elle était absente. Elle songeait aux chaises longues tournées vers le soleil sur la terrasse du sanatorium. Elle partait mener des conversations métaphysiques sur les chemins enneigés de Davos. Pendant que ses enfants passaient leurs journées à percer des galeries sinueuses dans le foin de la grange, Yvette, allongée sur un transat à l'ombre d'un mirabellier, imaginait les étranges cavernes que la tuberculose avait creusées dans les poumons de la belle Madame Chauchat. En rentrant d'Amérique, mon père nous rendait visite le dimanche. Il arrivait en fin de matinée et ne restait jamais pour la nuit. Yvette l'accueillait en short et bain de soleil, les pieds nus, les mèches délirantes retenues par un petit foulard à pois. Toute tentative de réformer notre mode de vie primitif était vouée à l'échec.

Un jour, mon père s'était mis en tête d'américaniser notre petit déjeuner. Il était arrivé avec un énorme paquet de corn flakes. Le lait de vache non pasteurisé de l'étable avait posé des grumeaux gris sur les flocons dorés.

Nous étions restés fidèles à nos habitudes alimentaires d'un autre âge : tartines généreuses enduites de Nutella et bol de chocolat chaud. Mal à l'aise sur un pliant de camping, mon père ne comprenait pas comment sa femme pouvait tenir un mois entier dans cette cahute qui sentait le chat mouillé et le détergent industriel.

L'immobilisme heureux d'Yvette le déroutait. Yvette n'utilisait sa Renault 4 bosselée que pour rentrer à Strasbourg. La 4L était aux yeux de mon père un engin burlesque, un caisson de tôle atrophié, l'avorton franchouillard de sa belle Américaine rose framboise.

Yvette louait les mérites de cette petite voiture de grande diffusion, simple, pratique, modeste comme sa conductrice. Pour faire les courses, Yvette préférait descendre au village à pied avec un immense Rucksack[1].

AU DÉBUT DES ANNÉES 1980, alors que la passion de mon père pour les motels et les lignes droites de bitume n'avait fait qu'empirer, ma mère suivit un cours de littérature allemande à l'université d'été de Heidelberg. Yvette préférait Heidelberg à Chicago. Le chemin des philosophes à la

1. Sac à dos.

route 66. Le château moyenâgeux aux gratte-ciel futuristes. La vieille Europe au Nouveau Monde.

Elle savait bien que, solitaire sur sa petite barque, elle ramait à contre-courant des modes. Qui pouvait préférer l'Allemagne quand on lui offrait l'Amérique ? Elle lisait *Les Buddenbrook* tout en picorant du Birchermüesli dans une petite chambre d'étudiante chez une logeuse peu causante

Mon frère et moi avions quitté la maison. Notre mère retrouvait le goût de la liberté. Elle redécouvrait les auteurs qu'elle avait étudiés à l'école allemande et les longues nuits à philosopher à la terrasse des cafés. Elle était entourée d'étudiants venus du monde entier. Elle se sentait rajeunie. Elle écrivait de longues lettres en allemand à Mathilde. Elle avait rencontré une jeune femme médecin de la région de Gorleben, le village de Basse-Saxe prévu par le gouvernement allemand pour la « gestion » des déchets radioactifs.

Rita et Yvette avaient sympathisé. Rita attendait son premier enfant. Yvette était tout attendrie. Rita avait invité Yvette à venir passer l'été dans sa Wohngemeinschaft, son habitat communautaire du Wendland dans le Nord de l'Allemagne. Yvette avait fait ses valises. Elle était partie en train. « La maison est en brique avec des fenêtres anglaises, deux chats et beaucoup de chambres avec des tas de trésors qui appartiennent aux cinq occupants.

« Dans une petite chambre sous les toits, un lit avec une couette, une petite table de chevet en osier et un escalier en échelle où l'on suspend ses habits. La porte est peinte de deux couleurs. Sur la porte, Rita a mis mon nom – c'est un joli symbole ! » écrivit ma mère tout feu tout flamme dans son journal de voyage.

« Frieden schaffen ohne Waffen ! (Faire la paix sans passer aux armes !) », « Das Private ist politisch ! (La sphère privée est politique !) », « Ärtzte warnen vor dem Atomkrieg ! (Les médecins mettent en garde contre la guerre atomique !) », « Le saviez-vous ? Cela coûte autant d'armer et de former un soldat que d'élever 80 enfants ! » disaient les dépliants sévères qui s'envolaient comme des papillons quand on secouait les pages du carnet.

Jörg, Walter et Joachim étaient objecteurs de conscience. Dans une lettre à mon père, Yvette écrivit : « Je ne crois pas que tu te sentirais bien ici. Mais moi j'aime ce changement radical de mon existence. Je trouve ce mode de vie en communauté très bon. Ces jeunes ont beaucoup de sens pratique. Ils mangent des salades et du Birchermüesli du matin au soir aux horaires les plus fantaisistes. Ils ont renoncé à la viande – ce qui n'est pas du tout évident pour moi. J'ai faim ! »

Dans le Wendland, ma mère retrouvait des âmes sœurs. Yvette avait toujours vécu écartelée entre deux visions du monde. Les charmes de la bourgeoisie ne la laissaient pas indifférente, mais elle était aussi tentée par la sédition. Elle n'arrivait pas à se décider entre le manteau de fourrure que Mathilde lui offrit pour ses cinquante ans et les tuniques indiennes délavées qu'elle achetait au marché alternatif de Uelsen avec Rita. Elle tenait aux horaires de repas et aux armoires bien rangées, mais elle s'empressait de décoiffer les franges du tapis de la salle à manger que la femme de ménage peignait avec soin.

Dans le Wendland, Yvette découvrait l'oisiveté. Elle mangeait à elle seule une barquette de fraises à une heure inconvenante sur un banc en pleine rue à Lüneburg. Elle faisait la sieste quand elle en avait envie. Elle redécouvrait la bicyclette « après 20 ans d'abstinence ». Elle racontait ses promenades dans la Lünerburgerheide, cette lande de bruyère rose, le grand ciel, une pureté de l'air, l'horizon si vaste.

Elle faisait des photos qu'elle collait dans son journal. « La plus belle évasion de ce séjour », écrivit-elle en rentrant dans sa chambre après une longue promenade à bicyclette, « sans doute parce que j'aime beaucoup la solitude ». Parfois, elle se sentait un peu étrangère à cette maisonnée où tout le monde discutait la nuit, militait le jour et protestait le week-end. « Rita est toute nue comme une Indienne. Elle a un ventre impressionnant, tout bombé, avec un beau nombril au milieu », s'amusait-elle.

Ces végétariens la perturbaient. Elle avait envie de manger de la viande. Elle se jurait de s'échapper en douce pour aller déjeuner d'un pied de porc juteux dans un restaurant bourgeois dans la petite ville d'à côté. Devant la tasse de tisane de mélisse d'Yvette sur la table du petit déjeuner, Rita avait déposé une prière indienne : « Oh, esprit puissant, fais que je ne condamne pas mon voisin avant d'avoir parcouru un kilomètre dans ses mocassins. »

Yvette les trouvait quand même un peu trop sérieux ces jeunes moralistes toujours en alerte. Ils mettaient le monde en garde contre les catastrophes que forcément nous réservait l'avenir. Elle avait envie d'ébouriffer toutes leurs théories. Elle avait envie de leur apprendre à se laisser glisser sur le fil de la vie, sans trop réfléchir, sans trop parler. Parfois, la légèreté de son prénom français reprenait ses droits.

Cet été-là, Yvette découvrit le soja, l'ésotérisme et la Frauenbewegung, le mouvement allemand de libération des femmes. En rentrant à Strasbourg, elle avait fait claquer sur la table basse devant la cheminée un petit livre gris : *Ich bin ich* (Je suis ce que je suis), revendiquait en grosses lettres rose vif le titre de cette bible du féminisme allemand pur et dur.

Mon père avait tressailli. Il avait tout de suite senti que cette bordée au pays des femmes sans soutien-gorge aurait des répercussions fâcheuses. Les nouvelles lectures de sa femme ne présageaient rien de bon. Et si elle était vraiment partie en quête d'elle-même ? Finie la vie de pacha ! Les militants anti-atome de Gorleben avaient lavé le cerveau de sa femme. Elle rentrait avec des revendications sectaires. Yvette se sentait-elle oppressée ? Yvette allait-elle refuser de préparer les bons petits repas du soir et cesser de s'épiler les jambes ? Il n'y avait que les Allemandes pour avoir des idées pareilles !

Ich bin ich décrit la lutte vers l'émancipation de l'épouse d'un professeur d'Université tyrannique. Pendant que l'oppresseur Wolfgang fait une brillante carrière académique, gravit quatre à quatre les marches d'un parti politique conservateur, aligne les conquêtes d'une nuit et frappe sa femme, la victime Judith, cloîtrée à la maison entre les couches et les lessives, déprime, perd son identité et ses cheveux. « Une fois mariée, je n'existais plus », constate Judith. « Même mon mari ne cessait de me répéter : “Tu es moins que rien. Il ne restera aucune trace de ton existence. Tout ce que tu es, tu ne l'es qu'à travers moi.” Je n'existais plus. À 22 ans j'étais indépendante et pleine d'énergie. Mais ensuite je me suis mariée et, peu à peu, sans même m'en rendre compte, je suis devenue la femme de… l'accompagnatrice de… la propriété privée de… » À 39 ans, Judith décide de se libérer des chaînes conjugales. Elle trouve un emploi, un appartement dans une grande ville voisine et quitte son mari avec ses deux filles et pas un sou en poche.

À côté de *Ich bin ich*, *Le Deuxième Sexe* est d'un conformisme mièvre. Yvette n'adhérait pas à la brutalité de *Ich bin ich*. « Cette histoire est excessive », disait-elle. « Comment cette femme a-t-elle pu s'enticher d'un type pareil ? Et partir en guerre contre les hommes n'est pas une solution. »

Jamais elle n'aurait troqué ses petits tailleurs contre une salopette couleur lilas, jamais elle n'aurait renoncé à se laquer les ongles. Le féminisme de *Ich bin ich* ne plaisait pas à Yvette. « Trop triste ! Trop larmoyant ! » jugeait-elle. Mais elle avait beau se moquer des revendications de Judith, je sentais bien qu'elle était séduite.

Par-dessus tout, Yvette défendait le dogme de l'indépendance financière des femmes. Yvette admirait Rita. « Les Allemands seraient-ils en avance sur nous ? » se demandait-elle en faisant la vaisselle du soir pendant que mon père écoutait une symphonie de Mahler au salon. Il prenait soin de bien fermer les portes pour ne pas être dérangé dans sa rêverie par le choc des assiettes dans l'évier.

« Aux abris, voilà les Verts allemands qui débarquent ! » s'écria mon père le jour où Rita rendit visite à Yvette à Strasbourg après la naissance de sa fille. Il n'arrivait pas à s'y faire. Il trouvait ces écolos très fatigants. Il observait avec condescendance leurs rites occultes, leur manque élémentaire de pudeur. Rita avait déballé son sein sur la table du déjeuner pour allaiter son nouveau-né.

Mon père libertaire dans la théorie, mais d'une pruderie compulsive dans la pratique, avait failli s'étouffer. Le morceau de quiche aux poireaux à la farine complète et sans lardons préparé par Yvette lui était resté bloqué en travers de la gorge. Il avait toussé dans sa serviette, mais il n'avait pas osé protester. « Plaf, une mamelle, oui, là, à côté de moi, sur la nappe », racontait-il plus tard. Il avait fixé la tour de l'église Saint-Nicolas par les hautes fenêtres de la salle à manger. Il avait peur de conforter aux yeux de Rita sa réputation de macho, peur de regarder ce sein de femme tout bouillonnant de lait posé à table à côté de lui.

Ich bin ich resta posé sur la table basse devant la cheminée longtemps encore après la mort d'Yvette. Personne ne voulut déplacer ce souvenir d'un dernier été radieux. En passant d'une pièce à l'autre nous regardions avec tendresse le livre gris. Nous pensions à la bicyclette d'Yvette et au sein de Rita. Et puis un jour, soudain, *Ich bin ich* avait disparu. Le vieil appartement l'avait englouti.

24
La Bütig

« BÜTIG » désigne en alsacien un petit magasin, une boutique. « Das isch a Bütig ! » est l'équivalent du « C'est le bordel ! » français. C'est ainsi que Mathilde, satisfaite de ce double sens insolent, avait baptisé le magasin de la maison Klébaur. Quand j'étais enfant, Mathilde allait tous les après-midi assurer la permanence à la Bütig. Elle recevait les clients et encaissait les factures. Elle tenait les livres de commandes et les comptes. Même quand Joseph cessa de travailler et que son employé reprit l'entreprise, Mathilde continua pendant de longues années à donner un coup de main à la Bütig deux après-midi par semaine.

La Bütig était un minuscule bureau sombre éclairé par une seule fenêtre qui donnait sur la rue Kléber au rez-de-chaussée. Une porte vitrée ouvrait sur le magasin où étaient exposés en file indienne les poêles en faïence, les cuisinières à gaz et les chaudières au mazout.

La Bütig était un quartier général exclusivement féminin. Mathilde ne recevait pas chez elle comme les dames de la bonne société colmarienne qui savouraient les potins de la ville et les bavarois au cassis derrière les rideaux de tulle de leur salle à manger. Elle n'allait pas ébruiter d'une voix gloutonne au salon de thé Kohler-Rehm les rumeurs d'adultère et de liquidation judiciaire. Mathilde accordait ses audiences à la Bütig.

C'était un univers professionnel avec des tampons, des agrafeuses, des classeurs sur les étagères et un gros téléphone noir. Mathilde distribuait aux enfants des crayons de couleur, du papier et un Weckele, un petit pain. Je m'asseyais à ses pieds, sous le bureau. Je dessinais des princesses aux longs cheveux jaunes.

Les chaussures de ces dames m'encerclaient. Les mocassins perforés de trou-trous de tante Maria étaient solidement plantés sur le linoléum. Ils chaussaient des jambes couleur saumon boudinées dans l'épaisse maille de gomme et de Rilsan d'un bas de contention.

La languette à franges des escarpins de Marguerite, dite Guite, Guiguite pour les enfants, l'amie d'enfance de Marthe et de Mathilde, frétillait quand la conversation s'embrasait. Madame Berg, l'ancienne voisine de Mathilde, rue Castelnau, tenait à faire jeune avec ses ballerines à pompon. Les spartiates de Marthe dévoilaient ses pieds nus soignés et ses jambes fines.

Toute la ville fréquentait la Bütig. Marthe passait chaque jour après le déjeuner. Elle restait jusqu'à la fermeture. Alice, les nièces de Mathilde avec leurs enfants, les sœurs de Joseph et de nombreuses amies venaient aussi. Tante Maria était une habituée. Mais ce n'était pas Mathilde qui l'intéressait. Ses visites à sa belle-sœur n'étaient qu'un prétexte pour apercevoir son frère adoré.

Joseph passait parfois la tête dans l'encadrement de la porte. Il lançait une information laconique à sa femme et s'en allait bien vite rejoindre la solitude de l'atelier derrière le magasin. Tante Maria le suivait des yeux par la fenêtre jusqu'à ce qu'il passe à grands pas pressés le coin de la rue Kléber.

À la Bütig, on parlait politique. Mademoiselle Marie-Jeanne Brasseur venait une fois par semaine. Elle se plaignait du cousin d'Algérie qui lapait sa soupe aux orties « comme un paysan ! » chaque soir à la table de la salle à manger. Elle venait à la Bütig pour décharger sa colère. Mademoiselle Marie-Jeanne Brasseur avait vécu jusqu'ici avec sa vieille mère. L'arrivée du cousin d'Algérie avait rompu ce paisible tête-à-tête.

Mademoiselle Brasseur avait été obligée de céder sa chambre à ce revenant qui cuvait son chagrin. Toutes les quatre minutes, le cousin d'Algérie était pris d'une trémulation nerveuse. Marie-Jeanne Brasseur, assise en face de lui, regardait, fascinée, le passage régulier des contractions sur le visage du cousin. Une décharge secouait ses joues flasques. Ses lèvres frétillaient, ses paupières papillonnaient. Puis tout rentrait dans l'ordre durant quelques minutes. Profitant de cette accalmie, le cousin d'Algérie avalait une nouvelle cuillerée de soupe.

De temps en temps il éructait des injures. Ces « Bougnoules » lui avaient tout pris : sa propriété, son jardin, ses animaux, ses domestiques, son soleil, sa santé, sa joie de vivre. Puis il réintégrait le silence où il habitait depuis que le bateau qui le rapatriait en France avait quitté le port de Bougie à l'indépendance de l'Algérie en 1962.

Son père, originaire d'un petit village près de Colmar, avait émigré dans le Constantinois en 1872. Après la paix de Francfort et l'attribution de l'Alsace à l'Allemagne, il avait opté pour la France. Le gouvernement français avait concédé à l'émigration alsacienne 50 000 hectares de sol fertile au nord de Constantine. L'histoire du cousin rappelait à Mathilde le destin de sa famille. Elle aussi, songeait-elle en écoutant Mademoiselle Brasseur, avait failli devoir quitter son pays avec une valise pour seul bagage. Elle aussi aurait pu se retrouver dépourvue, à la merci d'une parente hostile qui se serait sentie obligée de lui offrir l'hospitalité.

Marthe pensait au duel en latence entre ses fils : Norbert, saint-cyrien, officier de carrière, qui avait fait l'Algérie contre Pierre, étudiant des Beaux-Arts, architecte, qui avait fait Mai 68. Les fils de Marthe avaient décidé d'un commun accord de ne parler ni du général Massu, ni de Daniel Cohn-Bendit quand ils se retrouvaient pour dîner une fois par semaine.

MAI 68 ravagea la Bütig comme une tornade la Floride. Tante Maria condamnait les révoltes étudiantes. Elle ne comprenait pas quand Mathilde parlait du « mouvement ». Le « mouvement » était le terme qu'employait son médecin quand il la questionnait sur l'activité de son transit intestinal. Ancienne institutrice, elle tenait les « méthodes modernes » de ses collègues pour responsables de ce dérapage de la jeunesse.

Mathilde racontait qu'à Strasbourg elle avait vu les combats de rue sur le boulevard de la Victoire. Les étudiants armés de pavés et de pieds de chaise face aux

CRS armés de casques et de boucliers. Les bombes lacrymogènes et les cailloux se croisaient à mi-course dans le beau ciel de printemps. Devant l'église Saint-Paul, en face du Palais universitaire, s'élevait un voile de fumée.

Mathilde racontait les assemblées générales de chevelus dans le salon de sa fille et de son gendre. Écrasés dans les fauteuils Bauhaus, assis en tailleur sur le parquet, les amis des enfants de Marthe et de Mathilde passaient la nuit à modeler une société moins autoritaire, moins bigote, moins militariste, moins consumériste, moins inhibée, moins sexiste. Ils laissaient les combats de rue aux jeunes. Ils estimaient que leurs 40 ans, leurs enfants d'âge scolaire, leurs agences d'architecture et leurs cabinets de pédiatre les autorisaient à une révolution confortable.

Même les plus militants, les metteurs en scène, les comédiens, les décorateurs de théâtre n'étaient pas gênés de comploter dans un nid si douillet pendant que les autres prenaient des coups de matraque sur les Grands Boulevards. Pierre, Yvette et leurs amis élevaient des barricades théoriques en buvant du whisky écossais et du Coca-Cola. Une odeur de sueur de trois jours et de Gauloise sans filtre imprégnait les doubles rideaux le lendemain matin. Jusqu'à ce que Mam Hans, la femme de ménage alsacienne, vienne ouvrir grand les fenêtres, cirer le parquet, taper les coussins du sofa, faire la collecte des verres abandonnés sous les meubles et épousseter avec son plumeau les idées tordues de la nuit. Quand Mam Hans annonçait « Je suis finie » et rentrait chez elle, l'harmonie était rétablie dans le living de mes parents. « Salon » faisait trop petit-bourgeois, disait ma mère. Elle préférait « living ».

Mathilde était fière de l'engagement de sa fille. Elle admirait cette « belle jeunesse » qui ferraillait contre l'ordre établi. Elle pardonnait tout aux insurgés des Grands Boulevards. Elle éprouvait de la tendresse pour ces jeunes affairés tels des terrassiers à déraciner les pavés. Elle enviait leur énergie. Ils étaient convaincus qu'ils pourraient changer le monde. Mathilde était émue. Ces jeunes lui rappelaient Georgette, petite institutrice transportant ses couvertures truffées d'armes à feu dans le Berlin du début des années 1920. Et les CRS ressemblaient à la Reichswehr lancée contre les ouvriers d'Adlershof.

Toute cette subversion strasbourgeoise dégoûtait les dames de la Bütig. Guite prenait un air pincé. Alice disait, tremblante : « Moi je suis toujours du côté de ceux qui ne provoquent pas la violence. » Madame Berg pensait avec grande satisfaction à son fils Gilbert, agent d'assurances rasé de près. Gilbert faisait la fierté de sa mère. Colette, la fille de Madame Berg, était mariée à un juriste irréprochable. Son troisième enfant poussait sous sa robe chasuble Prénatal. Les gendres de ces dames avaient des cheveux coiffés en brosse, des cols de chemise amidonnés et des boutons de manchette. Ils sentaient la savonnette et même leurs idées étaient propres.

Le gendre de Mathilde avait les cheveux sur les oreilles, des blousons en jean et fomentait la nuit dans son living briqué en douce par Mam Hans des complots destinés à déstabiliser la société. Un matin de carnaval pluvieux que nous avions passé à nous déguiser à la Villa Primerose, Mathilde avait délivré ses longs cheveux de leur chignon. Ma grand-mère en hippie. La photo de ce matin mémorable était suspendue au mur de la Bütig. Les mèches folles sur les épaules, un foulard indien en bandeau sur le front, des bracelets aux poignets, Mathilde lève le poing. Elle semble narguer tante Maria, survivante d'un autre siècle.

« Ô Yesses Maria ! Ô Yesses Maria ! Ô Yesses Maria ! »... Quand elle avait appris le départ du général de Gaulle en 1969, tante Maria avait récité ce mantra nerveux à la Sainte Vierge. Tante Maria avait fait des adieux émus à Tante Yvonne. Elle partageait avec l'épouse du Général une foi inusable et une tendresse pour les petits chapeaux à voilette et les gros sacs à main.

On ne parlait pas du grand débat féministe des années 1970 à la Bütig. Influencée par ses filles, Mathilde approuvait Simone de Beauvoir et Benoîte Groult. Sur la porte du placard de sa cuisine, elle avait collé une caricature de Valéry Giscard d'Estaing en accordéoniste. Elle respectait ce président « moderne » qui créa un secrétariat d'État à la Condition féminine. Elle se réjouissait de la loi sur la dépénalisation de l'avortement votée en 1975 et la loi sur le divorce par consentement mutuel approuvée la même année.

Mathilde testait régulièrement le degré de mobilisation de l'assemblée. L'égalité des femmes, leur indépendance financière, le droit à la contraception et à l'avortement... ces dames ne se sentaient pas concernées. Elles étaient fières de leur ménage bien tenu. Et si elles étaient rentrées de la Bütig avec des envies de jeter leur tablier et de gagner leur vie, ces messieurs se seraient dépêchés d'interdire à leurs épouses rebelles la fréquentation de cette officine où se fomentaient des idées insensées. Seule Marthe approuvait de la tête.

Un après-midi où elle venait de terminer une rangée au point mousse, elle avait même pris la parole. « Hesch

Recht, Mathilde, tu as raison, Mathilde, si j'avais appris quelque chose à l'école, je n'en serais pas là aujourd'hui. » Marthe écoutait, ravie d'être admise dans ce cercle de femmes savantes. Elle était assise, silencieuse, dans l'encoignure de la fenêtre pour mieux capter la lumière du jour. Elle tricotait les pull-overs de ses petits-enfants. Elle commençait dès le mois de juillet. Les hivers sont froids en Alsace.

LE LENDEMAIN DE L'ÉLECTION de François Mitterrand, la Bütig entrevit l'apocalypse. Marthe et Mathilde rentraient d'un voyage en Angleterre où elles étaient venues me rendre visite. À 78 ans, Marthe avait pris l'avion pour la première fois de sa vie. C'est dans le bleu du ciel au-dessus de la Manche que le capitaine avait annoncé la nouvelle de la victoire des socialistes.

Marthe était déjà toute dérangée par les petites tresses de son voisin rasta. Elle qui n'avait plus jamais vu de Noir depuis l'arrivée des GIs dans la rue Michelet en 1945, voilà qu'elle était assise, épaule contre épaule, à côté d'un Jamaïcain amateur de marijuana. Marthe était à mille lieues d'identifier l'odeur épicée que répendait son voisin. Ce parfum d'herbe lui rappelait un peu la cire à reluire qu'utilisait Alice pour briquer la cage d'escalier. Trois passagers éméchés avaient entonné *L'Internationale*.

De l'autre côté du rideau séparant la première classe du reste de la cabine, une dame avait poussé un cri. L'hôtesse était repassée avec son chariot. Le capitaine offrait une tournée gratuite. Un petit remontant pour les déçus, une occasion d'arroser la victoire pour les électeurs socialistes. « Mathilde, wos helst davon ? » (Mathilde, qu'en penses-tu ?) avait demandé Marthe d'une grosse voix inquiète. Mathilde, assise trois rangées plus loin, ne s'était pas retournée. Elle avait fait un petit signe de la main pour apaiser sa Kamaradle.

À l'aéroport de Strasbourg-Entzheim, Pierre et Yvette avaient accueilli les voyageuses avec des roses rouges et des gloussements ravis. Marthe était presque rassurée. Les jours d'élection, elle suivait à la lettre les consignes de son fils. Ce soir-là, son fils était radieux. Tout allait donc pour le mieux.

Le lundi suivant il n'y avait plus une chaise de libre à la Bütig. Guite et Madame Berg étaient restées debout, le dos collé à la tapisserie à losanges beiges. Ces dames voulaient savoir ce que Mathilde en pensait. Mathilde n'en pensait rien. Elle était dépassée par l'ampleur de l'événement.

Madame Berg avait raconté que son voisin avait pris la route pour Bâle le matin même avec une valise si lourde qu'il avait dû s'y prendre à deux fois pour la hisser dans le coffre de sa voiture. Elle le soupçonnait d'être allé mettre son or à l'abri dans un coffre suisse. Elle-même songeait à enterrer son argenterie dans le jardin comme à la Libération, en 1945. Guite pensait à placer son collier de perles dans le coffre de sa banque.

Vu l'urgence de la situation, tante Odile était venue exceptionnellement à la Bütig. Elle voyait des rouges sanguinaires, le couteau entre les dents, se faufiler sous les lits des bourgeois colmariens. Alice craignait pour ses économies à la Caisse d'Épargne. Heureusement que ses maisons étaient à l'abri. « La pierre, c'est du solide ! » répétait-t-elle pour cimenter la panique qu'elle sentait monter en elle.

Marthe faisait remarquer que le nouveau président n'avait pas fait honneur à sa fonction quand il avait grimpé les marches du Panthéon avec son pantalon trop court. « On dirait qu'il va aux fraises, celui-là ! », se moquait-elle pour décrisper l'atmosphère. Marthe savait donner à ce grand moment de l'Histoire une dimension bouffonne qui la rassurait. Guite avait ajouté que les incisives pointues du socialiste ne lui disaient rien qui vaille.

Alice redoutait cette « bande d'anticléricaux ». Elle était allée à la messe de 7 heures à l'église Saint-Joseph. Elle avait allumé un cierge aux pieds de sainte Odile, la patronne de l'Alsace. Et elle avait eu une pensée émue pour tante Maria, morte au mois de mars. La bienheureuse n'aurait pas à assister à la laïcisation forcée de l'Alsace !

Le pape fut le seul homme de la vie d'Alice et de Maria. Maria vénérait Paul VI. Alice en pinçait pour Jean-Paul II. Elle aimait la peau de bébé de son visage slave et la rigueur de son dogme. Dans les derniers mois de sa vie, Alice suivait les voyages de Jean-Paul II à la télévision du fond de son grand lit. Le dos soutenu par un mur de coussins, Alice se nourrissait de bouillie de fraises et d'homélies pontificales. Ce furent ses dernières joies.

À LA BÜTIG, on ne prenait pas le café. Mathilde servait un porto les jours ordinaires et une petite Suze avant Noël. Ces dames repartaient un peu pompettes, et la tête pleine d'idées libertines. Elles ne le savaient pas, mais elles venaient pour se dévergonder. À la Bütig, elles oubliaient les règlements de leurs vies bien cadrées. Elles oubliaient leurs maris, leurs belles-mères dominatrices, leurs mères plaintives, le curé réprobateur, la couture, le repassage et leurs grands lits sans joie.

Je n'osais pas imaginer ce qu'elles pensaient vraiment de ma grand-mère tumultueuse. Mathilde n'allait pas à la messe. Mathilde avait une femme de ménage, une couturière et une grande villa ouverte aux amis de ses filles. Mathilde avait un jardin anarchique où poussaient les iris sauvages, les pissenlits et les pâquerettes.

Mathilde travaillait. Mathilde avait encouragé ses filles à passer le baccalauréat et à faire des études. Mathilde parlait anglais. Mathilde fumait des menthols à la terrasse des cafés à une époque où dans la province française il était mal vu pour les femmes de fumer en public. Mathilde portait des pantalons en hiver, un ample chemisier de coton blanc, une jupe safran et des sandales de toile en été. Mathilde lisait de gros romans. Mathilde souriait aux hommes dans la rue et s'amourachait assez souvent comme une collégienne. Mathilde se déplaçait à vélo. Mathilde aimait l'Italie et les pays du Sud. Et si elle avait longtemps porté des shorts et des maillots de bain deux pièces, c'était pour se venger de la chaude journée du mois d'août 1937 au bord du lac de Soultzern qu'elle décrit dans son journal intime : « Journée assez ensoleillée. Restée habillée sans me baigner. Mon mari me trouve trop vieille. 35 ans ! 1/2 de la vie ! » Elle qui aimait tant nager ! Elle qui traversait les lacs glacés des Vosges à grandes brasses musculeuses ! Elle avait cédé ce jour-là à la pudibonderie de son mari. Passé un certain âge, pensait Joseph, une femme devait renoncer aux plaisirs du bain de soleil.

« Mathilde était très audacieuse. Elle avait le courage d'être elle-même. Elle s'extériorisait. Elle osait être dans la parole et le geste. Elle était sobre dans ses vêtements. Pas de bijoux, pas de froufrous. Son originalité venait de l'intérieur. Elle était jalousée pour sa liberté que les autres, avec leur sens du devoir et leurs bondieuseries, n'avaient pas. Mathilde n'était pas une grand-mère confiture. Mathilde gênait, c'est pour cela qu'elle me plaisait », expliqua la fille de la nièce de ma grand-mère. Elle avait toujours rêvé d'une grand-mère comme Mathilde. Une grand-mère qui ne bramait pas à tout bout de champ : « Dis bonjour à la dame ! » – « Donne la belle main au monsieur ! » – « Tiens-toi droite ! » – « Sors tes doigts du nez ! » Mathilde n'imposait pas d'interdits superflus. Elle ne passait pas ses journées à faire le tri entre « ce qui se fait » et « ce qui ne se fait pas ». Jamais Mathilde ne demandait à inspecter les bulletins scolaires et la couleur des ongles. Elle laissait courir dans le jardin jusqu'à la tombée de la nuit ses petits-enfants à moitié nus, les genoux écorchés et le visage marbré de sucre glace. Plus un enfant rentrait « sale et dégoûtant » le soir, disait-elle, plus la journée avait été belle pour lui.

À la Bütig, on avait fini par se faire une raison. « Mathilde est une anticonformiste », disaient les tantes. « Mathilde est le genre de personnes qui sortent de l'ordinaire. Elle a des idées bien fondées», disait sa nièce. « Mathilde est plutôt moderne, dans le vent » disait Madame Berg qui adoptait un vocabulaire yéyé pour être elle aussi dans le coup. « C'était un autre genre. Les autres avaient un esprit plus conservateur », disait sa voisine. « Mathilde vivait son corps et sa sexualité. Les autres étaient mariées et vivaient leur couple d'une façon planétairement différente. Elles se pliaient au devoir», expliquait la fille de sa nièce. Les tantes ne comprenaient rien à l'audace de cette intruse.

Mathilde était la fille de cette bourgeoisie allemande libérale et émancipée. Si la guerre de 1914-1918 n'avait pas changé le cours de sa vie, elle aurait, comme sa sœur, fait des études et voyagé à travers l'Europe. Mathilde était en avance sur sa petite ville. Parfois elle se donnait une mission éducative. Elle parlait de Cézanne et de Vasarely. Elle offrait une revue d'art à Madame Berg pour son anniversaire. Elle invitait Guite au concert. Elle traînait Marthe au musée d'Art moderne de Strasbourg. «Sech gescheid, ta grand-mère ! » (Elle est intelligente, ta grand-mère !) me disait Marthe. Elle se laissait glisser dans le sillage de son amie. Elle écoutait les explications de Mathilde. Elle était pleine d'admiration.

Mathilde avait adopté la grande idée messianique de sa sœur Georgette. Combien de revues sur l'art médiéval a-t-elle offertes à l'aide ménagère qui se serait davantage réjouit d'une boîte de fruits confits ou d'un pourboire pour ses étrennes ? Les dames de la Bütig louaient « la grande culture » de Mathilde. Et quand elle était de mauvaise humeur, Mathilde sifflait entre ses dents qu'elle en avait assez de toutes ces « petites gens ». Une seconde plus tard, elle s'en voulait d'avoir été aussi injuste.

Mathilde n'avait jamais oublié ses origines sociales. Le retour de l'Alsace à la France avait opéré un déclassement qu'elle n'avait jamais cessé de subir comme une injustice. Elle qui rêvait de ressembler à Rosa Luxemburg était devenue la petite reine d'une fabrique de poêles en faïence.

Quand la Bütig se vidait, je grimpais sur les genoux de Mathilde. J'aimais poser ma tête dans le creux de son cou pour mieux entendre résonner les histoires qu'elle me lisait alors pendant des heures. Nous aimions *Heidi* et *Pierrot l'ébouriffé*, *Les Malheurs de Sophie* et par-dessus tout *Le Petit Chose* d'Alphonse Daudet. Plus tard, quand je ne venais plus depuis longtemps dessiner des princesses aux cheveux jaunes à ses pieds, quand le vide s'était fait parce que Madame Berg, Guite et toutes les tantes étaient mortes, Mathilde m'écrivait une fois par semaine, assise derrière son grand bureau. Elle signait « Deine treue Grossmutter[1] ! » À Berlin, sa grande écriture gothique m'apportait les dernières conversations de la Bütig.

1. « Ta fidèle grand-mère. »

25

L'Allemagne reniée

QUAND ELLE SENTAIT son pas ralentir et son corps s'appesantir au bout de quelques heures de randonnée, Mathilde entonnait un Wanderlied, une chanson de marche allemande. Soudain la fatigue s'estompait. Il lui poussait des ailes. La famille se scindait alors en deux groupes de marcheurs. À l'avant, Mathilde et ses filles filaient vers la ligne de champ du sentier, emportées par la cadence musclée de la mélodie. Leurs voix presque viriles étaient méconnaissables. À l'arrière, le reste de la famille formait des petits groupes bavards.

Nous, les enfants, nous ramassions avec une pelle les bouses encore tièdes que nous glissions dans un sachet en plastique. C'était un ordre de Mathilde. Elle avait besoin d'engrais pour les plates-bandes de son jardin. «Das Wandern ist des Müllers Lust[1] », sont mes premiers mots d'allemand. Je les ai ramassés dans le sillage de ma grand-mère sur un chemin des Vosges.

1. «La promenade, c'est la joie du meunier.»

Mathilde marchait les yeux levés vers le ciel. Elle était ailleurs, dans un monde peuplé de gais meuniers, de bleus sommets, de chasseurs, de rossignols, de fleurettes, de chapeaux à trois cornettes, de petites punaises sur un mur, valleri, vallera, vallera-ha-ha-ha-ha. C'était le monde frais et joyeux de son enfance allemande.

« Nous avions tout renié ! » constatait Mathilde. Après la mort de Georgette à Berlin, les Goerke avaient rompu les liens avec leur famille allemande. Ils avaient cessé d'écrire à la cousine Anna. L'oncle Fritz de Berlin ne venait plus au printemps déjeuner aux Trois Épis. Quand son frère était mort en 1935 à Berlin, Karl-Georg Goerke avait envoyé une lettre de condoléances à sa nièce Anna. Mais il n'avait pas fait le voyage pour assister à l'enterrement. Les Goerke n'avaient plus jamais traversé le Rhin.

Après son mariage, Mathilde avait joué à être française. Elle avait tout fait pour ne plus dépareiller. Elle avait camouflé ses origines allemandes sous des tailleurs coquets de Parisienne. Mathilde a passé sa vie à vénérer la France. Tout ce qui était chic et distingué était forcément français. La France, c'était le pays des hommes élégants qui tiennent les portes au passage des femmes et se retournent dans la rue pour les admirer. Des charmeurs qui avaient « de l'allure et de la conversation ». La France, c'était la gaieté, la courtoisie, la liberté. Mais surtout, pour Mathilde, la « vraie France », ce n'était pas l'Alsace. La « France de l'intérieur », comme l'appellent les Alsaciens, commençait de l'autre côté des crêtes vosgiennes.

Seule la langue trahissait Mathilde. Parfois un germanisme venait troubler son français impeccable. Elle disait

« le manger » (la nourriture : *das Essen*), « monter en haut et descendre en bas » (monter et descendre : *oben und unten steigen*), « elle me prend avec » (elle m'emmène : *Sie nimmt mich mit*), « Allez viens ! Fais donc avec ! » (Allez viens ! Participe donc à notre excursion : *Komm! Mach doch mit!*), « elle était toujours pour elle » (elle était solitaire et peu causante : *Sie war immer für sich*). Ces scories à peine perceptibles, ces bouts de phrases étrangement agencés, cette manière particulière de tourner les mots la trahissaient. Mathilde mangeait « un *Stück* » (un morceau) et buvait « un *Schluck* » (une gorgée). Toute sa vie, elle a appelé les endives des chicorées, les poireaux des porées et juré *Donnerwetter !* en faisant rouler les « r » dans le fond de sa gorge. Mathilde torpillait le français. Plus elle vieillissait, plus Mathilde osait parler allemand. Quand elle était morose, sentimentale ou simplement pensive, c'est l'allemand qui lui remontait aux lèvres.

SA VIE ENTIÈRE, Mathilde garda son histoire pour elle. Quand les horreurs nazies furent dévoilées aux yeux du monde à la fin de la Seconde Guerre mondiale, Mathilde se fit plus petite encore. En 1945, l'héritage allemand en Alsace, déjà tabou, devient l'héritage nazi. Après l'Holocauste, après le grand carnage en Russie, après les villes détruites et les populations décimées, après la France occupée, plus personne en Alsace n'ose émettre le moindre avis positif sur l'Allemagne du temps du Reichsland avant 1918. La vie en Alsace de 1940 à 1945 devient un sujet dont on ne parle pas. Des millions d'Allemands sont expulsés des territoires de l'Est. Le drame de Mathilde prend la dimension d'une anecdote.

L'expulsion des Allemands en 1918 est mentionnée en quelques lignes dans les livres d'Histoire de l'Alsace. Un point de détail. Les livres d'Histoire de France n'en parlent pas. Les « indésirables » de l'Alsace de 1918 ne pèsent pas lourd face aux expulsés de 1945 qui peuplent avec leurs carrioles, leurs baluchons et leurs enfants aux yeux hagards la mémoire collective des Allemands. Il ne viendrait à l'idée de personne d'ailleurs, en ces temps de grande réconciliation franco-allemande, de déterrer ce vilain épisode frontalier.

Mathilde a honte de son chagrin. Le sort de la famille Goerke n'a pas le calibre des grandes tragédies historiques. Plus le temps passe, plus 1918 apparaît comme une anicroche insignifiante dans l'histoire d'une petite province écartelée entre deux poids lourds nationalistes. Mathilde aurait été culottée de revendiquer sa part de souffrance. Elle fait semblant d'oublier.

Pendant que les expulsés de Silésie, des Sudètes, de Prusse-Orientale et du Memelland s'organisent en Allemagne au sein de puissantes fédérations et revendiquent le retour à l'Allemagne des territoires perdus et le dédommagement de leurs biens confisqués, pendant qu'ils entretiennent ensemble avec fanfare et costumes régionaux la nostalgie de la Heimat perdue, Mathilde se débat toute seule avec son histoire.

Les Allemands restés à Colmar après 1918 se fondent à la société alsacienne. Tout le monde sait que Mathilde était née allemande. Par tact, on évite d'en parler, comme on fait semblant de ne pas voir un défaut inesthétique au milieu d'un visage. Bientôt, le passé de ma grand-mère n'intéresse plus personne, pas même ses filles.

Mathilde est une femme hybride. Parfaitement assimilée, elle entretient néanmoins une nostalgie puissante pour cette autre partie d'elle-même. « Nous avons tout simplement effacé l'Allemagne de notre vie. C'est étrange. La frontière était pourtant à quelques kilomètres de Colmar», me disait-elle.

Mathilde se demande parfois si les dix frères et sœurs de son père, ses nombreux cousins et cousines ont survécu à la guerre. Dans les derniers mois de la guerre, les Allemands de Memel ont pris la fuite face à l'arrivée de l'Armée Rouge. Beaucoup sont morts d'épuisement. Après la guerre, il ne reste qu'un millier d'Allemands à peine à Memel, enclave soviétique baptisée Klaïpeda. Ils ont été déportés dans des camps de travail en Sibérie. Ils sont peu nombreux à en revenir. La famille de Karl-Georg Goerke a-t-elle survécu et a-t-elle refait sa vie dans une des deux Allemagnes ?

Dans les années 1950, la Deutsche Welle diffuse chaque jour pendant des heures les avis de recherche de la Croix-Rouge internationale. Les familles allemandes tentent de se ressouder. Mathilde écoute seule dans sa cuisine la voix monotone de l'annonceur. Elle espère reconnaître le nom d'un parent de son père. Mais jamais elle n'aura le courage d'entreprendre des recherches.

Mathilde s'approchait de l'Allemagne dans la solitude de sa cuisine. Elle avançait à tâtons. Elle avait peur d'être surprise. L'Allemagne glissait sur les ondes courtes d'un transistor Océanic rose framboise posé sur le buffet. Des languettes de papier collées sur le cadran marquaient l'emplacement des fréquences. Ces chiffres cabalistiques reliaient Mathilde à sa patrie perdue.

Elle écoutait la radio allemande du matin au soir. « J'aime les bavards ! » disait-elle en tournant le bouton du poste. Les voix distinguées, les commentaires sentencieux, le discours du Nouvel An du chancelier, les carillons, les bruits de déglutition et de papier froissé…

L'Allemagne était la toile de fond sonore de ses journées. Un peuple de voix meublait sa solitude de vieille dame. Mathilde sillonnait le pays de son père au gré des bouchons sur les autoroutes. 5 kilomètres entre Rastatt et Karlsruhe en raison de travaux sur la voie de gauche. 20 kilomètres entre Bielefeld et Gutzlow à cause d'un accident. Elle regardait la pluie tomber à Hanovre et s'effrayait de la force du vent à Langeoog. Elle prenait des notes étranges sur des fiches qu'elle accrochait sur les murs de sa cuisine : « Quand les hommes vivront d'amour, il n'y aura plus de misère, les soldats seront troubadours », « Le trou noir du passé. Radio Südwestfunk. Baden-Baden ». Elle inscrivait le nom d'une ville pittoresque mentionnée dans une émission culturelle : « Lucca, ville élégante », « bains de Buda Pescht », « Lugano : villa favorita », « Peggy : la cathédrale de Chartres ».

Ce qu'elle osait moins nous avouer, c'est qu'elle regardait *Zum blauen Bock*[1] en douce le samedi soir. Seule devant sa télévision, Mathilde fredonnait les Schlager, les succès d'un chanteur blond, sourire edelweiss et culotte de peau.

Mathilde se fabriqua au cours des années une Allemagne virtuelle. Elle ne retourna jamais à Landau. Jamais elle n'avait demandé à mes parents de l'accompagner dans la ville de sa naissance. Jamais Berlin, jamais Cologne, jamais Munich ou Hambourg. Mathilde n'a jamais été plus loin que Fribourg-en-Brisgau. Elle

1. Émission de « Schlager » (chansons de variété allemande).

prononce « Brisgô » à la française en fermant le « o » final.

De temps en temps, elle feuilletait les deux tomes bleu nuit de *Die schöne Heimat. Bilder aus Deutschland*, (la belle patrie images d'Allemagne), un album de photos en noir et blanc qu'elle avait offert à Yvette pendant la guerre. L'épitaphe de *Die schöne Heimat* est faite sur mesure pour cette vieille dame idéaliste : « Ce livre n'est pas un herbier ordonné avec méthode, mais un bouquet de fleurs arrangées en toute liberté.

Mathilde aimait les longs ciels tumultueux au-dessus de la Prusse-Orientale. Les larges courbes du Rhin. L'Odenwald au printemps, ses pommiers en fleurs. Et les châteaux : le Schönhubel le long du Danube, la Wartburg en forêt de Thuringe, Sans-Souci, le Marienburg et les ruines sombres perchées sur les hauteurs du Rhin. La cathédrale de Strasbourg, la lagune de Courlande et la Memel comptaient encore parmi les joyaux du Reich. Dans *Die schöne Heimat,* l'Allemagne de Mathilde était encore intacte.

Mathilde se sentait à l'aise en Forêt-Noire. La bonne conscience cossue du miracle économique, l'ordonnance des jardinières de géraniums l'apaisaient. Quand nous allions en famille le dimanche de l'autre côté de la frontière, mon père commençait toujours par faire les éloges de l'Allemagne. De ce côté-ci du Rhin, les restaurants sont ouverts toute la journée ! Les serveuses sont aimables ! C'est autre chose que nos mégères alsaciennes qui vous fusillent du regard en prenant la commande !

Mon père préférait les nappes de tissu à petits carreaux rouges et blancs à la toile cirée d'une propreté douteuse des fermes-auberges des Vosges. « C'est agréable quand ça ne sent pas la bouse ! » lançait-il en s'attablant dans la salle d'un gasthof – une auberge. Je guettais le moment où il ferait volte-face. Et ce moment arrivait au plus tard quand la serveuse déposait devant mon père un plat de Knödel[1]. Je sentais qu'il se réjouissait. Il allait pouvoir sortir son morceau de bravoure : « Ah, ça alors ! J'aimerais bien qu'on me donne le secret de cette recette. Vaut-il mieux utiliser de la colle à tapisser ou du ciment pour confectionner ces succulentes boules de pétanque ? » Les enfants étaient tordus de rire. Et mon père en rajoutait. Il ne voulait pas décevoir un public aussi gratifiant : « Ici, même les sapins ont poussé en rangs militaires ! » Mon père ne se privait jamais de cette boutade quand il admirait le panorama. C'était son bon mot préféré. Il était persuadé qu'en face, dans les Vosges, régnait une sympathique anarchie végétale, un tempérament plus vif, un esprit plus libre.

Soudain, il se moquait des serveuses, ces Walkyries énergiques qui exposaient leurs décolletés étourdissants, les seins comprimés dans des boléros à lacets. Elles manquaient de charme. Elles ne savaient pas jouer avec le regard des hommes. Mon père trouvait nos voisins de table lourdauds. Il s'exaspérait de cette « manie de l'introspection forcenée » quand les Allemands s'embarquaient dans l'analyse crispée de leur culpabilité. L'Allemagne manquait de légèreté. Il prononçait ses verdicts avec la légitimité d'un fils de capitaine de l'armée française.

Les membres de notre famille semblaient avoir été sélectionnés pour la distribution d'une comédie. Mon

1. Recette allemande et autrichienne. Boulettes de pâte fabriquées avec des restes de pain ou de pommes de terre. Elles accompagnent les plats de viande en sauce.

père : le franchouillard enjoué, toujours prêt à tirer à vue une décharge de sarcasmes en direction des Schleus. Mathilde : l'Allemande mortifiée par le destin de son pays qu'elle avait trahi pour une patrie moins compliquée. Yvette : la militante germanophile décidée à réparer l'injustice faite à ce pays voisin repentant… et à sa mère. Ariane : qui avait déserté l'Alsace et ses problèmes identitaires. Et Marthe : l'Alsacienne satisfaite de sa condition. Sans regrets, sans nostalgies, sans aigreur, sans colère. Marthe la bien-dans-sa-peau.

« Ah, que ça fait du bien de retrouver le bon bordel français ! » jubilait mon père quand la Peugeot quittait la surface huilée de l'autoroute allemande et se remettait à tituber sur les nids-de-poule de la route nationale française.

Mathilde était assise sur le siège avant. Je crois qu'elle avait fini par ne plus entendre les railleries de son gendre. L'Allemagne paisible de nos dimanches après-midi en famille ne ressemblait pas au monstre sanguinaire coupable de tant de crimes. L'Allemagne était avenante. Mathilde retrouvait ses racines. Elle était pleine de nostalgie.

Mathilde adorait par-dessus tout les vieux hôtels mondains de Baden-Baden, l'une des villes de cure les plus réputées d'Europe. Elle retrouvait dans les profonds fauteuils de velours le parfum de chocolat doux qui flottait dans le petit salon Louis XV d'Adèle Goerke le dimanche après-midi. Elle se sentait chez elle entre ces dames guindées qui faisaient gicler d'un jet précis le berlingot de crème dans leur tasse de café. Elles portaient des chapeaux de feutre vert. Pour Mathilde, garder son chapeau dans un salon de thé, même quand la sueur perle à la racine des cheveux, c'était le comble de la distinction.

Mathilde était fière de la compagnie de ces messieurs en blazer à boutons argentés. Ils lisaient la *Frankfurter Allgemeine Zeitung* en face des larges baies vitrées. Ils avaient le front plissé et des lunettes posées sur l'arête du nez. Mathilde suivait des yeux les serveuses à col Claudine et tablier blanc. Elles poussaient leur chariot à roulettes chargé de pâtisseries. Linsertorte, éponge rose vif du biscuit aux fraises, croquants aux amandes ciselés comme de la dentelle de Bruges, Sachertorte. Sur le pourtour de chaque assiette, l'écume ivoire de la Schlagsahne, la crème fouettée. « C'est quand même autre chose que la France ! » me chuchotait Mathilde. Et je détectais l'expression d'un franc sentiment de supériorité. Oubliés les Schleus, les Boches, les Teutons, les Fridolins, les Fritz, les Spunzis et tous ces sobriquets méprisants dont les Français avaient affublé les Allemands.

Dans les hôtels de Baden-Baden, Mathilde se soignait de toute cette humiliation. L'Allemagne aussi savait être chic et cultivée. Badenweiler, Todnauberg, le Titisee... ces destinations à une heure de voiture de Colmar ressemblaient au paradis. Mathilde laissait glisser leur nom sur ses lèvres. Elle se délectait de leurs sonorités familières. Elle prenait une pose hautaine qui semblait dire : « Prenez-en de la graine, vous, les petits Alsaciens provinciaux ! »

En novembre 1985, Mathilde décrivit dans une lettre une grande action caritative organisée pour l'Afrique par la télévision allemande : « Toute l'Allemagne dehors à donner et à quêter. Partout des orchestres de jeunes, des artistes de tous genres, des soldats américains, des petites nonnes, les maires des villes, de grands beaux hommes, si gais, si bien en chair, si différents de nos hommes à nous, si raffinés, fins et peut-être un peu trop sérieux. Même le pape a félicité le peuple allemand. Et dire qu'il portera toujours cette souillure du nazisme. »

Mathilde idéalisait l'Allemagne comme elle rêvait la France. Elle ne connaissait pas plus la « vraie Allemagne » que la « vraie France ». Elle vivait écartelée entre deux pays imaginaires.

26

La piscine de Kehl

Mon Allemagne à moi, c'était un rectangle bleu avec du gazon vert tout autour. Une odeur de chlore et d'herbe fraîchement tondue. L'huile des friteuses et un parfum vanillé d'ambre solaire. La piscine de Kehl, ce n'était pourtant pas vraiment le bout du monde pour les adolescents strasbourgeois de la fin des années 1970. Mais enfourcher son Vélosolex, sortir de la ville, longer d'abord le port, puis traverser le Rhin, semblait déjà un long voyage.

De l'autre côté du pont, nous avions toujours un pincement au cœur en présentant nos cartes d'identité aux douaniers allemands. Sur l'avis de recherche collé sur la vitre des baraques de douane, les terroristes de la RAF nous jetaient des regards accablés. Ils me faisaient penser aux Billy the Kid et autres bandits « Wanted » des bandes dessinées de nos albums de Lucky Luke. Le Bade-Wurtemberg ressemblait soudain au Far West.

Nous pénétrions en zone de danger. Ces années de plomb étaient pour nous une histoire très allemande. Si le corps de Hanns Martin Schleyer n'avait pas été retrouvé dans le coffre d'une Audi parquée rue Charles-Péguy à Mulhouse, toute cette affaire serait presque passée inaperçue. 1977 fut une année légère en France. L'année de l'inauguration du Centre Pompidou, le Pompidoleum, disaient ceux qui voyaient d'un mauvais œil ce mausolée à la gloire du président défunt. L'année où Jacques Chirac fut élu maire de Paris. Une grande manifestation pacifiste contre la construction du surgénérateur Super-Phénix à Creys-Malville et un rassemblement contre le camp militaire du Larzac. La lutte clandestine se limitait aux attentats du FLNC pour l'indépendance de la Corse. Rien de bien méchant, comparé à ce qui se passait en Allemagne. Giscard filait le parfait amour avec Helmut Schmidt.

Nous allions voir *L'homme qui aimait les femmes* de Truffaut au cinéma Vox. La France en minijupe dansait le slow sur *Il a neigé sur Yesterday*. Pour avoir écrit le graffiti « CRS-SS = enculés », un jeune écopait de deux mois de prison. *Libération* titrait, le 20 octobre 1977 : « Les mystères des "suicides" des membres de la RAF en prison à Stuttgart » et rappelait la visite de Sartre à Stammheim quelques années plus tôt. L'histoire côté allemand était décidément bien plus turbulente que la nôtre.

Une fois passée la douane, il fallait acheter des Deutschemarks au kiosque de change et tourner à droite devant l'hôtel Europa. Ce cube triste planté au bord de la route balise encore aujourd'hui l'entrée en Allemagne. Nous suivions alors la longue rue commerçante, les vitrines débordant de produits électroménagers made in Germany, les BMW et les Volkswagen garées le long des trottoirs.

Après la guerre, l'Allemagne avait retroussé ses manches. Elle s'était affairée à sa reconstruction. Je pensais à Marthe qui se fâchait en observant l'alignement de ces succès économiques : «Ils ont perdu la guerre et les voilà plus riches que nous ! » Nous traversions un quartier de villas et nous arrivions à la piscine. La piscine de Kehl était plus propre, mieux équipée, plus spacieuse que les piscines municipales de Strasbourg. L'abondance des règlements m'intimidait : port du bonnet de bain obligatoire, interdit de se pousser dans l'eau, interdit de courir le long du bassin, interdit de plonger, interdit de s'embrasser sur la bouche sur les pelouses. Coups de sifflet du maître-nageur. Regards mauvais des habitués.

La piscine de Kehl était un îlot écrasé de chaleur. Un monde fait de transats, de chaises pliantes, de bouées, d'aiguilles à tricoter, de mots croisés, de recettes de goulasch piquant dans le magazine *Bild der Frau*, de « passe-moi un peu de crème dans le dos » et « comment viens-tu à bout de tes cors aux pieds », de sandwiches au pain gris et d'œufs durs suant dans leur Tupperware.

Un monde de sandalettes en plastique et de gourmettes en argent. Les tubes du chanteur Udo Jürgens se mêlaient au petit claquement sec des balles de ping-pong. Chacun réservait sa place en début de saison et gare à celui qui oserait poser sa serviette-éponge sur le territoire du voisin.

Allongée sur l'herbe, je lisais Agatha Christie. À mes côtés, ma meilleure amie catalane relevait de temps en temps la tête pour se plaindre de ces Teutons si bruyants. Parfois, un maître-nageur accourait pour chasser un exhibitionniste posté, le sexe en l'air, derrière le grillage au bout du gazon. « Mach mal Pause ! Trink mal Coca-Cola ! », (Fais une pause ! Bois un Coca-Cola !)

La publicité était inscrite en grandes lettres au-dessus de la buvette. Ce furent les premiers mots d'allemand de toute une génération d'Alsaciens qui souffrait au lycée en compagnie des Schmidt, la famille de la méthode d'allemand. Frau Schmidt, Herr Schmidt, Karl und Inge, leurs deux enfants nous torturaient avec le génitif et les verbes irréguliers.

Nos professeurs d'allemand étaient de vieux papis alsaciens, sans doute d'anciens « Malgré-nous ». Mais ils ne parlaient jamais de leurs années dans la Wehrmacht. Ils ne racontaient pas leur campagne de Russie. Nous chantions en chœur *Ich hatt' einen Kameraden*[1] au début de chaque heure de cours. Nos professeurs d'allemand étaient autoritaires. Ils avaient des tics inquiétants et portaient des bretelles pour retenir leurs pantalons.

Nous bûchions pendant des heures sur des textes absurdes : Frau Schmidt étendait sa saucisse à tartiner sur une tranche de pain noir. Herr Schmidt tirait les rideaux de la chambre à coucher et Frau Schmidt, cintrée dans un peignoir de bain, s'écriait : « Wie Schade, Schatz, es regnet ! », (Quel dommage, mon chéri, il pleut !) Les garçons dessinaient des tétons vermillon sur les bouts de seins pointus de Frau Schmidt. Les filles rougissaient.

Les Alsaciennes dialectophones, de grosses filles aux nattes blondes qui arrivaient le matin en autocar des villages viticoles de la région, avaient toujours les meilleures notes. Pour moi qui ne parlait pas l'alsacien, l'allemand était une langue étrangère. Je m'ennuyais en cours. Jusqu'au jour où la piscine de Kehl avait déferlé dans notre salle de classe.

1. Chant funèbre de l'armée allemande chanté encore aujourd'hui. Le texte est un poème de Ludwig Uhland.

Le nouveau prof d'allemand avait des épaules carrées, une moustache drue et noire, des yeux sombres et un sourire conquérant. Il ressemblait comme deux gouttes d'eau au nageur américain Mark Spitz qui venait de décrocher ses sept médailles d'or aux Jeux olympiques de Munich dans son maillot moulant Stars and Stripes. Les filles s'étaient agglutinées au premier rang avec des yeux de biches. J'avais fait cette année-là des progrès fulgurants. Pas question, dans ces conditions, d'aller faire un échange et une dépression chez la correspondante de Stuttgart.

À l'automne 1977, une grosse fille rougissante débarqua chez nous, un dimanche après-midi, encadrée de ses parents. Elle s'appelait Sabine. Elle ressemblait à Inge Schmidt. Elle avait 20 centimètres de plus que moi. Elle portait une robe à fleurs et moi un bermuda en jean rapiécé. Elle aimait Mireille Mathieu et la Schwarzwäldertorte, le gâteau forêt-noire. J'adorais Jacques Brel et la nourriture macrobiotique. Nous avions but une limonade en silence, assises l'une en face de l'autre à une terrasse entre les boutiques de souvenirs de la place de la cathédrale. Pour amorcer la conversation, j'avais interrogé Sabine sur les prisonniers de Stammheim. « Hunde ! », (Les chiens !) avait-elle crié. Sa voix tremblait de rage. Sabine était repartie avec ses parents. Nous ne nous étions plus jamais écrit.

LES ALLEMANDS, il était de bon ton de les mépriser. C'était une règle qu'avec mes copains du lycée Fustel de Coulanges nous ne remettions pas en question. Les Allemands étaient arrogants, lourds et bruyants. Quand nous traversions le parvis de la cathédrale de Strasbourg pour aller prendre une menthe à l'eau chez le glacier Italia, nous ne manquions pas de faire une remarque suffisante sur les adolescents allemands aux cheveux longs qui achetaient aux Africains en boubou des chapeaux de cuir aux larges rebords. « Schön ! Schöne Ketten ! », (Belles chaînes !), lançaient les Maliens en brandissant des chaînettes sous le nez de Thorsten et de Martin. Si l'Allemand n'achetait pas, le Malien le congédiait en sifflant un « Schéizé », un merde maléfique.

L'autocar de touristes allemands est une composante incontournable de l'identité alsacienne. Que serait la route des vins sans le car ventru du Touristik Cityline Hetzler ? Que seraient les villages asphyxiés sous les géraniums sans le Schmitz Exclusiv à deux étages garé un peu en retrait pour bien montrer qu'il appartient à une caste supérieure avec ses toilettes, son minibar, sa climatisation et ses vitres fumées ?

Le parking derrière le musée d'Unterlinden en bordure de la vieille ville de Colmar est une zone extraterritoriale, une principauté allemande. La municipalité a planté un panneau : « Besucher ! Bitte lassen Sie keine Wertsachen in Ihren Autos ! » (Visiteurs ! Ne laissez aucun objet de valeur dans votre véhicule !) La mise en garde n'est écrite qu'en allemand. Les sens giratoires, les toilettes publiques, les bornes payantes, les poubelles et les bancs ont été installés pour accueillir les milliers de touristes déversés chaque jour.

À Colmar, ce sont les autocars allemands qui font la loi. Les sens interdits, les passages piétons ont été organisés en fonction de leurs besoins. « C'est l'invasion ! » se plaignent les Alsaciens le 3 octobre, journée de l'unification, fériée en Allemagne. Les cars déversent des groupes de retraités souabes. Les hommes portent des shorts et des chaussures de marche. Les femmes ont des sacs à dos. Ils viennent à Colmar comme on part en randonnée en montagne.

L'Alsace est pour les Allemands un bout de France sur le pas de leur porte. L'Alsace, ce n'est pas l'Auvergne, qui leur est étrangère, ni le Roussillon, trop exotique, où ils se sentent perdus. C'est la France avec un air très familier. Ils sont heureux comme des enfants quand ils boivent leur gros bol de café au lait à deux heures de l'après-midi sous un soleil de plomb. Les Allemands vénèrent l'Alsace. Les Alsaciens ne le leur rendent guère. Leur curiosité pour l'Allemagne se résumait souvent au petit commerce frontalier. Quand l'essence est moins chère en Allemagne, les Alsaciens vont faire le plein de l'autre côté du pont de Kehl et s'empressent de rentrer chez eux. Ils prennent l'autoroute allemande pour aller en vacances en Italie. Elle est gratuite et sans limitation de vitesse. Pourtant ils en veulent aux Allemands d'acheter les maisons secondaires dans les Vosges. Ils se sentent «colonisés».

L'Allemagne de la piscine de Kehl, l'Allemagne des autocars et de Sabine ne me faisait pas rêver. Je n'avais jamais éprouvé le désir de pousser plus loin que Kehl. Je ne pensais qu'à Londres. Carnaby Street, Soho, le patchouli et les manteaux afghans qui puaient la bique étaient irrésistibles. La famille Schmidt n'avait aucune chance face à Deep Purple. Eastbourne Beach détrôna la piscine de Kehl.

L'Allemagne n'avait rien à voir avec moi. L'Allemagne ne m'intéressait pas. Ni Mathilde, ni ma mère ne pouvaient me faire changer d'avis. Je faisais comme si elle n'existait pas. Pourtant elle me crevait les yeux. L'Allemagne avait laissé des traces partout. Bien visibles, malgré l'acharnement qu'on avait mis à les effacer. J'ai passé, sans m'en rendre compte, toute mon enfance dans un décor allemand. La poste néogothique, le TNS (Théâtre national de Strasbourg), ancien parlement du Reichsland d'Alsace-Lorraine, la bibliothèque universitaire, ces bâtiments monumentaux que je fréquentais tous les jours avaient été construits par des architectes allemands.

Pour aller à la bibliothèque, je passais chaque jour devant le palais de l'empereur, le Kaiserpalast, devenu Palais du Rhin. Il fut inauguré en 1889 par l'empereur Guillaume II de Hohenzollern en personne. C'est là qu'il résidait quand il venait en Alsace. Il se trouve sur la place de la République, ancienne Kaiserplatz. En 1940, le palais de l'empereur abrita la Kommandantur. En 1945, il devint le quartier général des troupes du général Leclerc, libérateur de Strasbourg. Ce monument d'architecture dans le plus pur style germanique baroque académique faillit être rasé en 1950 par un préfet soucieux de gommer toute trace du passé allemand dans la capitale alsacienne. Il ne fut classé monument historique qu'en 1993.

C'est seulement en arrivant à Berlin que la ressemblance me sauta aux yeux. Je ne me sentais pas dépaysée. Berlin était comme la place de la République de Strasbourg, mais en plus grand et en cassé. Pour découvrir enfin l'Allemagne dans ma ville natale, j'avais dû faire un grand détour par Berlin. Les appartements berlinois avec le stuc de leurs plafonds et le terrazzo de leurs cuisines étaient la copie conforme des appartements de l'immeuble de la rue Joffre, construit sous le Reichsland, où j'avais loué sous les combles ma chambre d'étudiante. Les maisons du quartier du Weisser Hirsch à Dresde me rappelaient la Villa Primerose à Colmar. Je me sentais chez moi. Le pays de ma grand-mère était aussi un peu le mien. Et peut-être n'était-ce pas tout à fait un hasard si j'avais choisi de vivre à Berlin.

27

Palast Hotel

C'ÉTAIT EN SEPTEMBRE 1989. J'étais venue de Londres travailler pour le journal *Libération* dans cette Allemagne ingrate que les Français n'aiment guère. « Tu verras, au bout de quelques mois, la réussite économique et la question allemandes te sortiront par les trous de nez ! Tu vas mourir d'ennui, ma pauvre ! » m'avaient prévenu les journalistes de ma rédaction parisienne. Le rédacteur en chef avait été soulagé que quelqu'un se dévoue pour partir « chez les Boches ».

Personne ne comprenait que je puisse troquer l'Angleterre contre l'Allemagne. Londres contre Bonn. Une capitale branchée contre une station de cure pour diplomates et fonctionnaires. Je perdais forcément au change. Je ne savais pas très bien d'ailleurs moi-même quelle mouche m'avait piquée le jour où j'avais posé ma candidature pour l'Allemagne. « Min Maidala besch jetzt a richtige Schwob ! », (Ma petite-fille, tu es maintenant une vraie Allemande !) s'était moquée Marthe. Mathilde essayait de contenir sa joie. « Si tu savais. Ah, si tu savais…» répétait-elle quand je lui racontais mes préparatifs. Elle en avait le souffle coupé. Je ne comprenais pas encore pourquoi elle était autant bouleversée.

Quelques semaines après mon arrivée, le mur tombait à Berlin. Je m'installais au Palast Hotel, en bordure de l'Alexanderplatz à Berlin-Est. Le Palast Hotel était une turbine à devises, un bâtiment opaque aux vitres fumées qui semblaient avoir pour fonction de cacher aux regards du dehors les agissements suspects des locataires. La Stasi avait caché à tous les étages des micros reliés à une salle technique invisible. Elle devait ressembler, c'est comme cela que je l'imaginais, à la tour de contrôle de la NASA durant une mission spatiale.

Le Palast Hotel offrit pendant quelques mois une coulisse parfaite de film d'espionnage. Des agents en imperméable gris rôdaient dans les couloirs. Des putains polyglottes chargées de recueillir les ardeurs sexuelles et les confidences des voyageurs de commerce du capitalisme étranger étaient pendues au bar. Les femmes de chambre étaient revêches. La voix tout ensommeillée des standardistes vous rétorquait « Ich bemühe mich ! », (Je fais ce que je peux !) quand vous osiez vous plaindre de ne toujours pas avoir obtenu la ligne pour Paris au bout de deux heures. Les délégations soviétiques avaient des dents en or et les camarades du PCF des bérets basques.

Pendant la rapide agonie du régime d'Erich Honecker, le Palast Hotel servit de quartier général aux journalistes étrangers. Il y avait un vieux reporter de guerre juif américain revenu à Berlin. Il avait déjà couvert en 1945 l'effondrement du IIIe Reich. Il racontait les ruelles de l'Alexanderplatz avant qu'elles ne soient réduites en bouillie par les bombes.

Il y avait les baroudeurs de presse – une espèce identifiable à ses gilets de toile sans manches aux multiples poches – qui dissertaient sur la géopolitique en plein séisme de la Mitteleuropa, mot très à la mode à la fin des années1980.

Et il y avait les news photographes et les envoyés spéciaux, ces «pompiers», comme les appellent les Américains, parce qu'ils sont toujours prêts à se jeter sur le premier brasier planétaire venu. Ils arrivaient de Chine et trouvaient le tour du Ring le lundi soir à Leipzig bien morne après la place Tienanmen. Le jour de Noël, quand le Conducator et sa femme furent fusillés sur la base militaire de Târgoviste, les pompiers s'envolèrent comme un essaim de moineaux vers la Roumanie. La révolution allemande se poursuivit dans le calme.

Le Palast Hotel retrouva la sérénité. J'habitais une grande chambre avec vue sur la Spree. La lourde façade de la cathédrale sur la rive opposée écrasait l'horizon. On aurait cru qu'un décorateur de théâtre avait reconstitué là le charme des années 1970 : canapé orange, moquette marron, tapisserie à losanges beiges, une grosse lampe boule perchée au bout d'une tige. J'ai vécu les mois de la chute du Mur dans ce campement ringard.

«C'est grand-maman!» La voix triomphale de Mathilde avait surgi un matin au milieu de ma chambre. Le réseau était surchargé en permanence. Elle avait dû passer des heures au téléphone à essayer d'obtenir une ligne pour Berlin-Est. Elle avait dû chercher ses lunettes dans tout l'appartement. Elle avait dû recomposer des dizaines de fois le numéro interminable, elle qui se trompait si souvent de touches. Mais elle n'avait pas capitulé.

J'étais en train d'interviewer un membre de Neues Forum[1]. Un physicien chaussé de petites lunettes à la Brecht qui avait été propulsé du jour au lendemain ministre du dernier gouvernement de la RDA moribonde. La voix exaltée de ma grand-mère m'interrompait au mauvais moment. « Ma grand-mère. Veuillez m'excuser un instant ! » avais-je lancé à mon interlocuteur. Il avait piqué du nez dans sa tasse de moka et avalé en enfilade trois petits-fours à la mandarine pour me prouver qu'il était capable de la plus grande discrétion. Mathilde criait dans le combiné : « Hier, tu sais, ton article… » Depuis mon arrivée en Allemagne, elle lisait chaque jour *Libération*, un journal qui – à cause de ses gros titres et de ses petites annonces – ressemblait à ses yeux à un croisement entre *La Cause du peuple*, l'organe de la Gauche prolétarienne, et *Praline*, le magazine érotique allemand.

Mais Mathilde s'était habituée aux titres provocants et aux allusions paillardes. Le marchand de journaux de la rue de Turenne lui mettait un numéro de côté chaque matin. Il prenait même la peine- un service spécial pour sa plus vieille cliente – de faire une première sélection. Quand Mathilde poussait la porte du magasin, il s'écriait : « Oui, Madame Klébaur, elle a écrit aujourd'hui. » Mathilde fourrait le journal dans son sac et courait au restaurant italien au bout de la rue pour prendre un expresso et lire sur-le-champ mes récits de Berlin.

1. Neues Forum est un des mouvements de citoyens est-allemands qui, à l'automne 1989, organisa les grandes manifestations et la révolte contre le régime d'Erich Honecker au pouvoir à Berlin-Est. Cette révolution aboutit le 9 novembre à la chute du Mur de Berlin et le 3 octobre 1990 à l'unification allemande.

J'avais décrit la veille une manifestation au Lustgarten. Un médecin de l'hôpital de la Charité avait pris la parole sur le parvis de l'Altes Museum. Il avait demandé une réforme de la RDA, prôné une troisième voie, une correction du socialisme en faillite. Les camarades avaient brandi leur carte du parti dans la nuit noire. Que ma grand-mère qui ne s'était jamais intéressée à la politique puisse se passionner soudain pour la réforme du socialisme réellement existant[1] était suspect.

« La Charité ! La Charité ! » criait Mathilde dans mon oreille. Mathilde était trop émue pour me dire la raison de son appel si pressant. Le ministre, gêné d'être témoin malgré lui d'un drame familial, se fondait dans le revêtement chiné de son fauteuil. Il faisait comme si de rien n'était. Il feuilletait le *Spiegel* avec une nonchalance affectée. Il avait déjà chaussé un air de circonstance et se tenait prêt à décocher une formule de condoléances quand Mathilde parvint enfin à donner un sens à son appel : « La Charité ! L'hôpital à Berlin ! C'est là qu'est morte Georgette ! »

QUELQUES JOURS PLUS TARD, je recevais une lettre de Mathilde : « Ma chérie, "Die Gedanken sind frei"[2], les pensées sont libres ! Je suis bouleversée, rajeunie, intelligente par tout ce que tu m'apportes et qui me rappelle Georgette. Le tiroir est plein de ton journal, mais tu me

1. Real existierender Sozialismus : Système communiste en URSS et dans les démocraties populaires dirigé par un parti unique. En Allemagne de l'Est, le SED.

2. « Je suis libre de penser ! » Chanson contestataire de l'époque du congrès de Vienne en 1815, reprise par les Spartakistes en 1918.

comptes une paire de gants de ménage, so dreckig ist dein Blatt ! Was Du erlebst und siehst ! Aus der Jugendzeit klingt ein Lied so weit[1] ! Je suis fière de la vie que tu as choisie ! T'entendre, 70 ans plus tard, parler de Unter den Linden et de Rosa Luxemburg, te voir en pensées, dans la foule comme Georgette. Il y a de quoi être émue ! Quel curieux hasard ! Avec les affectueuses pensées de ta vieille grand-mère. »

Depuis que j'avais quitté l'Alsace, Mathilde m'écrivait une lettre par semaine de sa grande écriture ogivale, si difficile à déchiffrer. Plus elle avançait en âge, plus Mathilde se battait avec l'adresse sur l'enveloppe. Tantôt le code était faux, tantôt le numéro de la rue manquait. Mais ses lettres ne se perdaient jamais. Même les adresses les plus fantaisistes finissaient par retrouver ma trace.

Dans toutes ses lettres, Mathilde me parlait de sa famille. « Je suis assise à la même table où j'écrivais mon Tagebuch[2], quand j'étais jeune fille. Comme ton arrière- grand-père aurait aimé ta vie, lui qui a tant vécu ailleurs. Trop de choses me rappellent ma sœur. Au même âge que toi, Georgette était aussi passionnée. Ouverte à la vie, elle aimait beaucoup la danse. Elle me parlait de Isadora Duncan, des grands danseurs russes. »

Depuis que les événements se précipitaient en Allemagne, Mathilde me livrait son histoire au compte-gouttes. Ma présence à Berlin faisait jaillir ce passé qu'elle avait gardé au fond d'elle toute sa vie. Mon intérêt soudain

1. « Avec ton journal on se met de l'encre partout. Tout ce dont tu es témoin et tout ce que tu vis là-bas ! Une chanson de ma jeunesse me revient à la mémoire. C'était il y a si longtemps. »

2. Journal intime.

pour l'Allemagne la libérait. J'avais le même âge que sa sœur Georgette à son arrivée à Berlin. Nous étions toutes les deux les témoins d'une révolution. Nous écrivions toutes les deux pour un journal.

Mathilde aimait ces ressemblances. Elle prenait parfois même la liberté de nous confondre un peu toutes les deux. Ça lui faisait du bien. Elle s'offrait pour un instant l'illusion que Georgette n'était pas tout à fait morte. Ma présence dans la ville de sa sœur nous rendait complices. Mathilde ne prenait pas la peine d'organiser ses débris de souvenirs dépareillés. Elle me donnait sa vie en vrac. Elle racontait un fragment après l'autre sans se soucier ni de l'ordre chronologique, ni de la véracité des faits. C'était à moi de réemboîter les épisodes les uns dans les autres pour redonner sens à l'histoire de la famille Goerke. À moi de rassembler ces morceaux disjoints, ces témoignages vagues. A moi d'éliminer les inventions, les projections, les fables douteuses. À moi aussi de mettre le cadrage historique.

Mathilde mélangeait les époques et modelait ses sources à son goût. Croyait-elle en toute bonne foi se souvenir de choses qui ne s'étaient jamais passées? Voulait-elle se rendre intéressante en s'inventant une sœur héroïque? Essayait-elle de brouiller les pistes et de masquer un passé glauque en faisant basculer ainsi Georgette sur le versant glorieux de l'Histoire? Ou se laissait-elle aller au plaisir de raconter sans même se rendre compte qu'elle falsifiait la réalité ? J'aurais aimé qu'elle discipline ces bribes asynchrones dans le corset d'une chronologie fiable.

Les souvenirs de Mathilde étaient des îlots détachés de la terre ferme de l'Histoire. Ils flottaient au hasard dans l'océan tumultueux des hontes et des non-dits. Quelques anecdotes étaient les seuls pans de terre solides, visibles de loin. Avec l'âge, d'autres massifs immergés depuis longtemps refaisaient soudain surface. La lourdeur du chagrin que j'y devinais me donnait envie de fuir.

À force de dévorer les biographies de femmes célèbres, n'attribuait-elle pas inconsciemment à sa sœur les hauts faits d'une autre ? Mathilde ne confondait-elle pas la révolution de 1918 avec l'attentat contre Hitler en 1944 ? « Je ne sais pas, avec tout ce monde, ce qu'ils ont été et ce qu'ils n'ont pas été », s'excusait-elle quand elle se rendait compte que ses constructions ne tenaient pas debout.

J'ai réalisé pourtant en confrontant les récits de Mathilde aux faits historiques et à la pureté des archives que ce qu'elle racontait n'était jamais tout à fait faux. Ma grand-mère avait assemblé des morceaux disparates et s'était approprié des souvenirs étrangers, mais elle n'avait jamais menti. La grande Histoire de l'Europe servait de bruit de fond à la petite histoire de sa famille.

POUR LA PREMIÈRE FOIS, je parlais allemand à ma grand-mère. Et cela nous semblait tout naturel. Ma grand-mère avait attribué à chacune de ses deux langues une fonction bien définie. L'allemand était la langue des émotions graves et des jugements définitifs. Une langue morale et sombre chargée de toutes les misères du monde. Le français était la langue légère des petits sentiments affectueux. Mathilde m'appelait « ma chérie » et jamais « mein Schatz » ou « mein Kind ». Jamais, avant mon arrivée en Allemagne, elle ne m'avait d'ailleurs adressé la parole en allemand. Jamais elle ne m'avait aidée à faire mes devoirs. Jamais elle ne m'avait fait réciter les Gedichte, les poèmes que nous apprenions au lycée. Je n'ai compris que bien plus tard combien elle avait été heureuse de m'entendre parler allemand.

Mathilde était libérée. Dans ses lettres, elle sautait d'une langue à l'autre sans plus se gêner. Elle signait « Deine alte Oma ». Pourtant Mathilde restait inquiète. Un mot de travers sur les Allemands, une petite critique narquoise et tout de suite son visage s'assombrissait. « Tu ne les aimes pas, hein ? »

Quand j'étais venue la voir quelques semaines plus tard, Mathilde m'avait ouvert ses tiroirs et sa vie. Elle m'avait donné les actes de naissance et les livrets de famille, des carnets annotés et des centaines de photos et de lettres. Mathilde n'avait jamais parlé de son histoire, mais elle avait conservé les documents les plus insignifiants ayant trait à son passé. J'ai essayé de comprendre en vertu de quelle logique Mathilde avait posé côte à côte dans sa commode un soutien-gorge couleur chair et la dernière lettre de sa sœur Georgette. Pourquoi elle avait glissé dans la même enveloppe la photo de sa mère sur son lit de mort et une carte postale de Venise. Quelles affinités secrètes unissaient trois billets périmés de la loterie nationale et l'édition spéciale de l'*Elsässer Kurier* du 28 juillet 1914 annonçant la déclaration de guerre de l'Autriche à la Serbie : « Die Kriegserklärung ist nun offiziel erfolgt. Es wird also Blut fliessen müssen[1] » ?

Mathilde était le contraire de Marthe, qui gardait tout. Enfant, j'aimais fouiller les placards généreux de Marthe. Le passé de la famille se déchaînait au fond des tiroirs. Je

1. « La guerre est officiellement déclarée. Le sang va couler. »

piochais dans le fouillis de notre histoire. J'extrayais un à un les témoins d'un moment de notre vie. Marthe avait gardé les bulletins de ses fils, les broches de verroterie sans valeur de sa grand-mère, la médaille de première communion de sa sœur, des porte-monnaie usés de son père, ma collection de porte-clefs des années 1960, les flacons d'eau de Cologne de sa mère, les cure-pipes de son mari. « Oh, vous me maudirez quand je serai morte et que vous devrez mettre de l'ordre là-dedans ! » s'amusait Marthe quand je découvrais dans une boîte rangée dans une autre boîte un ongle incarné ayant appartenu à mon père adolescent.

Marthe avait gardé les dents de lait de ses quatre petits-enfants. Ces fétiches prolongeaient à l'infini les temps heureux. Elle nous conjurait à l'avance de lui pardonner : « Je suis une enfant de la guerre, je ne peux pas jeter. » La seule chose dont elle s'était débarrassée, c'étaient les lettres de son mari. Elle ne voulait pas avoir à rougir du fond de son cercueil.

L'été après la chute du Mur, Mathilde et moi passons des journées entières à parler du passé. Le soir nous allons dîner dans un restaurant de la Vieille Ville. Nous restons longtemps à la terrasse, le long de la rivière Lauch. Il fait doux. Nous avons le temps. Mathilde commande une meringue à la chantilly et plusieurs expressos serrés. Elle me raconte sa vie de jeune fille allemande. Nous n'avons jamais été aussi proches.

Elle me montre son album de photos. Des fragments de vie sont figés sur la page cartonnée : Marthe et Mathilde déguisées en Sévillanes le jour de carnaval. Marthe et Mathilde à la patinoire. Marthe et Mathilde à cheval sur le rebord de la fenêtre de l'arrière-cour en train de siffler les soldats français de la caserne voisine. Ce sont les temps heureux d'avant la cassure. Mathilde me parle de sa mère « si douce, si fine ». De son père qui sortait le matin de son bureau les bras ouverts et enlaçait ses deux filles et sa femme en criant de joie : « Tout ce que j'aime ! » – « Tu les aurais aimés », dit-elle, « cette jolie femme, un peu nostalgique après sa Belgique et cet homme si européen. Ils n'étaient pas riches riches, mais ils avaient un style de vie, de la tendresse, des habitudes : la table mise pour le goûter où nous amenions nos amies. La prière avant le repas de midi. Dans l'intimité chez nous, c'était comme du velours. Ils n'avaient pas toujours les pieds sur terre, mes parents, mais ils étaient souvent gais et tristes avec tenue ».

« Si seulement je pouvais venir te voir là-bas », me disait souvent Mathilde dans les mois qui suivirent la chute du Mur. Je planifiais la stratégie de ce voyage compliqué mais pas impossible pour une si vieille dame : prendre l'avion de Bâle, le Palast Hotel avait un ascenseur, un médecin serait prévenu et nous irions toutes les deux en taxi faire le tour des lieux où avait vécu sa sœur. Mais Mathilde refusait. Elle n'avait plus la force : « C'est trop pour moi, ma chérie. Je préfère voyager à travers tes yeux. » Jusqu'à la mort de Mathilde, je commençais – chaque fois que j'arrivais dans une nouvelle ville allemande – par écrire une carte postale à ma grand-mère. C'était une fois ce rituel accompli que je me mettais au travail.

28

Évacués

La tombe de Karl-Georg et Adèle Goerke au cimetière communal du Ladhof de Colmar n'existe plus. Leur nom n'est gravé ni en bloc ni en cursives dans le marbre. Aucun angelot de grès rose des Vosges ne veille sur leurs corps redevenus poussière. Aucun Christ en croix n'incline vers eux son sourire miséricordieux. Aucun « Nous ne t'oublierons jamais » ne les assure du souvenir éternel de leurs descendants. Karl-Georg et Adèle Goerke ont été « évacués ». C'est le terme qu'utilise l'administration des cimetières quand elle libère une tombe à l'abandon.

Si les descendants ne renouvellent pas la concession, la municipalité est autorisée, après une longue procédure, à vider la tombe pour attribuer l'emplacement à une autre famille. La tombe n° 26, deuxième ligne, quartier Ouest T fut évacuée le 1er janvier 1979. Joseph et Marguerite Baly reposent aujourd'hui en paix à la place de Karl-Georg et Adèle Goerke.

À la mort d'Adèle en 1921, Karl-Georg Goerke n'est pas sûr de pouvoir rester en Alsace. Il sait combien il est difficile pour les Allemands qui ont été expulsés d'obtenir un sauf-conduit pour venir fleurir leurs tombes à la Toussaint. Il ne choisit pas de concession perpétuelle pour sa femme. En 1941, il est enterré aux côtés d'Adèle. Mathilde et Joseph Klébaur vivent alors dans l'Adolf-Hitler-Strasse. Dans le registre du cimetière, l'adresse indigne a été rayée à la hâte au stylo à bille rouge et remplacée par un respectable « avenue de la République ». Le 26 avril 1946, Joseph Klébaur renouvelle pour trente ans la concession de la tombe de ses beaux-parents.

En 1976, le maire de Colmar entame une procédure pour retrouver les ayants droit de la tombe n° 26. Ma grand-mère reçoit une lettre recommandée. Le maire lui demande de passer au service d'état civil pour renouveler la location de la tombe de ses parents. Si aucune demande de renouvellement n'est signée, la Ville de Colmar reprendra l'entière possession de la tombe. Les plantations, pierres et objets funéraires seront propriétés de la Ville. Mathilde ne répond pas à cette lettre.

En 1976, Mathilde est veuve depuis quatre ans. Nous l'appelons la « Veuve joyeuse ». Elle vient de soigner Joseph pendant les dernières années de sa vie. Elle revit. Elle porte des pantalons et des blouses de soie fuchsia. Elle voyage à Venise et à Florence. Elle ne manque aucun concert à Colmar. Elle a beaucoup d'amis, une santé de fer et les idées claires.

Pourquoi a-t-elle refusé de donner à ses parents une tombe en bordure de cette petite ville qu'ils ne voulaient pas quitter ? Elle qui était si sentimentale. Elle qui conservait chaque faire-part de décès et chaque lettre de condoléances. Elle qui était à cheval sur les symboles.

Comment a-t-elle pu renoncer à ce lieu de recueillement ? A-t-elle peur qu'après sa mort, ses filles n'abandonnent la tombe de leurs grands-parents ? A-t-elle reculé face à la dépense, elle qui a toujours eu peur de finir dans le besoin comme son père ?

Un an plus tard, le maire lui envoie une dernière lettre recommandée. Mathilde ne réagit toujours pas. L'administration du cimetière pose alors une plaquette « en évacué » sur la tombe des époux Goerke. Un passant ira peut-être informer la famille. Les descendants sont priés de se présenter au gardien. Au bout de deux ans, aucun ayant droit ne s'étant manifesté, la municipalité « évacue » la tombe.

« Évacuer », c'est une autre façon de dire « expulser ». La symétrie des mots est brutale. Ce que Karl-Georg et Adèle Goerke ont tant redouté de leur vivant finit par leur arriver après leur mort. Après toutes ces années à vivre dans la peur d'être « expulsés », ils sont « évacués » pour faire de la place à d'autres. La poussière de leurs os est labourée à grands coups de pelle et mélangée à de la terre fraîche. Leur trace est éliminée. Les ouvriers du cimetière du Ladhof ont enlevé les baguettes, le marbre, l'entourage, les statuettes et les monuments. Ils chargent la stèle portant le nom de mes arrière-grands-parents sur un camion partant pour le broyeur. Le marbre et la pierre sont recyclés pour fabriquer un revêtement routier.

Mathilde ne retourna jamais dans le bloc du quartier Ouest T. Elle ne parla à personne des lettres recommandées de la mairie de Colmar. Ni à Marthe, ni à ses filles, ni même à moi. D'ailleurs personne ne s'interrogea jamais sur l'existence d'une tombe.

29
Muss i denn

DEPUIS DES ANNÉES, Mathilde construisait sa mort. Elle en était fière : « Malgré toute cette histoire, je finirai mes jours dans la plus belle tombe de Colmar ! » On aurait presque cru qu'elle se réjouissait. Elle s'imaginait couchée de tout son long entre les tantes Maria, Odile et Madeleine, la veuve Klébaur et sa portée d'enfants morts en bas âge. Les héritiers charitables ont même fait une petite place dans le caveau familial à Eugénie Amann, la bonne dévouée au service de la famille pendant un demi-siècle.

Mathilde aimait cette certitude : ce jour-là, au moins, quand elle s'avancerait sur le gravier ratissé de l'allée centrale du cimetière du Ladhof, la tête posée sur un coussinet de satin violet, les mains croisées sur le ventre, bien à l'abri dans sa bière de sapin des Vosges, quand les deux employés des pompes funèbres laisseraient glisser le cercueil dans la fosse et que nous pleurerions debout en arc de cercle, ce jour-là enfin elle serait assurée d'être une grande Française devant l'Éternel.

Mathilde était fière de la tombe Klébaur. Elle aimait la tourelle de pierre et les dizaines de noms gravés depuis deux siècles. À la mort de Joseph, Mathilde avait fait poser une dalle de grès. Un bouleau jetait son ombre légère sur les noms des défunts. « Il y a du beau monde là-dedans ! » se réjouissait ma grand-mère quand nous allions constater l'état des lieux après une nuit de tempête.

Elle était flattée d'avoir bientôt pour voisin le squelette émietté de François-Xavier, commissaire greffier à la Cour royale décédé le 19 mai 1829 à l'âge de 53 ans. La contiguïté des ossements du prêtre Heinrich Franz Antoni n'était pas non plus pour lui déplaire. Ces ancêtres empilés les uns sur les autres depuis des générations lui plaisaient.

Le général Rapp, héros d'Austerlitz et enfant de Colmar, se trouvait à quelques rangées des Klébaur, de l'autre côté de l'allée centrale. Et la tombe du dessinateur Hansi était à portée de vue, ce qui amusait beaucoup Mathilde. Être enterrée à quelques mètres du grand patriote français quand on était née Allemande, c'était culotté. Le dessinateur qui avait caricaturé les Prussiens en Alsace sous la période du Reichsland ne faisait plus peur à Mathilde.

Mais surtout, Marthe serait tout près de Mathilde. La tombe de la famille Réling se trouvait à quelques pas. Ce serait un peu comme habiter à nouveau le même immeuble. Chacune à un étage différent. Personne n'avait d'ailleurs songé à enterrer Marthe à côté de son mari Gaston à Ventavon. En dépit de toutes ces années de fidélité conjugale post mortem, il était clair que la place de Marthe était à Colmar à côté de sa sœur, de ses parents et de ses grands-parents, pas trop loin de Mathilde.

Comme elle détestait les séances de recueillement obligatoires, Mathilde n'allait pas déposer de gerbe à la Toussaint. C'est Alice qui, après avoir fleuri la tombe de ses parents, faisait un détour. Elle allait poser un pot de chrysanthèmes chez les Klébaur. Le jour des Morts, Mathilde partait en excursion dans les Vosges avec ses petits-enfants. Elle venait au cimetière quand elle en avait envie avec un bouquet de fleurs des champs en été et trois pots de primevères au printemps. Ces visites rassuraient Mathilde. Une place de choix lui était réservée en bordure de la ville.

À 90 ANS, MATHILDE CHANGEA brusquement d'avis. « Surtout pas dans ce cimetière, ma chérie, tu me promets » implorait-elle chaque fois que je lui rendais visite. Elle voulait troquer la tombe Klébaur contre un vulgaire sapin des Vosges. Elle préférait le voisinage d'un troupeau de vaches à lait à la compagnie d'un commissaire greffier à la Cour royale. Peut-être ne voulait-elle pas rejoindre les tantes, la veuve Klébaur, tous ces souvenirs enfouis là, au fond de ce même trou dans la terre.

Elle voulait la liberté. Elle voulait un lieu où elle avait été heureuse. Elle voulait le vent sur les sommets des Vosges. Dans un cahier à gros carreaux, elle nota, en marge des courses à faire, la marche à suivre le jour de son enterrement : « Journal, pantoufles, médicaments, lunettes, colle, pudding, sucrettes, bonbons.

« Comme entendu : faites incinérer mon corps. Mon cœur vous dit merci pour le bonheur que vous m'avez donné !

« Son corps a été incinéré. Ses cendres sont enfouies sous un sapin des Vosges. Elle nous a chargés de remercier tous les gens qui lui ont donné de l'amitié et de l'aide et quelques moments d'oubli. Prière de s'abstenir de toutes condoléances.

«La banque se charge de tout payer. "Salut", comme nous disions, et que la vie soit clémente ! Verlassen aber nicht einsam. Erschüttert aber nicht zerdrückt[1]. »

Mathilde me faisait ses adieux définitifs depuis plusieurs années chaque fois que je la quittais. Elle restait sur le pas de sa porte en haut de l'escalier et me suivait des yeux. Quand je me retournais pour lui dire encore une fois au revoir, elle inclinait la tête et chantonnait un air d'opérette viennoise : « Sag zum Abschied leise Servus. Nicht Adieu und nicht lebwohl[2] ! »

Sa voix roucoulait dans la cage d'escalier. Je n'aimais pas ces excès sentimentaux. Mais chaque fois je m'y laissais prendre. Je descendais les dernières marches en larmes. Ma grand-mère avait décidé que sa mort lui appartenait. Elle avait planifié le déroulement de son enterrement dans les plus menus détails. Elle voulait une messe à la cathédrale où elle s'était mariée, où ses filles avaient été baptisées, où la messe avait été dite à la mort de Joseph.

Mathilde avait oublié qu'elle n'était pas catholique. Cette petite imposture de dernière minute ne la gênait pas. Elle voulait être incinérée. C'était plus propre, moins compliqué, plus moderne. Mathilde avait toujours été d'avant-garde. «L'absence d'attaches pourrait expliquer la forte tradition crématiste dans les villes portuaires et

1. «Abandonné mais pas isolé. Ébranlé mais pas écrasé.»

2. «Pour nous quitter, ne me dis pas "adieu" ou "porte toi bien", mais chuchotte doucement "au revoir".»

les régions frontières où les gens viennent de toutes parts et n'ont pas de caveau ni de site funéraire de référence.

«L'Alsace est la région de France où la pratique de la crémation est la plus élevée», lui avait expliqué Monsieur Hermann, le directeur de la succursale des pompes funèbres le jour où Mathilde était venue signer son contrat obsèques. «Tout est payé, mes enfants!» nous avait dit Mathilde en rentrant.

Elle voulait que ses cendres soient déposées au Schnepfenried, une station de ski de la vallée de Munster, sous un sapin des Vosges, en haut d'un pâturage entre les vaches et les pensées sauvages. Elle voulait que son petit-fils porte l'urne, creuse le trou et vide ses cendres dans la terre. Elle ne voulait pas de couronnes et bien entendu pas de fleurs artificielles. Pas de sincères condoléances balbutiées. Pas de livre du souvenir. Pas de marche funèbre crachotée par un magnétophone. Pas d'injection artérielle de formol pour conserver son corps pendant les six jours légaux (non compris dimanche et jours fériés) avant la crémation. «Je ne veux pas être empaillée!» avait-elle ri quand Monsieur Hermann avait proposé un petit traitement pour «arranger le corps au mieux». Pas de mines affligées. Pas de vêtements noirs qui sentent la mort.

Elle voulait que nous allions prendre le café dans une auberge des Vosges, tous ensemble, et que nous bavardions «comme toujours». Il ne faudrait pas oublier le riesling pour les messieurs et un petit cadeau pour les enfants. Elle voulait surtout que nous chantions tous en chœur *Muss i denn zum Städtele hinaus*. C'est une chanson populaire souabe qui raconte les adieux d'un jeune amoureux à sa fiancée. Il quitte la ville, mais il reviendra. Il le jure. Il lui restera fidèle et ils se marieront. Elvis Pressley l'immortalisa sous le titre *Wooden Heart* quand il était GI en Allemagne. « Got to go, got to go, got to leave this town » fit le tour du monde sur un air de blues. « Tous en chœur ! Ça, tu me le promets ! » C'était la dernière touche à sa mise en scène. Combien de fois avais-je prêté ce serment ridicule. J'espérais qu'elle oublierait cette dernière volonté. Mais Mathilde était butée. « Tous en chœur ! » me lançait-elle encore du haut du balcon quand je montais dans ma voiture pour repartir à Berlin.

NOUS SOMMES SEPT À GRIMPER le sentier qui monte au sapin que nous avons sélectionné depuis le parking. Il y a la nièce et le neveu de Mathilde, leur fille, une amie et son mari, mon frère et moi. Sept personnes, ce n'est pas beaucoup pour un cortège funéraire. Du temps de la Bütig, tout Colmar aurait été là. Mon frère est le seul à s'être habillé en noir. L'amie de Mathilde porte une tunique violette. J'ai mis une veste rouge vif.

Il n'est pas facile de choisir en pleine nature la sépulture de sa grand-mère. Nous avons dressé entre nous un catalogue de critères qui nous semblaient importants : un sapin à mi-pente, pas trop éloigné de la route, mais pas trop proche non plus, à l'écart des autres pour qu'on le reconnaisse. Nous avons choisi un arbre bien vert avec de longues branches qui font parasol en été. Il ne menace pas de mourir dans les prochaines années. Solitaire, en retrait de la forêt, il est facilement identifiable. Nous l'avons jugé apte à accomplir sa mission.

Le Schnepfenried est un lieu plein de souvenirs. C'est ici que Karl-Georg Goerke débarqua un dimanche de la vallée. Il avait couru tout le long du sentier. Il était à bout de souffle. Il voulait arriver à temps : « À 18 ans », m'écrivit un jour Mathilde, « j'allais passer mes vacances au Schnepfenried. Un jour, mon père était monté en un temps record, craignant que mon amoureux y soit. Il venait de partir ! Mais la vieille dame qui me chaperonnait l'a tranquillisé... »

C'est ici que Mathilde allait passer ses vacances au chalet des Amis de la Nature avec ses filles. « Fin de notre beau séjour au Schnepfenried », écrit Mathilde dans son journal en septembre 1931. « Presque cinq semaines que nous avons passées ici. La dernière semaine était la plus jolie. Un bon soleil sans vent, nous sommes toutes brunes jusqu'à la taille. Les enfants ont joué avec deux petits camarades, tranquillement. Cela faisait de bonnes vacances pour moi et je me sens beaucoup moins nerveuse, j'espère m'en ressentir encore bien longtemps pour que mon cher mari et mes enfants aient une maman un peu plus agréable. Cher Schnepfenried ! Qu'est-ce que nous allons faire, enfermés dans notre prison à Colmar ? Sans voir le Honeck et les Spitzköpfe et jusqu'au Hohrodberg. Il faudra bien y penser en hiver à ces belles journées. » Joseph ajoute au bas de la page : « Nous sommes vraiment des gens heureux et ne devrions jamais nous plaindre et souhaiter seulement que tout reste ainsi. »

C'est au Schnepfenried que Mathilde faisait du ski avec Joseph. C'est sur cette prairie que ses filles passaient l'été à moitié nues et sans chaussures. Ici la cueillette des myrtilles avec Marthe et Alice. Ici nos pique-niques en famille. Assises sur une couverture écossaise, Marthe et

Mathilde regardaient leurs petits-enfants se rouler dans l'herbe rase. Elles bavardaient tout l'après-midi, jouaient au Scrabble, distribuaient les sandwiches.

Tous les acteurs de ce déjeuner sur l'herbe étaient déjà partis dans l'au-delà. Georgette et le couple Goerke, Joseph, les tantes, Alice et Yvette, même Marthe l'avait précédée. C'est Mathilde qui aujourd'hui fermait la marche.

Mon frère a coincé l'urne entre ses genoux dans la voiture pendant toute la montée de Colmar. Il est soulagé d'avoir bientôt accompli sa mission : « Tu comprends, conserver pendant des mois sa grand-mère en poudre dans l'escalier de son appartement, c'était un peu étrange ! » Mathilde a passé plusieurs semaines sur une étagère entre le Petit Robert et le buste de Joseph dont avait hérité son petit-fils adoré. Et quand les arrière-petits-enfants avaient demandé : « Mais qu'est-ce qu'il y a dans cette petite boîte ? », on leur avait répondu tout naturellement : « C'est grand-maman ! »

Monsieur Hermann a eu la délicatesse de glisser l'urne dans un petit sac de satin bleu fermé par un ruban mauve. « Ce sera plus pratique pour le transport », a-t-il dit. Mathilde ressemble à un œuf de Pâques géant. Je suis bonne cliente avec ces enterrements à la chaîne dans notre famille. Monsieur Hermann est aux petits soins.

C'est son établissement qui s'est chargé de l'enterrement de Marthe. Quand je l'ai rappelé, neuf semaines plus tard, j'ai lancé un « C'est encore moi ! » d'habituée au téléphone. Monsieur Hermann était ravi. Quelques jours plus tard il m'accueillait comme on reçoit, à bras ouverts, une vieille connaissance.

Bien des années avant leur mort, Marthe et Mathilde étaient allées ensemble signer leur contrat-obsèques chez Monsieur Hermann. Cet après-midi-là, assises côte à côte dans le bureau des pompes funèbres, Marthe et Mathilde dans leur manteau d'astrakan ressemblaient à deux vieux caniches bossus. Pour fêter leur 80e anniversaire commun, elles étaient allées ensemble chez le fourreur. « À notre âge, Marthe, une femme qui se respecte porte un manteau de fourrure en hiver ! » avait décidé Mathilde.

Marthe aurait été tout à fait prête à garder son trois-quarts en poil de chameau râpé. Elle était contre l'astrakan. Cette « vieille peau » qui pesait des tonnes lui donnait des airs de « rombière » ! Mais comme d'habitude, elle n'avait pas eu le courage de s'opposer à la résolution de Mathilde.

En sortant de chez le fourreur, elles étaient allées prendre un thé chez Helmstetter, en face de l'église des dominicains. « Tu ne trouves pas qu'il serait temps que nous nous occupions de notre mort, Marthele ? » avait demandé Mathilde en croquant dans un éclair. « Tu as raison, Mathilde ! » avait répondu Marthe, soulagée que son amie prenne les devants.

Quelques jours plus tard, elles négociaient avec Monsieur Hermann. Pour l'incinération, Mathilde n'avait eu aucun mal à convaincre Marthe. « Mathilde a raison. Je ne veux pas me faire bouffer par les vers et les fourmis ! » avait pensé Marthe en mettant une croix dans la case « Crémation » de son contrat. C'était sa seule concession à la modernité. Pour le reste, Marthe n'avait pas la fantaisie de Mathilde. Les symboles lui importaient moins que les habitudes. Elle voulait être enterrée au cimetière du Ladhof, dans le caveau familial.

Marthe avait trouvé l'idée du sapin dans les Vosges farfelue : « Moi, mes enfants, c'est à côté de ma sœur et de mes parents que je veux être enterrée. Pas la peine de vous creuser la tête pour trouver une idée originale. Je suis classique et je le resterai quand je serai assise là-haut sur mon nuage. »

Marthe avait du mal à s'imaginer un enterrement entre les bouses de vache et les buissons de brimbelles. Pas de cérémonie païenne pour elle ! Alice, prévoyante comme toujours, avait fait poser, quelques années avant sa mort, une plaque de marbre noir toute neuve sur la tombe Réling. Tout était fin prêt pour accueillir les deux sœurs.

Marthe voulait les allées ratissées, le crissement du gravier sous les chaussures de sa famille en deuil, la poignée de terre jetée sur l'urne et une grosse couronne de fleurs champêtres une fois la dalle de marbre reposée. Elle faisait confiance au curé : « Demandez au curé de Saint-Joseph. Il sait comment s'y prendre. » Quand je lui avais dicté mon adresse berlinoise, le curé de la paroisse Saint-Joseph avait sursauté : « Vous vivez chez les rouges, ma fille ! » Il m'avait dévisagée bizarrement. Il m'avait pris la main et nous avions récité le Notre Père debout côte à côte dans le presbytère silencieux.

« Pourquoi n'a-t-elle pas voulu aller dans le cimetière avec les autres ? » demande la nièce de Mathilde prosternée sous le grand sapin. Cela sonne comme un reproche. C'est pourtant la question que nous nous posons tous. Pourquoi Mathilde a-t-elle voulu faire bande à part ? Pourquoi a-t-elle refusé de se plier comme Marthe aux rites convenus ? Pourquoi ce dernier sursaut de rébellion ? Pourquoi vouloir reposer là, comme une paria, loin de Colmar ? Pourquoi si loin de Marthe ? La crainte de l'abandon de la sépulture par les descendants, l'éclatement de la cellule familiale…

Monsieur Hermann a fourni plusieurs réponses à nos questions. Nous restons perplexes. La tombe de ses parents au cimetière du Ladhof, celle de sa sœur au Waldfriedhof d'Adlershof n'existent plus. Mathilde a-t-elle jugé qu'elle n'avait pas le droit, elle non plus, à un lieu de recueillement en règle ? En tout cas les exigences de ma grand-mère ne nous simplifient pas la vie. Faut-il enterrer l'urne tout entière ou l'ouvrir et saupoudrer les cendres dans la terre comme on verse du sucre glace dans un nid de farine ? La France dispose du règlement des cimetières le plus libéral d'Europe. Les familles sont libres de disposer de leur urne. « Chez nous, en France, vous pouvez disperser où et quand bon vous semble, sauf sur la voie publique, dans les rivières, les fleuves et en mer à moins de trois cents mètres du rivage. Mais je vous déconseille les Champs-Élysées un 14 juillet ! », m'a dit Monsieur Hermann. Monsieur Hermann est fier d'être français. La France est le pays de la liberté. Et si Monsieur Hermann ajoute toujours une touche d'humour, tout en douceur, mais sans déraper dans le mauvais goût, c'est pour alléger notre peine.

Notre petit groupe se serre, fragile, sous le sapin. Je n'ai jamais vu les cendres d'un mort. Je n'ai jamais vu de cadavre de ma vie. Juste la photo de Joseph sur son lit de mort. Elle était rangée dans une boîte avec toutes les autres. Entre les carnavals, les bébés, les anniversaires… Joseph surgissait soudain couché sur le dos dans un pyjama bleu ciel, le drap de lit remonté jusqu'au menton, des yeux cernés de noir. J'ai toujours eu peur de regarder cette photo. Sous le sapin, mon frère prend les choses en main. Il a pensé à apporter une pelle. Il creuse un conduit le long de la racine, ouvre l'urne et verse le filet de cendre grise dans la terre. Il aurait bien aimé en garder une poignée ou deux pour l'enterrer au cimetière. Mais pas question de faire moitié moitié. Monsieur Hermann nous a lu le règlement d'un ton sévère : « Un jugement du tribunal de grande instance de Lille stipule le caractère inviolable et sacré des restes humains. Les cendres sont gérées par l'indivision ! » Le neveu de Mathilde prend une photo. Sa nièce pose trois œillets contre le tronc du sapin. Leur fille fait une prière bouddhiste à genoux dans la mousse. Chacun lance une poignée de terre. Mon frère rebouche le trou. Personne n'a pensé à apporter une croix de bois.

J'ai copié les paroles de la chanson. Je distribue le texte. Et nous chantons, doucement d'abord, puis à tue-tête et tous en chœur *Muss i denn zum Städele hinaus*[1]. Soudain ce dernier acte n'est plus ridicule. Pour la première fois je comprends le sens de ces paroles. Cette chanson parle du départ, du mal du pays. Mais elle porte la promesse d'un retour prochain à la ville. C'est cette chanson que les hordes de jeunes Alsaciens haineux entonnèrent en regardant passer les Allemands expulsés de 1918 quand ils traversèrent le pont de Neuf-Brisach à pied, leurs valises à la main. Mathilde a voulu tendre ce fil symbolique d'un bout à l'autre de sa vie. C'est son histoire qu'elle nous fait chanter. En face du Schnepfenried, tout là-bas au loin par temps clair, Mathilde voit la Forêt-Noire.

L'Allemagne est toute proche.

1. « Si je dois, et si je dois quitter mon village… »

Remerciements

Ce livre est un hommage à une institution bien française : le déjeuner. C'est autour de la table généreuse de ma grand-mère Marthe que j'ai collectionné – pendant de longues heures et au fil des années – les histoires de notre famille. Betty et André Scheibling ont apporté plus tard les dernières pièces au puzzle de la vie de Mathilde.

Merci :

Aux historiens : Francis Lichtlé, archiviste de la Ville de Colmar, qui connaît sa ville comme le fond de sa poche et sait répondre en un temps record aux questions les plus pointues ; François Uberfill, l'un des rares historiens à s'être penché de très près sur le destin des Altdeutschen ; Nicolas Stoskopf de l'université de Haute-Alsace ; Rainer Rother de la Stiftung Deutsche Kinemathek et Catherine Amé de l'Akademie der Künste pour leurs précieux conseils. Un merci tout particulier à Rudi Hinte, le chroniqueur d'Adlershof, qui m'a accueillie dans son quartier comme une vieille parente de Fräulein Goerke. Et à Francis Streicher, le gardien attentionné du grenier de l'avenue de la Liberté.

À Jean-Baptiste Bourrat des éditions des Arènes pour son enthousiasme et pour le regard neuf qu'il a porté sur l'histoire de ma famille. À Barbara Wenner, agente littéraire à Berlin, ma toute première lectrice allemande, pour son humour et sa main ferme.

Merci surtout à Thomas pour l'amitié qu'il a témoignée à Mathilde dans les dernières années de sa vie. Grâce à lui et à nos enfants, ma grand-mère n'était plus « la seule Allemande de la famille ». Ce fut un dernier et merveilleux cadeau.

Table

Crédits photographiques

Toutes les photographies appartiennent à l'auteur sauf celles mentionnées ci-dessous :

Page 2 (haut) : © La Collection / Interfoto ; 3 (haut) : © La Collection / Interfoto ; 3 (bas) : © Bibliothèque municipale de Colmar ; 4 (haut) : Jean Christophe © Bibliothèque municipale de Colmar ; 5 (bas) : Jean Christophe © Bibliothèque municipale de Colmar ; 6 : Jean Christophe © Bibliothèque municipale de Colmar ; 7 (haut) : Jean Christophe © Bibliothèque municipale de Colmar ; 15 : © akg-images ; 16 : © Georges Sigwarth ; 17-19 : © Archives municipales de Colmar ; 20 : © Keystone ; 21 (bas) : © Roger-Viollet.

Achevé d'imprimer par GGP Media GmbH, Pößneck
en Juin 2010
pour le compte de France Loisirs,
Paris

N° d'éditeur: 59821
Dépôt légal: Juin 2010

Imprimé en Allemagne